REGORDETA Y BELLA

UNA NOVELA ROMÁNTICA DE UNA CHICA
CURVILÍNEA EN UN PUEBLO PEQUEÑO

GRANDE Y HERMOSA
LIBRO SEIS

MARY E THOMPSON

GRANDE Y HERMOSA

No hay lugar más maravilloso que el que se esconde entre las páginas de un libro. Y si no aguantas las curvas, ¡no te metas entre mis sábanas! La vida es más bonita con curvas, y con pastelitos siempre es mejor.

~

LIBRO 6

Regordeta y Bella

¿Qué puede hacer una chica cuando su amor platónico del instituto da pie a una aventura muy de adultos?

No soy perfecta. Lo sé. Tengo curvas para dar y regalar, y prefiero meter las narices en un libro a tener una conversación con una persona de carne y hueso. Sobre todo si es alguien que de verdad podría ser perfecto.

Connor era «el chico» del instituto. Ese del que todo el mundo quería ser amigo. El chico con el que todas las chicas fantaseaban. El que ni siquiera sabía que yo existía. Pero en realidad no importaba. El instituto quedaba muy atrás y yo estaba a gusto con quien era. Aunque no me habría importado tener algunas curvas menos.

Entonces, ¿por qué me saca Connor a bailar? ¿Y por qué se presenta en mi trabajo? ¿Y por qué me cuesta tanto decir que no a sus dulces palabras y a sus besos aún más dulces?

No puede ser real. Las chicas como yo no acaban con chicos como él. ¿O sí?

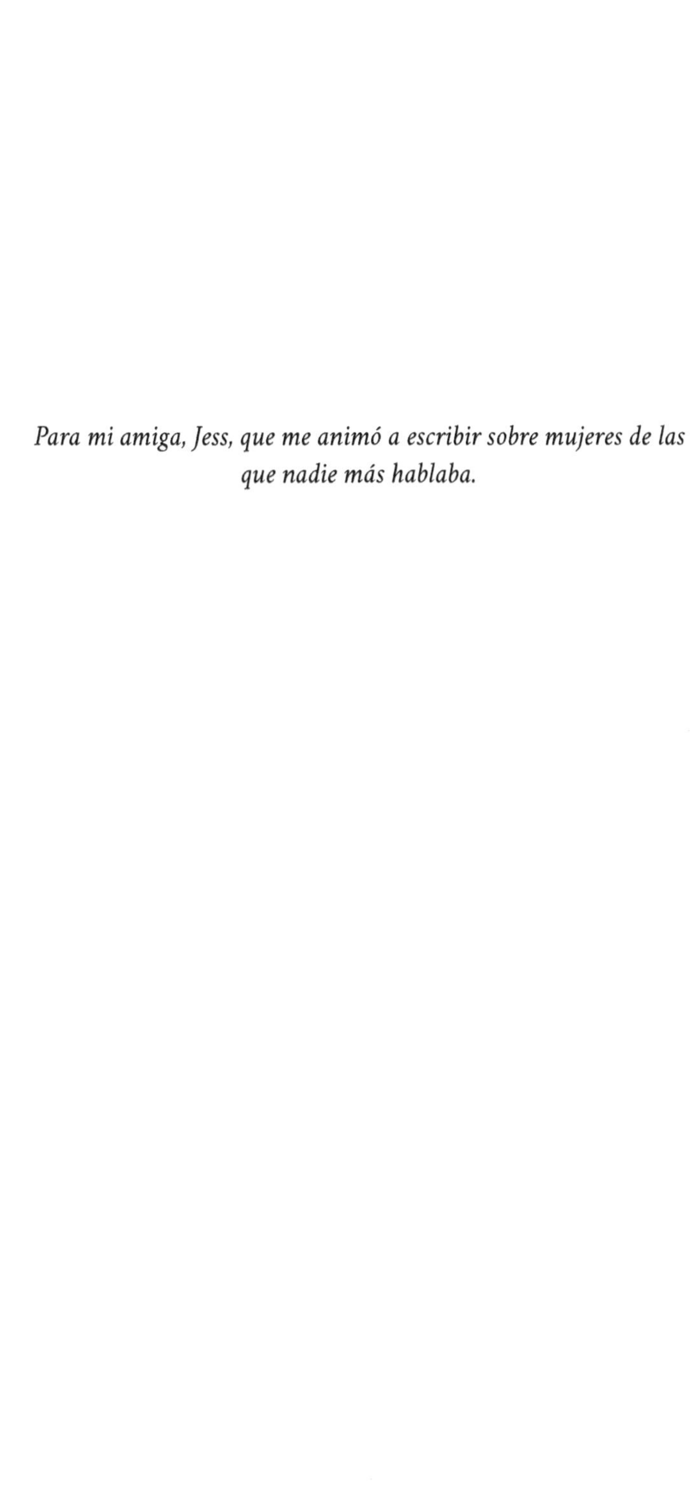

Para mi amiga, Jess, que me animó a escribir sobre mujeres de las que nadie más hablaba.

ME ENCANTABAN LAS BODAS. Siempre me habían encantado. Supongo que era mi vena romántica oculta, pero ir a una boda era uno de mis pasatiempos favoritos.

Era aún mejor que la boda a la que iba a asistir fuera la de una de mis mejores amigas. Había conocido a Sam unos seis meses antes, cuando vino a mi trabajo, READ, a pedir información sobre cómo perder peso. Sam era rellenita, o gorda como diría ella, y su ex la dejó por eso. Sí, era un gilipollas.

Por suerte para Sam, en su empeño por hacer que su ex se arrepintiera de sus palabras, conoció a Brady. Hacían una pareja estupenda. En los últimos meses todos habíamos llegado a conocer a Brady y habíamos visto lo amable que era y lo completamente entregado que estaba a Sam.

Tenía suerte.

Mi mejor amiga, Carrie Taylor, y yo íbamos juntas a la boda. Ninguna de las dos tenía pareja y no nos apetecía llevar a chicos con los que solo éramos amigas. Cuatro de nuestras otras cinco mejores amigas y sus maridos también iban a estar allí, así que sabíamos que nos lo pasaríamos bien, incluso sin pareja. Nuestra quinta amiga, Charlie Black, estaba soltera como Carrie y yo.

Recogí a Carrie una hora antes de la ceremonia. Nos conocíamos desde hacía años, nos habíamos conocido en la Universidad de Winterville cuando estábamos en segundo curso y con los años nuestra amistad se había hecho más fuerte. Vivimos juntas en la universidad, pero por mucho que nos quisiéramos, la convivencia no funcionó.

Carrie me esperaba fuera de su apartamento con un abrigo negro de pelo que le llegaba a las rodillas. Una boda en enero limitaba un poco las opciones de vestuario, pero como todas teníamos cuerpos de invierno, ya sabes, de esos que se ven mejor si ocultas la mayor parte, nos venía bien. Su pelo castaño y ondulado ondeaba a su espalda mientras corría por el aparcamiento hacia mi coche, que la esperaba.

—¡Hola! —dijo mientras cerraba la puerta—. Uf, qué bien se está aquí dentro, calentita.

—Menos mal que Sam cambió de idea sobre la boda al aire libre —bromeé. Sam nos había dicho que la boda de sus sueños era en el quiosco de música del parque de Winterville. Cuando anunció que se casaba en enero, se planteó seguir adelante con ese plan, pero Brady la convenció, con delicadeza, de que casarse al aire libre en enero, en Winterville, no era una buena opción.

Y le prometió una celebración de verano en el quiosco para festejar el aniversario de su primera cita. Estoy bastante segura de que eso fue lo que la convenció.

—No sé en qué estaría pensando Sam, pero menos mal que Brady es más práctico. Solo espero que tenga amigos guapos en la boda.

Negué con la cabeza y me reí. Carrie siempre estaba a la caza. No deseaba nada más que tener hijos, pero estaba más que dispuesta a divertirse un poco hasta que encontrara al futuro padre de sus retoños. A mí me hacía ilusión ver el amor entre Sam y Brady, pero Carrie quería encontrar un poco de su propia felicidad.

La iglesia de St. John's estaba cerca de donde vivían Sam y Brady, en la calle Snowflake. Sam se había criado como católica y su madre insistió en una boda por la iglesia, la única concesión que Sam le hizo. Su relación era, como poco, difícil, pero estaba mejorando. A mí me costaba entenderlo porque yo estaba muy unida a mi familia, a veces parecía que hasta un extremo enfermizo. Mi madre era una de mis mejores amigas y mis dos hermanas pequeñas eran más amigas que hermanas, sobre todo a medida que nos hacíamos mayores y no teníamos que vivir juntas.

En la iglesia vimos la limusina aparcada delante y nos apresuramos a entrar. Carrie se quitó el abrigo en cuanto las puertas se cerraron tras nosotras para revelar un impresionante vestido cruzado en un tono verde joya. Terminaba unos centímetros por encima de sus rodillas y cubría su abundante escote, pero aun así resultaba sexi. Las botas altas de tacón con cordones negros que llevaba le añadían otro toque sensual. Unos pendientes colgantes con piedras negras y verdes y un collar a juego completaban su atuendo.

No cabía duda de que Carrie iba a llamar la atención.

Se acercó a los ujieres que esperaban para sentarnos y enlazó su brazo con el del hombre que estaba al principio de la fila. Él le sonrió, sin duda echando un vistazo a sus encantos, y la condujo a un asiento hacia la parte delantera de la iglesia. Otro ujier me ofreció su brazo y seguimos a Carrie en silencio.

Se me daba fatal la cháchara.

Le di las gracias al hombre cuando llegué a la altura de Carrie e hice una pausa para quitarme yo también el abrigo de invierno antes de sentarme.

—Joder, estás buenísima —susurró Carrie cuando me

senté—. Quizá tenga que pelearme contigo por los guapos esta noche.

Carrie y yo nunca nos peleábamos por los hombres. En parte porque a ella le interesaba la diversión y a mí una relación. Las dos queríamos encontrar a alguien con quien compartir nuestra vida, pero yo no estaba dispuesta a andar jugando para probar a cualquiera que pudiera encajar. Cuando me acostaba con un tío, necesitaba saber que había posibilidades de algo más que sexo. Carrie se contentaba con solo sexo, pero al igual que a mí, ver a nuestras nuevas amigas casi todas emparejadas hacía más difícil ignorar ese reloj biológico que en nuestro interior nos decía que el tiempo casi se había acabado.

Sonreí ante el cumplido de Carrie. Llevaba un vestido que me había hecho yo misma, uno del que estaba bastante orgullosa. Había pasado años aprendiendo a coser por mi cuenta y ese vestido era el proyecto más grande que había completado jamás. Los costados eran de un azul cerúleo liso y por el centro, delante y detrás, y la parte superior de las mangas, tenía un estampado de damasco con el mismo azul. Le había hecho el cuello lo suficientemente alto para no sentir que mis pechos de la 105E se me iban a salir y lo había cortado en línea A para disimular parte de mi barriga rellenita. Me llegaba a media pantorrilla, y para completar el conjunto me había puesto mis tacones plateados de purpurina favoritos, esos que eran demasiado altos, sobre todo para alguien que medía 1,78 como yo.

El vestido había quedado exactamente como lo había imaginado. Por supuesto, me había quedado despierta hasta tarde toda la semana para terminarlo a tiempo, pero me encantaba. Por una vez me sentía sexi y guapa al lado de Carrie. Aunque ella tenía kilos de más como yo, había una diferencia visible en nuestras tallas, una que siempre me hacía sentir como la amiga gorda.

—Brady tiene amigos muy guapos —susurró Carrie, guiñándole un ojo a un chico al otro lado del pasillo—. Creo que esto va a ser muy divertido.

Negué con la cabeza, observándola. A veces, con Carrie cerca, me sentía como una vieja solterona. Solo era un año mayor que ella, pero nunca había sido tan libre ni tan aventurera. No podía imaginarme liándome con un tío que no conocía. No es que fuera una mojigata, había tenido mi buena ración de citas y más sexo del que la mayoría de mis amigas sabían, pero no me iba a ir a casa con un desconocido, por muy guapo que fuera.

Charlie, Lexi y su marido, Mike, fueron acompañados a nuestra fila. Carrie y yo nos deslizamos para hacerles sitio. Otras dos amigas que habíamos conocido hacía unos meses, Lexi era un pez gordo de empresa, al igual que Mike, y Charlie era la dueña de la mejor tienda de pastelitos de Winterville, ¡Muérdeme! Mike llevaba un traje que parecía hecho a medida para él y, sabiendo el dinero que tenían, probablemente lo era. Lexi estaba igualmente impresionante con un vestido de cóctel negro que se abría en coquetas ondas bajo su pecho y descansaba sobre sus rodillas. Llevaba el pelo rubio recogido en un moño en la nuca, un peinado a la vez arreglado y sexi. Charlie completaba nuestro grupo con una falda larga de lana negra y un jersey rosa bebé. Su pelo color chocolate y crema de cacahuete caía en ondas sueltas justo por debajo de sus hombros y sus brillantes ojos azules absorbían la iglesia que nos rodeaba.

—Estáis impresionantes, chicas —susurró Carrie, no muy bajo, por la fila—. Nos los vamos a tener que quitar de encima a escobazos.

Mike le enarcó una ceja a Carrie, lo que le valió un guiño. Todo el mundo ya se había dado cuenta de que ella era la descarada de las dos. Ella y Sam tenían eso en común. Yo era bastante reservada, tímida diría la mayoría de la gente, y todavía no había salido del todo de mi caparazón con nuestras nuevas amigas. Sí, las quería, pero se necesita tiempo para construir relaciones que sabes que aguantarán cualquier cosa. Estaba bastante segura de que tenía eso con Carrie, pero todavía estaba trabajando en ello con el resto.

Lexi se inclinó sobre Mike y le susurró a Carrie en respuesta: —Lástima que no esté soltera. Brady tiene unos amigos que están buenísimos.

—¡Eso es lo que he dicho! —exclamó Carrie. Lexi soltó un gritito cuando la lengua de Mike se hundió en su oreja y luego él le susurró algo que no llegué a oír. Probablemente, mejor así. Lexi no respondió al comentario de Carrie, ya que la música cambió, indicando que la ceremonia estaba a punto de comenzar.

Todas nos giramos para ver cómo la madre de Sam era acompañada por el pasillo del brazo de su hermano. A lo largo de los meses, Brady y Brian se habían hecho muy amigos y él le había pedido a Brian que fuera su padrino de boda, ya que Brady no tenía muchos amigos íntimos. Sam dijo que eso significaba un mundo para su hermano y se podía ver el orgullo en sus ojos mientras conducía a su madre a su asiento.

Brian ocupó su lugar en la fila de los padrinos. El mentor y figura paterna de Brady, Dave, era su padrino principal. Greg, un entrenador del gimnasio del que Brady era dueño, Dave's Gym, estaba al lado de Dave. Brian se colocó junto a Greg, y el último era el cuñado de Sam, Mark. Brady había tenido una relación horrible con su padre mientras crecía y se había cerrado en banda a conocer a nadie más hasta que llegó Sam. No solo le abrió al amor, sino que también le ayudó a superar lo que pasó con su padre y a aceptar a la mujer con la que su padre se había casado después de que Brady se fuera, y a la hermanastra de cuya existencia no sabía nada.

Desafortunadamente, el padre de Brady falleció antes de que pudieran reconstruir su relación, pero Sam dijo que Brady había perdonado a su padre y había dejado ir la ira y el dolor que le habían controlado durante tanto tiempo.

Al mirar a Brady mientras su hermana, la niña de las flores, Grace, caminaba hacia él, sus ojos estaban llenos de amor. Brady adoraba a su hermana y habían avanzado mucho en los pocos meses que habían pasado desde que se conocieron. Estaba adorable con un vestido blanco de princesa, con falda abullonada y tacones rojos que habrían enorgullecido a Dorothy. Una cinta roja le ceñía la cintura, acentuando los zapatos y resaltando todo el blanco.

Antes de que Grace llegara al altar, sentí a alguien detrás de mí, colándose en el banco con nosotras. Miré hacia atrás y sonreí a Xander, Aidan y Joey. Sus esposas eran las otras tres damas de honor y buenas amigas nuestras. Me guiñaron un ojo y Xander, que estaba a mi lado, me cogió la mano y me la apretó. Los tres estaban guapísimos con trajes grises y negros, corbatas rojas a juego con los vestidos de sus mujeres y camisas blancas impolutas.

Yo quería uno.

Bueno, no uno de ellos, sino un hombre para mí. Uno al que le gustaran las mismas cosas que a mí. Alguien con quien pudiera compartirlo todo.

La hermana de Sam, Heather, apareció en el pasillo con un vestido de terciopelo rojo vivo. Las mangas casquillo y el pecho ajustado con escote corazón le daban un toque modesto para la boda en la iglesia, pero mientras caminaba vislumbré su muslo cuando la falda suelta y vaporosa se abrió y mostró el lado coqueto y sexi de los vestidos. Heather, que se parecía a su madre, llevaba el pelo rubio oscuro rizado y recogido a los lados, sujeto con una única rosa roja. Llevaba un ramo de rosas blancas con una larga cinta roja atando los tallos.

Y llevaba botas Louboutin negras por encima del muslo, con las suelas rojas a juego con el vestido.

Joder, qué cañón estaban.

Claire y Mandy, las otras dos damas de honor, siguieron a Heather con atuendos a juego. Aidan y Xander, sus respectivos maridos, recibieron un beso lanzado desde unos labios pintados de rojo mientras mis amigas pasaban, algo que a ambos les agradó claramente a juzgar por los gemidos detrás de mí. Luego Addi, la mejor amiga y dama de honor principal de Sam, terminó la procesión con un guiño a su nuevo marido, Joey, al pasar.

La música cambió y las puertas dobles se abrieron de par en par para revelar a Sam del brazo de su padre. Él llevaba un esmoquin negro a juego con el de Brady, pero todas las miradas del lugar se centraron en Sam. Me quedé sin aliento al ver lo guapa que estaba, no es que Sam estuviera mal nunca, pero joder, estaba buenísima. Sus características gafas rojas enmarcaban unos ojos marrón chocolate que brillaban al encontrarse con los de Brady. El pintalabios cereza desviaba la atención de sus ojos empolvados de plata, pero su elegante melena castaña, lisa y larga, era la clásica Sam.

Un corpiño de encaje con escote corazón y mangas casquillo como los vestidos de las damas de honor estaba acentuado por un collar de rubíes. Una cinta de terciopelo rojo atada bajo el pecho con los extremos arrastrándose tras Sam mientras caminaba. El resto de su vestido tenía la misma capa de encaje, dándole un aire tradicional a pesar de los toques de rojo.

Entonces vi sus zapatos. Olvídate de Dorothy, Sam llevaba unos tacones de terciopelo rojo de infarto que hacían juego con la suela roja. Un patrón de encaje a juego con su vestido acentuaba los tacones rojos que sabía que eran botas, probablemente por encima del muslo como las de las demás. Justo por encima de los dedos de los pies, un cordón blanco ataba las botas y sabía que Sam las había elegido para que Brady pudiera desenvolverla más tarde.

Nunca había visto a una novia que pareciera a la vez recatada y sexi, pero si alguien podía lograrlo, esa era Sam.

Su padre la besó en la mejilla y se la entregó a Brady, luego tomó asiento junto a la madre de Sam. Sam sonrió a Addi mientras le entregaba su ramo, una colección de rosas rojas atadas con una cinta blanca.

El cura nos dio la bienvenida a todos a la ceremonia y habló del amor que había presenciado entre Sam y Brady durante los meses que había llegado a conocerlos. Un par de lecturas, una vela de la unidad, un intercambio de votos y anillos, y el cura los estaba declarando marido y mujer, el señor y la señora Wright.

Brady ahuecó la mandíbula de Sam y susurró «te quiero» antes de que sus labios se posaran sobre los de ella. Los brazos de Sam se deslizaron bajo la chaqueta de Brady mien tras su beso pasaba ligeramente del «con lengua pero en la iglesia» a «buschaos una habitación». Todo el mundo aplaudió y vitoreó y, cuando Xander soltó un fuerte silbido, se separaron, sonriendo como tontos.

Brady la cogió de la mano mientras recorrían el pasillo, con un toque del pintalabios de Sam oscureciendo sus labios. Los demás los siguieron y luego todos nos deshicimos en elogios sobre lo guapos que estaban todos.

—Tenía que ser Sam para que el rojo le quedara tan bien —dijo Carrie.

—Ya ves, ¿verdad? —asintió Lexi—. Sexi pero no vulgar. Brady se lo va a pasar bien desenvolviéndola luego. ¿Visteis esas botas?

—Diez pavos a que se las deja puestas para follar —se rio Carrie.

Vi cómo se alzaban las cejas de Mike mientras miraba detrás de mí y supe que los chicos estaban imaginando a sus mujeres con esas botas. Sí, las botas se quedarían puestas. Para todas ellas.

Yo me limité a negar con la cabeza.

—Tengo que asegurarme de que la tarta esté lista —dijo Charlie, abriéndose paso entre nosotras para escabullirse por la puerta lateral y poder llegar de vuelta al salón de celebraciones, una antigua casa victoriana que había sido convertida en un local para banquetes hacía unos años. Siempre me había encantado su aspecto, ya que me pirraban las casas antiguas, pero nunca había estado dentro. Estaba deseando ver lo que habían hecho con el lugar. Parecía tener un toque de magia, como si allí pudiera pasar cualquier cosa. No cabía duda de que contagiaría parte de esa magia a Sam y Brady.

—No sé vosotras, pero yo pienso tener a alguien con quien irme a casa esta noche. Todo este rollo de amor dulce y feliz me está poniendo triste. Necesito a alguien que llene ese vacío —declaró Carrie, sonando como si estuviera bromeando, pero reconocí el dolor en sus ojos. Odiaba las bodas porque eran un recordatorio de que ella seguía buscando. Si Carrie estuviera casada, sería de esas mujeres que se quedan embarazadas en la luna de miel, o al menos lo intentan. Bromeaba delante de los chicos, pero deseaba todo lo que las demás tenían.

—Lo encontrarás —dijo Xander—, cuando menos te lo esperes.

Le di un codazo a Xander, agradeciéndole en silencio que aliviara el dolor en sus ojos. Nos había llegado a conocer lo suficiente como para saber cuándo estábamos de farol, y los ojos de Carrie definitivamente lo estaban.

—Huy, creo que ya veo a un participante dispuesto. Riles, mira, dos filas más atrás, al otro lado del pasillo. Alto, pelo oscuro, ojos azules, sexi como él solo y con un cuerpo que parece que puede con una mujer como yo. Y lo que es mejor, está mirando para acá.

Miré al otro lado del pasillo para encontrar al hombre al que Carrie estaba comiéndose con los ojos y mi mirada conectó con la suya. El aire se me escapó de los pulmones como si me hubieran conectado una aspiradora. No podía ser. No después de todos estos años. ¿Qué hacía él allí?

—Me pregunto cómo se llamará. Creo que voy a averiguarlo —dijo Carrie, todavía sonriendo.

—Se llama Connor Lee.

2

———

MI REACCIÓN ante él fue instantánea e indeseable. No quería seguir deseándolo. Habían pasado casi once años desde la última vez que lo había visto, pero estaba tan guapo como en el instituto, puede que incluso más bueno. Tenía el pecho más grande, más ancho, a juego con sus hombros. Su cintura se estrechaba de una forma con la que yo solo podía soñar. Sus manos, siempre mi debilidad en los hombres, eran grandes y fuertes. Sabía que medía 1,98 m, una de las muchas estadísticas que me había memorizado sobre él. Sus pantalones de vestir azules y su camisa blanca podrían haber sido confeccionados con las telas más finas, pero el simple hecho de estar sobre su cuerpo hacía que le sentaran así de bien. Joder, hasta su corbata fina, que combinaba a la perfección con sus pantalones, contribuía a que pareciera más bueno. Seguí subiendo la mirada y vi sus ojos azules llameando con un fuego que nunca antes le había visto dirigir hacia mí. Una pequeña sonrisa se dibujó en la comisura de sus labios, haciéndome darme cuenta de que me le había quedado mirando.

Y, a su vez, mis amigas me estaban mirando a mí.

Mierda.

—¿Quién es Connor Lee? —preguntó Carrie, con los ojos yendo de uno a otro como si estuviera viendo un partido de tenis. La pregunta en su mirada me decía que estaba intentando decidir si él era territorio prohibido, y si valía la pena.

Negué con la cabeza y aparté la vista de la suya. No me estaba mirando a mí, no podía ser. No quise mirar detrás de mí para encontrar a la mujer delgada y preciosa a la que le había estado sonriendo. Después de todo, Connor Lee no sabía quién era yo. No había ninguna razón para que me estuviera mirando.

Excepto por el pequeño detalle de que me le había quedado mirando fijamente.

—Connor Lee es solo alguien con quien fui al instituto. El señor Popular, salía con las chicas más guapas, daba las mejores fiestas, ya sabéis a qué tipo me refiero.

Lexi y Carrie asintieron. —El tío más bueno del instituto con el que todas las chicas soñaban que algún día se acercaría a ellas y las besaría. Así que, ¿cuál es tu historia con él?

Resoplé con desdén. —¿Mi historia? Inexistente. Ni siquiera sabía que existía en el instituto. Él iba un curso por delante de mí, pero en su último año salió con una chica de mi clase. Su taquilla estaba al lado de la mía, así que los veía liarse todo el tiempo, pero él nunca me vio.

Carrie entrecerró los ojos en su dirección como si mirarlo pudiera decirle si era un capullo. Por supuesto, conociendo a Carrie, puede que de verdad fuera capaz de leer algo en su piel que le dijera la verdad. En cuanto a mí, sin embargo, no iba a volver a mirar en su dirección ni de refilón. Connor Lee estaba tan fuera de mi liga como era posible. No había razón para que me importara que estuviera en la boda. No importaba.

Sigue mirando hacia aquí —afirmó Lexi como si eso fuera a cambiar algo.

Puse los ojos en blanco. —Está probablemente echándole un ojo a alguien que está detrás de nosotras. O quizá le sueno vagamente y está intentando imaginarme con cuarenta y cinco kilos menos, cuando de verdad me habría dedicado una segunda mirada. Vámonos al banquete.

Xander y Aidan me flanquearon en nuestro camino de salida, en sintonía con mis emociones y protegiéndome de Connor Lee. No era necesario. Connor Lee no se me acercaría. A él le iban las mujeres que parecían más modelos que la mujer que se comía a las modelos para almorzar. Literalmente.

Además, Connor Lee nunca había sido malo o cruel conmigo. Para eso, primero tendría que haber sabido que yo existía. Y eso no iba a pasar nunca.

Carrie y yo volvimos a subir a mi Volvo SUV de diez años, un regalo de mis padres cuando me gradué del instituto. Puse la calefacción a tope, pero, por supuesto, soltó aire frío. —Agg, no sé por qué no lo cambias de una vez. Podrías conseguir algo que de verdad eche calor cuando lo enciendes.

Era una batalla constante entre nosotras. Carrie odiaba mi coche, pero aún más odiaba no poder beber. Nunca me había gustado la sensación de perder el control, así que me ofrecía voluntaria para ser su conductora designada casi siempre. Eso simplemente significaba que tenía que aguantar mi coche viejo.

—Sabes que no voy a comprarme un coche nuevo. Adoro a Betty. Se ha portado bien conmigo. Además, no necesito un coche nuevo. Este funciona perfectamente.

—Sí, si te gusta helarte ocho meses al año con este tiempo gélido en el que vivimos.

Me encogí de hombros. —Tengo mucho relleno. El frío no me molesta ni de lejos tanto como a ti. Eso es casi lo único bueno de ser la más rellenita de nosotras.

Carrie puso los ojos en blanco, como sabía que haría.

Odiaba que hablara de ser la más grande, pero nunca podía negarlo. La diferencia entre mis amigas y yo era obvia para cualquiera que nos mirara. Pero, en realidad, no me importaba. Sí, tenía más curvas que una carretera de montaña, pero era feliz. Había visto a mi madre y a mis hermanas luchar por mantener un peso saludable durante años, solo para acabar restringiendo siempre lo que podían comer y quejándose de ello. Yo no iba a vivir así. Si eso significaba que tenía unos kilos de más, o cincuenta de más, no iba a volverme loca por ello. Estaba contenta con mi aspecto, y algún día encontraría a un hombre que también lo estuviera.

Betty se calentó justo cuando entraba en el aparcamiento del salón del banquete, algo que Carrie no dudó en señalar encantada. —Acuérdate de lo que sientes por Betty cuando te tomes una copa. Si no fuera por ella, estarías sobria conmigo.

Carrie refunfuñó a medias. Sabía que yo tenía razón.

Nos apresuramos a entrar, con cuidado de no acabar de culo en un banco de nieve, y suspiramos aliviadas cuando el aire cálido nos envolvió. —Uf, mucho mejor —gimió Carrie felizmente. —Ya me siento los dedos de los pies otra vez.

Negué con la cabeza ante su comentario y entramos en la sala principal. La casa entera había sido reformada cuando los nuevos dueños se hicieron cargo. La primera planta era para la fiesta y arriba había habitaciones que Sam y las demás usaron para vestirse. En la primera y segunda planta había porches que las rodeaban y que probablemente se usarían mucho en verano, pero que se desperdiciaban en pleno enero en Winterville.

La casa era más grande de lo que esperaba, con una amplia sala diáfana junto al vestíbulo. Grandes mesas llenaban el espacio, con sitio suficiente para los 125 invitados. Manteles blancos e impolutos cubrían las mesas, con lazos rojos atados alrededor de las sillas y flores rojas que iluminaban los centros de mesa. Servilletas rojas reposaban sobre vajilla blanca en cada sitio.

Era elegante y precioso. Hacía juego tanto con la belleza de la casa victoriana como con Sam.

Carrie y yo encontramos nuestros asientos. Lexi y Mike ya estaban en nuestra mesa. Carrie se dirigió a la barra para pedir una copa y yo me senté junto al abrigo de Charlie. Mike y Lexi estaban bebiendo vino, mirándose como si no pudieran esperar a llegar a casa. Bebí un sorbo de agua e intenté pensar en cualquier cosa que no fuera Connor Lee entrando en la sala.

Se me encendieron las mejillas cuando me di cuenta de su presencia. Él recorrió la sala con la mirada, pero yo aparté la vista antes de que pudiera verme. Lo último que quería era que me pillara mirándolo otra vez. Dios sabía que ya lo había hecho bastante en el instituto, pero ahora era una mujer adulta. Una mujer adulta que había superado las fantasías infantiles sobre el capitán del equipo de fútbol americano.

Xander se dejó caer en el asiento a mi lado, besándome la mejilla mientras se sentaba. —¿Tu enamorado sigue echándote el ojo?

Puse los ojos en blanco. —Connor Lee no me está echando el ojo. Ni siquiera sabe quién soy. Además, no me interesa.

—Entonces no te importará si voy a hablar con él —bromeó Carrie mientras ocupaba el asiento al otro lado de Xander.

Me encogí de hombros e intenté fingir indiferencia, pero sabía que había fracasado estrepitosamente.

—Así que cuéntanos sobre él. ¿Quién era Connor Lee? ¿Y por qué te tiene hecha un manojo de nervios?

—No me tiene hecha un manojo de nervios —le discutí a Xander. —Solo estoy sorprendida de verlo, eso es todo.

—Eso ya lo has dicho. ¿Quién era?

Puse los ojos en blanco, sin interés en el interrogatorio que se me venía encima, pero sabiendo que no me libraría de él. Xander sorbió su cerveza, Carrie se inclinó sobre la mesa para mirarme por encima de él. Lexi y Mike incluso dejaron de embobarse el uno con el otro. Aidan y Joey detuvieron su conversación para escuchar. Y, por supuesto, Charlie eligió ese momento para sentarse a mi lado.

—¿Qué pasa? —preguntó ella con cautela.

—Riles estaba a punto de contarnos quién es el pibón de la mesa 12 —le informó Carrie.

Miré a mi alrededor rápidamente, como si Connor Lee pudiera aparecer de repente y oír a Carrie. O a mí. Peor aún que mirarlo fijamente sería hablar de él y que me pillara. No podía permitirlo.

—Connor Lee era el chico popular del instituto. Iba un curso por delante de mí. Su novia tenía una taquilla al lado de la mía en mi penúltimo año, pero él y yo nunca hablamos. Era el capitán del equipo de fútbol americano, el máximo anotador del equipo de hockey y del de lacrosse. Siempre pareció un buen tipo, pero no se fijaba en chicas como yo. Le iban las animadoras.

—Probablemente también era el máximo anotador con ellas —bromeó Carrie, ganándose las risas del resto de la mesa. Asentí estando de acuerdo porque probablemente tenía razón.

—¿Erais amigos?

Negué con la cabeza y bebí un sorbo de agua. —No. No sabía ni que existía. En el instituto, iba a mi aire. Quiero decir, tenía amigos, pero ninguno que estuviera en su círculo. Su grupo ignoraba a la gente que estaba por debajo de ellos, gente como yo.

Xander apoyó el brazo en el respaldo de mi silla y se inclinó. —Fue un tonto y un capullo por ignorar a alguien como tú. Incluso si solo hubierais sido amigos, como nosotros, se perdió conocer a una gran persona.

—Gracias, Xander. Sois maravillosos. Connor Lee es un buen tipo, creo, pero no es como ninguno de vosotros. Siempre pareció importarle más el físico que cualquier otra cosa.

Xander se rio sin alegría. —Yo fui uno de esos tíos hace un tiempo. De alguna manera, creo que todos tenemos esos momentos. Aunque no queramos admitirlo, el físico importa. Sentirte atraído por alguien tiene un peso enorme a la hora de salir con esa persona. Solo recuerda que funciona en ambos sentidos. Mandy no quería salir conmigo al principio porque pensaba que yo estaba demasiado bueno. Sam tuvo problemas con Brady por culpa de ese capullo que la hirió. Todo el mundo tiene miedos. Quizá él haya cambiado.

Volví a mirar por la sala, pero no vi a Connor Lee. Miré de nuevo a Xander. —Puede que sí, pero en realidad no importa. No es como si fuera a hablar conmigo. Ni siquiera sabe quién soy.

El DJ habló por el altavoz y pidió a todos que tomaran asiento para que los novios y el cortejo nupcial pudieran unirse a nosotros. Nos giramos hacia la puerta y vitoreamos a las parejas, y todos nos pusimos de pie cuando entraron Sam y Brady. Gritamos y chillamos e hicimos sonar los tenedores contra las copas hasta que Brady tomó a Sam en brazos y la inclinó para darle un beso. Ella apretó con los puños las solapas de su esmoquin mientras él la sostenía para que todo el mundo la viera.

Se separaron con una sonrisa y se dirigieron a su mesa en la parte delantera de la sala. Dejaron platos de comida ante los novios y el cortejo, y luego llamaron al resto de los invitados para que fueran al bufé a cenar. Mientras cargaba mi plato con pollo, puré de patatas, brócoli y ensalada, charlé con Xander. Él y su mejor amigo, Drew, estaban pensando en montar su propia empresa de restauración y habían venido a mi librería, bueno, a la que yo trabajaba, a por algunos materiales de referencia. Le pregunté cómo iban los planes.

—Avanzamos lentamente. Drew está listo para lanzarse, pero yo estoy un poco más nervioso. Mandy quiere que lo intente.

—Tú también quieres, ¿no?

Xander y yo hablamos el día que vino. Estaba entusiasmado con la idea y buscaba información sobre cómo montar un negocio de verdad, la parte legal de las cosas, y sobre cómo gestionar una sociedad. Xander y Drew eran amigos desde la universidad y ya trabajaban juntos, pero querían independizarse en lugar de recibir órdenes. Los admiraba muchísimo.

—Definitivamente quiero que hagamos lo nuestro. Significará mucha flexibilidad en el futuro, siempre que las cosas vayan bien, y hacer los proyectos que realmente nos inspiran. Drew está totalmente metido. Siento que solo necesito dar el salto, pero estoy nervioso, ¿sabes?

Asentí, comprendiéndolo mejor de lo que él podía imaginar. Llevaba siete años trabajando en READ y había pensado en comprar la tienda a los dueños más veces de las que podía contar, pero nunca tuve las agallas para hablarles de mi sueño. Me decía a mí misma que cuando estuvieran listos para jubilarse, hablaría con ellos. Estaba bastante segura de que se acercaban a la jubilación, pero no sabía si el dinero que tenía ahorrado era suficiente para comprar la tienda.

—Es un gran salto. Uno para el que tienes que estar seguro de que estás preparado. La seguridad que da un trabajo diario es difícil de dejar, aunque puedas perder tu trabajo en cualquier momento. Trabajando por tu cuenta no hay nadie en quien apoyarse si las cosas no salen bien.

Xander asintió y se metió una cucharada de puré de patatas en la boca. —Tienes razón. Si supiera que las cosas saldrán bien, sería más fácil. Pero tampoco sé si las cosas irán bien donde estoy ahora. Supongo que confío más en mí y en Drew que en nuestra empresa actual, así que no hay razón para detener el progreso.

—Entonces, quizá sea el momento de dar ese salto. Oye, ¿dónde está Drew? ¿Pensaba que venía?

Xander negó con la cabeza. —Brandi siendo Brandi. Sam no la invitó, por supuesto, y Brandi le montó un pollo a Drew por ello. Básicamente le dijo que si venía a la boda, ella lo dejaría.

—No sé qué ve en ella.

Xander asintió. —Ninguno de nosotros lo sabe.

La conversación y las bebidas fluyeron a mi alrededor. Acepté una copa de champán cuando empezaron los brindis, pero aparte de eso me mantuve alejada del alcohol, aunque me hubiera encantado tomar unas copas para calmar los nervios de ver a Connor Lee. Durante toda la cena le eché miraditas. Estaba hablando con los demás de su mesa, riendo y divirtiéndose. No parecía que tuviera pareja, pero estaba charlando con una rubia guapa sentada a su lado. Sabía que no debería estar celosa, pero no pude evitarlo.

Nunca antes había deseado de verdad ser una de esas personas guapas, las de cuerpos delgados y pelo perfecto. No hasta ese momento en que mi sueño del instituto miraba a la mujer de su mesa como si fuera la que había colgado la luna en el cielo.

Nunca me habían mirado así. Pura determinación, o quizá terquedad, me decía que algún día encontraría a un hombre que me miraría como si yo fuera la mujer más guapa de la sala, pero esa noche, no creía que eso fuera a suceder nunca.

La música comenzó a sonar en la sala de al lado, donde estaba el DJ. Era agradable tener las mesas y el comedor en una sala y el baile en la otra. De esa manera, si la gente quería sentarse a hablar, no habría tanto ruido. También significaba que era obvio quién era el grupo popular y quién no.

Una vez que Sam y Brady compartieron su primer baile, *Buscada* de Hunter Hayes, Sam bailó con su padre. Como la madre de Brady murió cuando él solo tenía tres años, bailó con su hermana pequeña lo que habría sido el baile de la madre con el hijo. Aunque no podía oírlos, fue increíble ver cómo el vínculo entre ellos se fortalecía en la pista de baile.

Llamaron al cortejo nupcial a la pista y Xander, Aidan y Joey se unieron a Mandy, Claire y Addi en la pista. Al poco tiempo, Lexi y Mike también estaban allí.

Y entonces quedaron tres.

Carrie encontró a un chico con quien bailar, pero Charlie y yo nos quedamos cerca del borde de la pista de baile. Sin bailar, pero de pie como si fuéramos parte de la acción de todos modos. Charlie fue a ver las magdalenas porque Sam y Brady estaban a punto de cortarla, o lo que sea que se haga con una tarta de magdalenas. Me di la vuelta para volver a nuestra mesa, aunque solo fuera para comprobar si tenía alguna llamada perdida en el móvil, o leer la última novela erótica que había descargado, aunque eso no se lo confesaría a nadie.

De camino a la mesa tuve que pasar por delante de la de Connor Lee. Seguía hablando con la rubia. No lo miré, pero pude sentir sus ojos sobre mí cuando pasé. Probablemente se preguntaba por qué lo estaba mirando en la iglesia, pero no tenía ninguna intención de ponérselo fácil. No volvería a verlo después del banquete. Saldría de mi vida otra vez, aunque en realidad nunca hubiera estado en ella.

Me desplomé en mi asiento, con tantas ganas de irme como de celebrar con mis amigos. Con el estrés añadido de ver a Connor Lee, mi casa me parecía cada vez más apetecible. Estaba sopesando si pedir que alguien más llevara a

Carrie a casa cuando oí mi nombre. —Hola, Riley, ¿cómo has estado?

Conocía esa voz. Aunque nunca antes había dicho mi nombre, conocía su voz tan bien como la mía. Esa voz suave y profunda estaba hecha para las líneas eróticas. Si mi pulso acelerado no era un indicador suficiente, estaba bastante segura, basándome en el endurecimiento de mis pezones y la humedad entre mis piernas, de que Connor Lee estaba de pie detrás de mí.

Maldita sea, ¿cómo podían cinco palabras tener tanto efecto en mí?

3

—¿Cómo sabes mi nombre? —solté antes de poder contenerme.

Un atisbo de dolor cruzó su rostro e hizo una mueca. Ladeó la cabeza y luego dijo: —Fuimos juntos al instituto. Soy Connor...

—Lee —terminamos a la vez—. Sé quién eres, todo el mundo lo sabe. ¿Pero cómo sabes tú mi nombre?

Esbozó una sonrisa un poco chulesca e hizo un gesto hacia la silla a mi lado. Asentí con resignación y se sentó en el sitio de Xander. —Siempre he sabido quién eras, Riley Williams. ¿Cómo te ha ido?

¿Iba en serio? Nunca antes me había dirigido la palabra y estaba ahí sentado como si fuéramos viejos amigos. ¿Me estaban tomando el pelo? Tenía que ser algún tipo de broma.

—¿Por qué? No quiero sonar como una borde, pero no éramos amigos en el instituto. ¿Por qué molestarte conmigo ahora?

La sonrisa de Connor se desvaneció y bajó la vista hacia sus manos. Sin duda, se levantaría y se iría en cinco, cuatro, tres, dos, uno...

—Era un capullo en el instituto. No hay ninguna razón por la que no debiera haber sido amigo tuyo. Lo siento. Quizá estoy intentando ser mejor persona. Aunque entiendo por qué no te fías de mí, así que empezaré yo. Desde el instituto, jugué al fútbol americano en la universidad y un par de años en la NFL, me licencié en comunicación y tengo mi propio programa matutino para hombres donde hablo de deportes, mujeres y de la vida. Vivo en un apartamento en un rascacielos aquí en Winterville. Nunca me he casado, no tengo hijos, que yo sepa.

Sus cejas danzaron con su última frase, provocándome. Puse los ojos en blanco, relajándome tal y como él pretendía que hiciera.

—Vamos, Riley, dame una oportunidad. No soy un mal tío.

Aproveché la oportunidad para examinarlo. De cerca, me di cuenta de un toque de verde en unos ojos que siempre había pensado que eran simplemente azules. Su pelo castaño estaba recién cortado, pero todavía un poco largo, como si quisiera darse un aire rebelde. Se había quitado la chaqueta del traje y la camisa blanca se le ajustaba a un pecho ancho por el que me moría de ganas de pasar las manos. Me estaba observando con media sonrisa en la cara. Unos dientes blancos que estaban solo un poco torcidos añadían encanto a su atractivo.

Joder, qué sexi era.

—Vale, ¿qué quieres saber?

Se encogió de hombros. —Todo. Sé que ibas un año por debajo de mí en el instituto. ¿A qué universidad fuiste? ¿Qué estudiaste? ¿A qué te dedicas ahora? ¿Estás saliendo con el chico con el que estabas sentada en la boda y en cuyo asiento estoy ahora?

Apartó la mirada al hacer la última pregunta. Si no lo conociera, diría que le daba vergüenza preguntar, aunque no tenía ni idea de por qué. Connor Lee era seguro de sí mismo, extrovertido, incluso dominante. No tenía ninguna razón para ser tímido.

—Fui a la Universidad de Winterville para la carrera. Estudié empresariales y luego hice un máster en biblioteconomía. Trabajé en una librería durante la universidad y me quedé a tiempo completo después de graduarme. Siempre me ha encantado leer y estar rodeada de libros es como un sueño hecho realidad para mí, supongo.

Connor se rio de mi estúpida broma y se inclinó hacia delante. Acercó su mano y me quedé helada, con la respiración contenida en la garganta. Levantó la mano y me apartó un mechón de pelo rubio oscuro detrás de la oreja; sus dedos se demoraron en mí, tocando suavemente mi oreja y recorriendo mi mandíbula. —¿Y qué hay del chico, Riley? ¿Es tu novio?

Me reí, sin saber por qué le importaba, pero incapaz de mentirle. Antes de que pudiera responder, oí a Xander detrás de mí: —¿Qué pasa, Riles?

Xander sonaba cabreado, aunque no tenía ni idea de por qué iba a estarlo. Me giré en mi asiento para mirarlo y me encontré a Xander fulminando a Connor con la mirada. Tenía los brazos cruzados sobre el pecho y los pies muy separados, una postura de combate como nunca había visto.

Connor se puso de pie, con las manos en alto en señal de rendición, y yo me levanté de un salto para interponerme entre ellos.

—No pretendía hacer nada malo, tío. Solo me estaba poniendo al día con una vieja amiga —le dijo Connor a Xander—. No me di cuenta de que tenía pareja.

—Ya, bueno, que yo sepa, tú y Riley no erais amigos en el instituto. Solo eras un capullo que se tiró a medio equipo de animadoras e ignoraba a las chicas que tenían algo de sustancia, chicas como Riley, a las que de verdad valía la pena conocer. ¿Qué te hace pensar que mereces la oportunidad ahora?

Connor pareció como si le hubieran abofeteado. Abrí la boca para discutir, para decirle que yo nunca había dicho esas cosas, bueno, no todas, pero se me adelantó.

—Tienes razón. Fui un gilipollas en el instituto. Y no merezco la oportunidad. Riley es una mujer increíble, probablemente demasiado lista y buena para alguien como yo. Eres un tío con suerte.

Connor le tendió la mano a Xander. Xander miró la mano de Connor, luego a mí y de nuevo a él. A regañadientes, estrechó la mano de Connor y le dedicó ese asentimiento de cabeza que se hacen los tíos. Connor le devolvió el gesto y me miró. —Siento haber sido un capullo contigo, Riley. Eres una mujer muy guapa y te deseo lo mejor.

Parecía que iba a besarme en la mejilla, pero se lo pensó mejor cuando Xander carraspeó y se acercó más a mí. Puse los ojos en blanco, preguntándome si iban a bajarse los pantalones para ver quién la tenía más larga. Connor parecía lamentar de verdad no haber tenido más oportunidad de hablar conmigo. Estaba disfrutando de la conversación con él, aunque solo hubieran sido unos minutos. Miré a Xander y lo vi reprimiendo una sonrisa.

Antes de que ninguno de los dos pudiera decirle algo a Connor, Mandy se acercó. —Ahí estás. Pensaba que habías ido a por una copa para mí. Hola, Riles, qué vestido más sexi. ¿Quién es el maromo?

Mandy se puso de puntillas y besó a Xander, rodeándole el cuello con los brazos. Él le respondió al instante, deslizando las manos hasta la parte baja de sus caderas mientras profundizaba el beso. Miré a Connor y él los estaba mirando boquiabierto, con una expresión de conmoción y terror en su rostro.

Entonces agarró el brazo de Xander y lo apartó de

Mandy. La ira reemplazó las otras emociones mientras su puño se cerraba a su costado. —¿Pero qué coño, tío? Me estás sermoneando sobre no ser digno de Riley y te estás morreando con otra mujer delante de ella. Eres todavía más gilipollas que yo.

Xander abrió la boca para hablar, pero me interpuse entre ellos, colocando una mano en el pecho de cada uno. Xander tenía a Mandy resguardada detrás de él de forma protectora, su mano sujetando la de ella. Los ojos de Connor echaban chispas y sus fosas nasales se dilataron. Me habría reído si no hubiera pensado que le iba a dar una paliza de muerte a Xander.

—Xander no es mi novio. Está casado con Mandy, la mujer que está detrás de él. Somos todos buenos amigos y solo me estaba protegiendo, asegurándose de que no fueras un capullo que iba a intentar aprovecharse de mí.

Los ojos de Connor iban y venían de mí a Xander y a Mandy. La furia que había mostrado hacía unos momentos se transformó en incredulidad y luego en diversión. —Supongo que me lo merecía. Riley tiene suerte de tener amigos que se preocupan tanto por ella.

Xander le tendió de nuevo la mano a Connor con una sonrisa. —Siento haberte engañado, tío. Somos bastante protectores con nuestras chicas. Te vimos mirando a Riles en la boda y ella dijo que no os conocíais, pero que habíais ido juntos al instituto. Había un montón de capullos en mi instituto a los que les encantaría humillar a alguien años después, solo por joder. No iba a permitir que eso le pasara a Riles. Pero si eres un buen tío, todo bien entre nosotros.

Connor tomó su mano con una sacudida de cabeza y una sonrisa. —Ningún deseo de humillar, solo quiero conocer a Riley. Si ella me deja.

Todas las miradas se volvieron hacia mí. Mi ritmo cardíaco se aceleró. Durante los tres años que estuvimos juntos en el instituto, soñé con conocer a Connor Lee. Pero ya no era esa chica. Era una mujer adulta.

Entonces, ¿por qué todavía quería subirme al carro y ver a dónde me llevaría Connor Lee?

—Está bien. Solo estamos hablando. Id a divertiros.

Mandy me guiñó un ojo y tiró de Xander hacia la barra. Se detuvieron a mitad de camino y se besaron, haciendo que mi corazón se encogiera un poco, y luego continuaron caminando con los brazos todavía rodeándose. Les sonreí, aunque no me estaban mirando, y me pregunté si alguna vez encontraría ese tipo de amor.

Connor carraspeó y mi atención volvió a él de golpe. Me sonrió con timidez y se pasó una mano por el pelo. —Siento haber sido un capullo en el instituto. No pretendía tratarte tan mal. Y siento haberte acorralado esta noche. Te dejaré volver con tu cita si quieres.

Dijo la última parte casi como una pregunta, como si estuviera pescando más información. Mordí el anzuelo. —No es una cita. Estoy aquí con mi novia.

—Ah —dijo con tristeza—. No me di cuenta de que eras…

Fruncí el ceño, intentando comprender adónde quería llegar, lo que estaba diciendo. Entonces caí en la cuenta.

—Oh, mierda. No, no soy lesbiana. No es que tenga nada de malo. Me refería a «amiga», en el sentido de mejor amiga. Sam, la novia, es una de nuestras amigas íntimas. Somos un grupo de ocho chicas que salimos juntas. Cuatro eran damas de honor y las otras cuatro estábamos sentadas juntas, con todos los chicos.

—Como no consigo que me des una respuesta clara, voy a preguntártelo sin rodeos. ¿Estás soltera?

Solté una risita como si fuera obvio y dije: —Sí, estoy soltera.

—Qué suerte la mía —murmuró Connor, desviando la mirada—. ¿Bailas conmigo?

Ladeé la cabeza, preguntándome por qué estaba siendo tan amable y dedicándome tanto tiempo. Había un montón de mujeres atractivas en la boda. No tenía por qué hablar conmigo, y desde luego no tenía por qué bailar conmigo.

—No tienes por qué hacer eso. Hay un montón de mujeres guapísimas con las que podrías estar bailando.

—No quiero bailar con una mujer guapísima. Quiero bailar contigo.

Arqueé las cejas, dolida y sorprendida a la vez de que dijera algo así. Agaché la cabeza, incapaz de seguir mirándolo a los ojos. Fue como descubrir que el héroe de tu infancia era en realidad un gilipollas integral que había mentido sobre todas las cosas geniales que había hecho.

Las lágrimas me escocían en los ojos, pero me negué a llorar delante de él. Sabía lo que era, pero dolía oírlo. Saber que Connor Lee no me consideraba guapa. No es que alguna vez hubiera imaginado que lo pensaría, pero, joder, cómo dolía.

Su mano me ahuecó la mandíbula e intentó levantarme la barbilla para que lo mirara. Mantuve los ojos desviados a un lado para no mirarlo. Susurró: —Por favor, mírame, Riley. Por favor.

Cerré los ojos con fuerza y luché por mantener el control. —Por favor, que no llore —me repetía una y otra vez en mi cabeza. Cuando sentí que podía contener el dolor, abrí los ojos y lo miré.

Sus ojos reflejaban tristeza. Sus labios formaban una mueca. Y estaba cerca. Tan cerca que podía sentir su aliento en mi cara. Su mano me sujetaba la mandíbula con una ternura que nunca habría esperado de un exjugador de fútbol. —No quería decir eso de la forma en que ha sonado. Solo quería decir que quería pasar tiempo contigo. No estoy aquí buscando a alguien para llevarme a casa esta noche. Solo quiero conocerte. Además, eres la mujer más guapa de aquí.

Puse los ojos en blanco, sabiendo que se estaba pasando de la raya.

—Lo digo en serio, Riley. Sé que no me crees, pero es verdad. Al menos para mí, estoy seguro de que tu amigo, Xander, diría que su mujer es la más guapa. No tienes ninguna razón para confiar en mí, Riley, pero todo lo que te pido es un baile. Si no quieres, te dejaré en paz. No pretendo acosarte.

Estaría loca si dejara pasar la oportunidad, ¿verdad? Es decir, era Connor Lee. Él había alimentado la primera de mis fantasías. Un baile era inofensivo. Pero era Connor Lee.

—Vale —dije en voz baja.

Connor retrocedió con una sonrisa vacilante en el rostro. Me tendió la mano y yo deslicé la mía en la suya, permitiendo que me guiara a la otra sala y a la pista de baile. Levantó nuestras manos unidas y me rodeó con la otra, apoyándola en la parte baja de mi espalda. La música flotaba a nuestro alrededor mientras bailábamos lentamente, sin hablar, solo balanceándonos juntos. Sus dedos acariciaron la parte baja de mi espalda, enviando rayos por todo mi cuerpo. Con los tacones, solo era unos centímetros más baja que él y podía sentir su aliento en mi mejilla mientras me abrazaba.

Su respiración se volvió dificultosa, igual que la mía. Me estaba acalorando, deseándolo más con cada segundo que su mano descansaba sobre mí. Siempre había tenido bastante confianza sexual, sin rehuir el dar el primer paso o ir a por lo que quería con los hombres. Si sabía que un hombre me deseaba, eso me daba la confianza para besarlo o tocarlo.

Pero con Connor Lee, mi cerebro hizo cortocircuito. Me deseaba. Podía sentirlo contra mi vientre y oírlo en su respiración entrecortada. Su mano se apretó en mi espalda y descendió un poco más con cada caricia. Era Connor Lee. Abrazándome, bailando lentamente conmigo en la boda de mi amiga. Duro contra mi estómago.

Connor se echó hacia atrás y me miró. Sus ojos contenían la promesa de un «después». Una noche, quizá un desayuno. Pero yo no era de las que tienen rollos de una noche. Si iba a haber un «después», iba a tener más de una noche, más de una oportunidad.

Yo no era la mujer para Connor Lee.

Cuando sus ojos se encontraron con los míos, no me importó. Por un brevísimo instante quise ser como Carrie. Quise que me pareciera bien un rollo de una noche. Quise irme a casa con él. Quise cumplir mi fantasía adolescente de estar con Connor Lee.

Pero sabía que no podía.

Dejamos de bailar, el momento nos mantuvo a ambos cautivos. Él parecía tan afectado como yo. Su mano en mi espalda se apretó, empujándome un poco más cerca, presionando aún más su erección contra mi vientre blando. Su cabeza se inclinó mientras mi barbilla se levantaba. Mis ojos se cerraron y ese último segundo de provocación antes de que nuestros labios se encontraran me torturó.

—¡Solteras! —resonó por los altavoces, haciéndome saltar. Mis ojos se abrieron de golpe mientras el DJ continuaba con su anuncio—. ¡Sam se está preparando para lanzar el ramo y quiere a todas las solteras aquí mismo, delante de mí!

Connor forzó una sonrisa y me soltó. Dio un paso medido hacia atrás, no estaba segura de si para recordarse a sí mismo quién era yo o para darme espacio, pero de cualquier manera me dolió. Estuvo a menos de un segundo de besarme y cambió de opinión.

—Gracias por el baile —dijo antes de alejarse de la pista de baile.

Carrie se puso a mi lado, enlazando su brazo con el mío y arrastrándome hacia el DJ. Estaba radiante, con los ojos brillantes y las mejillas sonrosadas. O estaba borracha o había encontrado a alguien que le diera ese brillo. Quizá ambas cosas. —Vamos —dijo con entusiasmo—, tenemos que coger un buen sitio. Luego tengo que volver con Mark. Es tan mono. ¿Con quién estabas bailando?

Forcé una sonrisa y negué con la cabeza. —Con nadie —le dije, sabiendo que no importaba.

Sam nos miró a todas y sonrió con su sonrisa diabólica. Brady estaba detrás de ella, con la mano apoyada en su cadera. Cuando todas estuvieron listas, Sam se giró para mirar a Brady. Él le dio un beso. —Para la suerte —dijeron sus labios, y luego retrocedió. Sam hizo dos amagos antes de soltar el ramo. Voló hacia mí y el pánico me paralizó.

No quería coger el ramo. Conllevaba una cierta responsabilidad. Quizá una responsabilidad percibida, pero responsabilidad al fin y al cabo. No iba a casarme en un futuro próximo. Y no estaba de humor para que todo el mundo se entusiasmara con que yo fuera la siguiente.

Me hice a un lado mientras una de las primas de Sam saltaba delante de mí. El ramo rozó la punta de sus dedos y se desvió hacia Carrie. Ella lo alcanzó, con una avidez en sus ojos que me decía que se creía el bombo tanto como yo lo temía. Los dedos de Carrie se cerraron alrededor de los tallos de las rosas justo antes de que el ramo tocara el suelo y lo levantó, victoriosa.

Sam aplaudió y todos aclamaron a Carrie. La felicité y me encontré buscando a Connor, aunque sabía que se había ido. Carrie me abrazó con demasiado entusiasmo, haciéndome saber que estaba un poco borracha. —Tengo que enseñárselo a Mark —dijo con demasiada emoción. Ningún chico se quedaría una vez que se diera cuenta de lo preparada que estaba Carrie para ser realmente la siguiente en pasar por el altar. No es que Carrie no valiera la pena, pero una boda no parecía el lugar para conocer a alguien con quien pasarías el resto de tu vida.

Dios sabía que yo había vuelto a fracasar.

Seguí a Carrie sin rumbo, lista para sentarme y lista para irme. Cuando Carrie se detuvo delante de mí, casi me choco con ella. Le echó los brazos a un chico rubio con una sonrisa en la que no confié.

—Hola, nena —dijo el chico con una falsedad empalagosa que me dio ganas de vomitar. ¿Por qué Carrie pasaba el tiempo con él?

—¡Mira, Mark, he cogido el ramo! —le dijo emocionada.

—Ah, sí. Toma, ¿por qué no se lo damos a esta chica? —dijo, quitándoselo de la mano a Carrie y dándomelo a mí—. Parece que le vendría bien la suerte —dijo Mark no lo suficientemente bajo.

Carrie me lo arrebató y se apartó de Mark. —Es mío, y ella no necesita suerte. Riley es una mujer maravillosa y guapa. Cómo te atreves a insultar a mi amiga.

Mark se rio y nos miró, a Carrie con los brazos cruzados sobre el pecho y a mí con cara de estupefacción. —Vaya. Y yo que pensaba que querías divertirte esta noche.

Se dio la vuelta y se alejó, Carrie se quedó mirándolo boquiabierta. —¡Qué capullo! —dijo finalmente—. En fin. Vamos a por una copa y una magdalena.

No sabía cómo se recuperaba tan rápido. Yo todavía estaba nerviosa por el casi beso de Connor Lee. Sacudí la cabeza para despejar mis pensamientos de hombres que no valían la pena y enlacé mi brazo con el de Carrie, decidida a disfrutar del resto de la celebración.

4

Durante todo el día siguiente estuve soñando despierta con Connor Lee. El tacto de sus manos sobre mi piel, su aliento en mi cara, el deseo en sus ojos antes de inclinarse para besarme.

Y la expresión de su mirada cuando salió huyendo.

Fue una mierda.

Si hubiera sido cualquier otro chico, quizá habría ido tras él, a lo mejor le habría pedido el número. Pero con Connor Lee sabía que no debía. Conocía el tipo de mujeres que le gustaban. Me había pasado años viéndolo ir detrás de las chicas delgadas, las que eran la mitad que yo, literalmente en algunos casos. Yo no era la mujer para Connor Lee, por mucho que me hubiera mirado así durante un minuto.

No teníamos nada en común, así que, aunque por un instante fugaz hubiera pensado que quería besarme, no duraría. Él era un deportista, yo una empollona. Él era guapísimo, yo del montón. Él era Connor Lee, yo era Riley Williams.

Para el lunes por la mañana, ya había vuelto a meter mi deseo por Connor Lee en la caja en la que había estado desde el instituto, bien cerrada bajo llave, en lo más profundo de mi corazón. Un lugar al que podía asomarme cuando estuviera de bajón, cuando necesitara sentirme deseada, aunque solo fuera por un minuto.

Dormí fatal, por decirlo suavemente. Como ave nocturna declarada, casi siempre estaba despierta hasta medianoche o más tarde y dormía por lo menos hasta las nueve. Como READ no abría hasta las diez, tenía tiempo de sobra para ducharme y llegar antes de tener que abrir. Pero ese lunes… no pude dormir.

El reloj se burlaba de mí a las 7:03. Lo fulminé con la mirada, obligándome a volver a dormirme. Apreté los ojos con fuerza y me di la vuelta. Le di un puñetazo a la almohada. Me quité las sábanas de una patada y luego volví a taparme. Volví a darme la vuelta.

Entonces me rendí.

Eran las 7:07.

Molesta, me levanté de la cama. Con casi tres horas hasta tener que estar en el trabajo, no sabía qué hacer conmigo misma. Después de un bol de cereales y una ducha extralarga, eran las 7:54.

Mierda.

A esas horas no echaban nada bueno en la tele, solo programas matinales que no me interesaban. Encendí la radio y entonces recordé que Connor había dicho que tenía un programa de radio.

Me mordí la uña mientras sopesaba la idea. Oír su voz podría llevarme al límite, pero intentar no escucharlo podría ser igual de malo. Quería olvidarme de él. Joder, si ya lo había hecho. Dejarlo entrar en mi casa, aunque solo fuera su voz, era una mala idea.

Mientras me convencía a mí misma de no hacerlo, fui pasando por las emisoras de radio locales hasta que oí su voz.

—Bienvenidos de nuevo, chicos. Soy Connor en *No se permiten niñas*. Estamos hablando de los partidos de este fin de semana. Los playoffs están en pleno apogeo y los partidos de ayer no decepcionaron.

Oh, Dios, ¿por qué lo he hecho? Una palabra y ya estaba enganchada, y eso que ni siquiera me gustaban los deportes. Me senté a la mesa de la cocina y escuché, embelesada, mientras Connor Lee hablaba de fútbol americano. Al menos, creía que era fútbol americano. Parecía ser el deporte que dominaba los anuncios, así que tenía sentido que fuera al que dedicaba su programa.

Antes de darme cuenta, estaba diciendo: —Soy Connor Lee. Gracias por escucharme hoy, chicos. Mañana continuaremos donde lo hemos dejado. Y, por supuesto, será *Aterrizaje el martes*, así que escucharemos a todos los entrenadores de salón y a algunos de los profesionales. Disfrutad del día y recordad: *No se permiten niñas*.

Podía oír la sonrisa en su voz, la felicidad con lo que decía y hacía. Disfrutaba de su trabajo. Y siendo una especie de celebridad local, sabía que no había echado en falta mi presencia el sábado por la noche. Lo más probable es que tuviera donde elegir a quién llevarse a casa.

¡Argh! No quería pensar en ello. Connor Lee no estaba en mi vida. Y yo no estaba en la suya.

Solo eran las nueve cuando el programa terminó, pero yo ya no podía más. No podía quedarme sentada en mi pequeña casita por más tiempo. Me había enamorado de la casita cuando la encontré, pero dejar entrar a Connor Lee iba a requerir una limpieza a fondo. Mi cocina americana daba al pequeño comedor, apenas lo suficientemente grande para una mesa de seis personas. Dando la vuelta a la mesa y volviendo al salón, que albergaba mi increíblemente cómodo sofá de pana azul marino y una televisión que permanecía apagada la mayor parte del tiempo, supe que antes de irme necesitaba encontrar una forma de relajarme.

Y sabía exactamente cómo hacerlo.

Subí las escaleras arrastrando los pies hasta donde se encontraban los tres dormitorios de mi casa. Mi dormitorio estaba bastante bien para mí, con una cama tamaño king, uno de mis pocos caprichos. Solo tenía un baño arriba, pero como vivía sola no era un gran problema. Mi cuarto de invitados, para mis hermanas o amigas si decidíamos hacer una fiesta de pijamas, ocupaba la segunda habitación. Pero la tercera... la tercera habitación era mi santuario.

En cuanto crucé la puerta de mi biblioteca, sentí que mi pulso empezaba a ralentizarse. El olor familiar de los libros, combinado con la visión de los cientos de ejemplares de mi colección privada, me calmaba como nada más lo hacía. Ni siquiera el sonido de la voz de mi madre me relajaba como lo hacían los libros.

Tenía sentido que me rodeara de ellos en todos los aspectos de mi vida.

Cogí mi libro favorito, *El Gran Gatsby*, y me senté en mi sillón, un mullido sillón reclinable que le robé a mis padres cuando me fui a vivir sola. Mis dedos recorrieron las brillantes palabras amarillas y las líneas de su rostro. El texto se había desvanecido con los años, pero el brillante azul de la cubierta resplandecía. Solo mirarlo me calmaba el corazón.

Abrí las páginas por donde lo había dejado y leí durante unos minutos, centrándome de nuevo y recordando quién era. Y por qué me encantaba ser yo. Connor Lee, ni ningún otro hombre, me cambiaría ni me haría sentir menos que la persona maravillosa que era.

Cuando volví a dejar el libro, sonreí. Estaba lista para ir a trabajar.

El trayecto en coche hasta READ era corto, otra razón por la que había elegido la casa en la que vivía. Me sorprendió ver otro coche en el aparcamiento, pero lo reconocí inmediatamente como el de George y Pam, mis jefes y los dueños de READ.

Cuando estaba en la universidad y buscaba trabajo, encontré READ una tarde mientras conducía por ahí. Entré, siempre me han encantado las librerías independientes que se preocupan más por el cliente que por la corporación que las respalda, y me enamoré. READ era exactamente el tipo de lugar donde me sentía cómoda, como en casa. Aunque no era tan grande como las librerías de las grandes cadenas, READ no era moco de pavo. El espacio era amplio y abierto, y tenían libros de todos los géneros, incluidos algunos de los menos populares.

Pam y George estaban trabajando ese día y terminamos hablando. Me ofrecieron un trabajo en el acto y empecé una semana después. Siete años más tarde seguía allí, amando mi trabajo cada día más.

La tienda era mi lugar favorito y no quería irme, ni siquiera cuando Pam y George se jubilaran. Dirigir un negocio no era algo que me hubiera planteado antes de trabajar en READ, pero después de ver cómo lo hacían Claire, Charlie y Sam con sus negocios, supe que yo también podía hacerlo.

Entré en la tienda y pasé por delante de las cajas registradoras de la entrada, atravesé la sección de novedades, luego la de misterio, luego la de fantasía (piensa en Tolkien, no en Penthouse) y finalmente llegué a la parte de atrás de la tienda, donde estaban las oficinas.

—¡Hola! —grité al cruzar la puerta de «Solo personal autorizado».

—¡Hola! —respondió Pam desde el despacho de los dueños, al final del pasillo.

Encendí la luz de mi despacho al pasar y dejé mi abrigo y mi almuerzo sobre el escritorio antes de ir a buscar a Pam.

—¡Hola, chicos! ¿A qué debo el placer? —pregunté después de abrazar a Pam y a George y acomodarme en una silla de su despacho.

El pelo de Pam, de un gris claro y liso como una tabla, estaba cortado en un elegante pelo corto que enmarcaba su delgada cara. Sus ojos verdes eran brillantes, pero no se les escapaba nada. Su pequeña figura era algo que había envidiado en más de una ocasión, especialmente con sus característicos leggings negros y su jersey rojo extragrande. Las botas de motera hasta la rodilla te hacían dudar de si era más joven de sus 62 años.

George era la pareja perfecta para Pam. Su pelo corto clareaba, pero seguía siendo casi negro a pesar de tener 65 años. Llevaba unos vaqueros que tiraban a ajustados sin que pareciera que se esforzaba demasiado por ser joven. Una vieja camiseta de un grupo era un guiño a sus años mozos, cuando pluriempleaba como pipa para cualquier grupo que pasara por los locales de moda.

Intercambiaron una mirada que me puso nerviosa al instante. Cuando volvieron a mirarme, vi una mezcla de emoción y ansiedad en sus rostros. Los quería como al resto de mi familia. Lo que fuera que estuviera pasando no eran todo buenas noticias, y estaba nerviosa.

—Queríamos venir a hablar contigo —empezó George—. A Pam y a mí nos están pasando algunas cosas y queríamos que estuvieras al tanto de todo antes de que te enteraras por otra persona.

Oh, mierda. Empecé a entrar en pánico. ¿De qué demonios podían estar hablando? Mi mente se fue inmediatamente a que uno de ellos estaba enfermo, luego saltó a que vendían la tienda, y después a que se mudaban.

Joder, podría ser todo lo anterior.

—Sabes que nos estamos haciendo mayores. Hemos empezado a viajar un poco, gracias a ti —dijo Pam radiante—. Con todo eso, hemos decidido que estamos listos para dar un paso más atrás. Queremos retirarnos por completo. Nos jubilamos.

Solté el aire en un suspiro que me dejó aliviada de que no estuvieran enfermos y con el estómago revuelto porque no estaba lista para comprar la tienda. A menos que...

—¿Qué va a pasar con la tienda? ¿Seguiréis siendo los dueños?

Pam y George intercambiaron una mirada que me dijo lo que iban a decir antes de que abrieran la boca. Se me encogió el corazón mientras esperaba a que me dijeran que ya habían vendido READ. —Bueno, no queremos serlo. No sabemos si estás en condiciones de comprarnos READ, pero queríamos darte la primera oportunidad. Si no la quieres, buscaremos otros compradores.

—¿De verdad? —pregunté, sorprendida y emocionada de que fuera a tener la oportunidad de hacer mi sueño realidad. Brady me había dado el nombre de alguien con quien hablar en un banco local, pero todavía no había hecho ninguna llamada. Con Pam y George retirándose, sabía que era el momento de hacer esa llamada.

—No queremos que sientas que te estamos presionando para nada. Si no quieres la tienda, lo entenderemos perfectamente. Solo queríamos hablar contigo primero antes de hablar con nadie más.

—La quiero —solté sin pensar—. Siempre la he querido.

Pam y George me sonrieron como si les acabara de dar la mejor noticia del mundo. —Es una noticia fantástica, cariño —dijo Pam con entusiasmo. —Hemos encargado a Andy que calcule el valor del negocio y a partir de ahí veremos. ¿Tienes a alguien con quien hablar sobre un préstamo?

Asentí. —Un amigo mío me dio un nombre hace unos meses. Lo llamaré esta semana.

—Excelente. Sé que esta es una conversación incómoda, pero ¿tienes dinero ahorrado?

—Sí. No sé si será suficiente, pero sí. Llevo un tiempo ahorrando, pero tendré que hablar con el banco una vez que sepáis lo que queréis por el negocio. Si no puedo comprarla, ¿qué haréis?

Pam y George intercambiaron una mirada que me encogió el corazón y me aceleró el pulso. Sabía que tenía que hacer la pregunta, pero también sabía que no me iba a gustar la respuesta.

—Tenemos algunas otras opciones. Llevamos unos meses investigando a cualquiera que pudiera estar interesado en READ, pero nunca hemos hecho ningún plan. A las grandes cadenas les encantaría vernos quebrar, por supuesto, y no dejarían pasar la oportunidad de comprarnos, pero preferiríamos vender a alguien que mantenga READ. Alguien como tú.

Asentí. Comprendía su postura. Querían jubilarse y necesitaban el dinero de su participación en READ para hacerlo posible. Lo entendía, pero no me gustaba mucho. Especialmente si al final resultaba que no podía permitirme comprar READ.

—Sabemos que esto es repentino, Riley —decía Pam cuando volví a escuchar—, pero estamos listos. Contigo dirigiéndolo todo, nos hemos dado cuenta de que podemos jubilarnos y saber que la tienda está en buenas manos. Si al final no nos la compras, podríamos intentar negociar que te quedes durante un cierto período de tiempo en el contrato.

—Sí —respondí distraídamente—. Eso sería genial. Aunque espero que no lleguemos a eso. Espero poder conseguir un préstamo y que podamos arreglarlo.

La sonrisa de Pam era más brillante que el sol en un día hermoso. No estaba segura de que todo fuera a salir como yo esperaba, pero era muy tierno que estuvieran dispuestos a protegerme si no podía comprar READ.

—Vale, estamos pensando en hacerlo oficial en unos dos meses. Andy dijo que eso debería ser tiempo más que suficiente para terminar todo el papeleo y arreglar las cosas por su parte. Entonces podremos quitarte de en medio.

Agité la mano como si estuviera diciendo una tontería y le dije: —Nunca me estorbáis. Este lugar es tanto vuestro hogar como el mío. Vosotros levantasteis READ de la nada. Estoy segura de que es difícil marcharse.

Pam me abrazó con fuerza. Su olor a polvos de talco me envolvió y se instaló en mi nariz. Siempre pensaría en Pam cuando oliera polvos de talco, pasara lo que pasara. Unas lágrimas repentinas me quemaron los ojos al darme cuenta de que no olería eso en ella por mucho más tiempo. Claro que mantendríamos el contacto, pero no sería lo mismo, y no sería con frecuencia.

—Sería más difícil marcharse si no supiéramos que dejamos READ en tan buenas manos —dijo Pam, con los ojos brillantes por las lágrimas no derramadas cuando se apartó —. Te vamos a echar mucho de menos, Riley.

Una lágrima se deslizó por mi mejilla y la limpié rápidamente. —Yo también os voy a echar de menos, chicos. Esto no será lo mismo sin vosotros.

—Nosotros también te echaremos de menos —dijo George con brusquedad, su voz traicionando su apariencia externa de indiferencia. George se levantó y me envolvió en un abrazo paternal. Me besó en un lado de la cabeza, como había hecho muchas veces antes, y susurró—: Te queremos, Riley.

George me soltó y cogí las manos de ambos. —Yo también os quiero, chicos.

Pam me besó en la mejilla y luego se rio mientras se secaba las lágrimas. —Oh, esto es una tontería. Actuamos como si no fuéramos a volver a vernos nunca. Todavía estaremos por aquí un tiempo e incluso después no vas a deshacerte de nosotros tan fácilmente. Probablemente estaremos aquí más de lo que te gustaría. Vamos a hacer una gran fiesta para celebrar nuestra jubilación. Aquí en la tienda. ¿Crees que podrías preparar unos folletos para que los colguemos? ¿Y hacer tu magia en internet? Queremos invitar también a nuestros clientes. Ellos son la razón por la que hemos llegado tan lejos y queremos asegurarles que las cosas no van a cambiar una vez que nos hayamos ido.

—Ojalá fuera verdad —pensé para mis adentros. Todo cambiaría. Especialmente si no tenía suficiente dinero para comprar READ. A lo largo de los años había aprendido que tenías que amar lo que hacías para sobrevivir con un negocio como READ. Sin ese amor, ese corazón que hacía del lugar lo que era, READ moriría de una muerte lenta.

Y yo me iría a pique con ella si no fuera mía.

5

Trabajé el resto del día como en una nube. Pam y George se quedaron hasta que pude comer sin interrupciones y luego se marcharon. A medida que avanzaba la tarde, me fui sintiendo cada vez peor. Lo único bueno fue que no pensé en Connor Lee ni una sola vez.

Esa noche en casa, me preparé la cena y me fui frustrando cada vez más. Decidí que no podía con aquello yo sola y que tenía que hablar con alguien. Un mensaje rápido y, treinta minutos después, Carrie estaba en mi puerta.

—¿Qué pasa? —preguntó a modo de saludo.

Suspiré profundamente. —Pam y George se jubilan.

—Y tú todavía no tienes el dinero para comprarles su parte —terminó Carrie por mí—. ¡Ah! Joder, qué putada. ¿La venden?

Negué con la cabeza y llevé a Carrie a la cocina, donde abrí una botella de vino para las dos. —Quieren que la compre yo. Tengo dinero ahorrado, pero no sé si será suficiente.

—Se te da de miedo ahorrar, Riles. ¿Has hablado ya con el contacto de Brady?

Negué con la cabeza. —No quería llamarlo hasta que de verdad lo necesitara. Iba a llamar esta tarde para concertar una cita, pero la tienda estaba a tope y no he tenido ocasión.

—Llama por la mañana antes de ir a trabajar. Si trabaja en un banco, seguramente estará allí antes de las diez. ¿Qué vas a hacer si no tienes suficiente dinero? ¿Te ayudarían tus padres?

Negué con la cabeza. —No. Nos enseñaron a todos a ser cuidadosos con el dinero, pero, en cuanto nos independizamos, mamá y papá nos dejaron claro que también éramos independientes económicamente. Si fuera algo que de verdad necesitara, como una operación o algo así, y no pudiera permitírmelo, estoy segura de que me ayudarían, pero no les pediría ayuda para esto.

—READ es lo más importante para ti —replicó Carrie.

Mi mejor amiga me conocía bien. Asentí, pero eso no cambiaba nada. —Lo es, pero no puedo poner en peligro su jubilación por mi negocio. Papá está a punto de jubilarse. Con suerte, el contacto de Brady en el banco podrá ayudarme. Quizá pueda conseguir el dinero.

—¿En qué puedo ayudar?

Me encogí de hombros. —Supongo que debería escribir un plan de negocio y reunir algunos datos financieros para demostrar que la tienda es rentable. Un banco no va a darme un préstamo para un negocio que se está muriendo.

—Cierto. Entonces, parece que tienes que hablar con Andy.

Asentí. —Sí. Pam ha dicho que trabajará un tiempo en la tienda para hacer una valoración y dejar las cosas zanjadas. De todos modos, lleva un tiempo haciendo la contabilidad, así que está bastante familiarizado con lo que necesitaré. Espero poder hablar con él por la mañana.

—Vale, entonces mañana vas a llamar al banco y a hablar con Andy. Podemos empezar a trabajar en tu plan de negocio ahora y hablar cuando Andy te dé las cifras que vas a necesitar. Coge el ordenador y nos ponemos manos a la obra.

Saludé a mi resuelta amiga e hice lo que me pidió. Tenía suerte de tener a alguien como Carrie de mi parte. Tenía un título en empresariales y, después de tantos años trabajando para Beth la Bruja, sabía cómo llevar un negocio, aunque no tenía ningún deseo de hacerlo.

Carrie y yo trabajamos hasta altas horas de la noche y se quedó a dormir en mi cuarto de invitados. Cuando me levanté por la mañana, ya se había ido, pero me había dejado una nota deseándome suerte y diciendo que creía que habíamos empezado muy bien el plan de negocio.

Cuando me despejé un poco, llamé al contacto de Brady en el banco, Marshall Loveless. Concerté una cita con él para ese viernes, lo que me daba tres días para reunir todos los detalles posibles.

Fui a trabajar un poco antes, con la esperanza de encontrar a Andy antes de que abriéramos la tienda. Cuando llegué, estaba en el despacho de los dueños revisando papeles.

—Buenos días, Riley —dijo, poniéndose de pie para estrecharme la mano—. Me alegro de verte de nuevo.

Andy era un hombre aparente, solo que un poco soso para mi gusto. Llevaba un traje gris marengo con una camisa negra y corbata roja. Era bastante delgado, lo que siempre me hacía pensar que lo aplastaría si nos acurrucábamos o, Dios no lo quisiera, nos acostábamos juntos. Tenía el pelo oscuro de su padre, pero ya se le estaba empezando a caer, con una pequeña calva en la coronilla a sus treinta y pocos años.

—Hola, Andy. ¿Qué tal estás?

—Genial —asintió, volviendo a centrar su atención en el ordenador—. Estaré aquí todo el día revisando la contabilidad. Ya estoy bastante familiarizado con todo, pero puede que necesite tu ayuda.

—Claro. De hecho, tenía algunas preguntas para ti, si tienes un minuto.

—Por supuesto. Sé que estás pensando en comprar READ. Todo lo que hay aquí está a tu disposición si tu banco necesita detalles. También me encantaría acompañarte a una reunión si lo necesitas. Solo dime qué necesitas de mí y estaré encantado de ayudarte.

—Gracias, Andy. Te lo agradezco mucho. Tengo una reunión programada para el viernes. Quiero tener toda la información que pueda conseguir para entonces, pero he empezado con buen pie con un plan de negocio. ¿Sabes lo que van a querer?

Andy se volvió a concentrar en las pantallas que tenía delante y pulsó unos cuantos botones. La impresora de la esquina cobró vida y empezó a escupir páginas. Cuando paró, Andy cogió las hojas y se volvió hacia mí. —Esto debería ser un buen punto de partida para ti. Si los necesitas en formato digital, te los puedo dar, pero por ahora puedes revisar estos. —Me entregó las hojas—. La primera página es el informe general de pérdidas y ganancias de READ del último año. El banco querrá saber que el negocio que vas a adquirir es rentable para no meterse en un barco que se hunde. El informe de pérdidas y ganancias se lo demostrará.

Miré la hoja que tenía delante, reconociendo las fuentes de ingresos que teníamos y las cuentas de gastos que pagábamos. No había muchos detalles en la hoja, pero sabía que un estado de pérdidas y ganancias era una vista de alto nivel que solo ofrecía un atisbo del negocio, no los detalles.

—Las siguientes hojas te darán más información. Muestran los detalles de las cuentas. Dónde están las mayores diferencias entre lo que compramos y lo que se vende. Esto también te ayudará en el futuro. Es una de las primeras cosas que papá usa cuando decide qué libros pedir. Hacemos un seguimiento de los más vendidos y de los mayores fracasos, tanto en términos de autor como de editorial. Sé que últimamente has estado trayendo más autores independientes y también autores locales. Esos dos grupos también están desglosados.

Revisé los formularios y no vi nada que no esperara. Los autores locales eran un gran éxito para READ, atrayendo a familiares y amigos, pero también a gente que quería leer algo sobre su ciudad natal. Había montado una sección especial para autores locales hacía unos meses y me costaba mantener las estanterías llenas.

—Esta información es estupenda.

Andy asintió. —Sí, es valioso saber de dónde viene el dinero. Así que las últimas hojas son los detalles que se usaron para el informe de pérdidas y ganancias, así como los informes de los últimos cinco años. Eso le demostrará al banco que no solo somos rentables recientemente, sino también a lo largo del tiempo. No estoy seguro de cuáles serán los términos de tu préstamo, pero esto le dará al banco una idea del tipo de dinero que podrían recuperar de READ. Esperemos que estén dispuestos a colaborar contigo para que no te roben todos los beneficios. Imagino que cuando mamá y papá se vayan tendrás que contratar a un par de empleados nuevos para cubrir las horas. Con Karen trabajando los fines de semana y tú aquí durante la semana, imagino que estáis bastante ocupadas todo el tiempo. Quizá quieras hablar con ella sobre su horario y ver si quiere cambiar algo, pero añadir a alguien que cubra tus horas para que puedas hacer el trabajo de detalle como han estado haciendo mamá y papá podría ser una buena idea.

Asentí. No había pensado en eso, pero Andy tenía razón. Necesitaría a alguien que trabajara más horas para poder pedir los libros, promocionar la tienda y mantener las cosas en marcha. Si no había nadie para pagar las facturas, READ se iría a pique en un mes. No iba a permitir que eso sucediera.

—Necesito que tus padres me formen en todo esto. Son todo cosas que ya he hecho antes, pero no de forma regular. Tengo mucho que aprender.

Andy me sonrió con amabilidad. —Te ayudarán, pero creo que estás más preparada de lo que crees. Sé que has estado haciendo mucho de esto. Además, seguiré llevándote la contabilidad, si quieres, durante todo el tiempo que quieras. Tenemos tiempo para poner todo en orden.

Asentí. —Sí, me alegro de tener dos meses para aclararlo todo. Ya me estaría volviendo loca si se fueran antes.

—Lo entiendo perfectamente. Quieren viajar y, aunque me alegro por ellos, los echaré de menos cuando se vayan. Quiero que sean felices. En cuanto a ti, tienes que arreglar tus cosas con el banco y luego nos ocuparemos del resto. Estoy seguro de que no tendrás ningún problema para conseguir un préstamo. Este es un negocio bueno y sólido. Has hecho muchas promociones geniales y pareces una persona bastante responsable.

Sonreí. —Mis padres nos enseñaron a todos a ser ahorradores. Siempre podría hacerlo mejor, pero he ahorrado todo lo que he podido desde que empecé a trabajar aquí. Esperaba tener la oportunidad de comprar READ algún día.

—Y ahora tienes esa oportunidad —dijo Andy con una sonrisa.

—Y ahora la tengo —asentí, sintiendo que todo estaba encajando para mí.

—Te enviaré un correo electrónico con más detalles, pero tengo una cifra preliminar para el negocio. Mis padres tendrán que fijar una cifra final para la venta, pero esto debería ser lo suficientemente cercano para que el banco empiece a tomar su decisión. Sabes que mamá y papá te van a hacer un buen trato. Estaban muy emocionados cuando hablé con ellos anoche. Sienten que están pasando READ a su propia hija. Como yo nunca la quise, es genial que tú sí.

—Gracias, Andy. En cierto modo sentía que te la estaba robando, pero me alegro de oír que no estás molesto por ello.

—En absoluto —dijo con vehemencia—. Estoy encantado con mi trabajo. La contabilidad es lo mío.

—Los libros son lo mío —repliqué con una sonrisa.

—Entonces, ambos conseguimos lo que queremos. Un final perfecto.

Sonreí y salí de su despacho, lista para empezar el día. READ estaba tan cerca de ser mía. Tenía que esperar tres días para hablar con el banco y sabía que me volvería loca esperando, pero tenía un buen presentimiento sobre todo el asunto. Como si fuera a salir bien.

Me perdí en el resto del día. Los clientes iban y venían, seleccionando su próximo libro favorito y sacándolo de la tienda como si contuviera los secretos de una vida perfecta. En algunos casos, sabía que los libros los contenían. Siempre vi los libros como una puerta a la tierra prometida. Una forma de ver cómo vive la otra mitad, ya sea la mitad con más o menos que nosotros, o la mitad que vive al límite o dentro de una caja de seguridad, o la mitad que no era real pero que se convertía en real para nosotros. Un libro nos permitía ver lo que era posible, aunque fuera dentro de los confines de nuestra imaginación.

Y cuando peor nos sentíamos era cuando más necesitábamos recordarlo. Que fue exactamente lo que intenté hacer a medida que avanzaba el día. Andy iba a ser un gran activo para mí y todo el mundo estaba haciendo lo que podía para hacer realidad uno de mis sueños. Si no conseguía READ, las cosas cambiarían, pero confiaba en que saldría bien. Incluso si no podía conseguir un préstamo de inmediato, esperaba que Pam y George me dieran un año para ahorrar más e intentarlo de nuevo.

Eran tiempos difíciles para el negocio de los libros físicos, aunque todavía había mucha gente a la que le encantaba tener un libro en la mano. Me encantaba mi lector electrónico, pero sabía que nunca renunciaría a los libros físicos. Poder oler ese papel recién cortado, oír ese crujido cuando la tapa se dobla por primera vez, sentir la textura de la cubierta bajo mis dedos… Nunca querría perder eso.

Para cuando mi jornada de trabajo terminó, estaba más que lista para mi noche de chicas. El martes se había convertido en mi día favorito de la semana, sobre todo después de un día como el que había tenido. Era muy emotivo tener algo que había deseado durante tanto tiempo al alcance de la mano, pero sin saber si podría cerrar los dedos a su alrededor y aferrarme a ello.

Tenía dos meses de espera hasta que READ fuera mía, suponiendo que consiguiera un préstamo. Pasara lo que pasara, en dos meses mi vida cambiaría de formas que ni siquiera podía empezar a imaginar. Y no estaba preparada para dejar que sucediera sin tener voz ni voto.

Al igual que no estaba preparada para salir y ver a Connor Lee apoyado en mi coche.

6

—¿Qué haces aquí? —solté antes de poder pensar. Desde luego, no fue el saludo más amable, pero es que yo no me sentía especialmente amable. Había bailado conmigo hacía tres días, se había largado después de casi besarme y luego aparecía en mi trabajo después del día más de locos que había tenido en siete años. La amabilidad ni siquiera entraba en mis planes.

—Quería disculparme por la otra noche. Por haberme ido así.

Me encogí de hombros y me crucé de brazos. Mi abrigo negro de lana y forro polar era cálido, pero el viento se me colaba directamente a través de los vaqueros. Se me había olvidado el gorro, así que el pelo era un caos de mechones rubios oscuros que me azotaban la cara, escociéndome con cada golpe.

Connor, en cambio, estaba impecable con sus vaqueros desgastados y su chaqueta de lana gris. Unos guantes grises le cubrían las manos y de una de ellas colgaba una caja demasiado familiar.

—¿Eso es de ¡Muérdeme!? —pregunté al ver la caja rosa

con el inconfundible magdalena que instruía, o quizá se burlaba, al cliente para que hiciera exactamente lo que decía el nombre. Nunca le había preguntado a Charlie de dónde había sacado el nombre, pero allí, de pie frente a Connor, sin sentirme especialmente contenta por su llegada sin avisar, entendí el sentimiento que se escondía tras él.

Connor asintió. —Mencionaste que era amiga tuya. Pensé que si quería compensarte por haberte dejado tirada en la boda, más valía que trajera algo que hiciera que quisieras escucharme.

Lo miré con curiosidad, preguntándome por qué le importaba y qué tendría en esa caja. Por el tamaño, deduje que contenía cuatro pastelitos. Charlie hacía unos diez sabores diferentes cada día, así que las probabilidades de que Connor hubiera elegido mi favorito eran entre escasas y nulas. Me mordí el labio para no preguntarle qué sabores había traído. Empezaban a castañetearme los dientes por el frío, pero no me iba a rendir tan fácilmente.

—También tengo café en el coche. Si quieres café y estos pastelitos, podemos sentarnos ahí a hablar.

¿Hablar? ¿Con Connor Lee? En el instituto corrían rumores de que Connor Lee salía a dar muchas vueltas en coche, pero que era más de asiento de atrás que de sentarse delante a charlar.

Por supuesto, eso nunca pasaría conmigo. No solo porque apenas cabría en el asiento trasero, sino porque Connor Lee no querría enterrarse entre mis piernas en uno.

Ni en ningún otro sitio.

—¿De qué quieres hablar? —pregunté con recelo.

—De lo que quieras. Parece que algo te preocupa. Podríamos hablar de eso.

Lo miré entornando los ojos, pero él se limitó a sonreír. Quizá fue una suposición afortunada o quizá era vidente, pero tal vez sería bueno hablar con alguien que no estuviera emocionalmente involucrado en mi situación.

—Vale —resoplé, sin querer ceder ni un ápice.

Me sonrió y sus dientes eran casi tan blancos como la nieve que cubría el suelo. Apoyó la mano en la parte baja de mi espalda, y su calor penetró mi abrigo, grabando su huella a fuego en mi piel. No me había permitido pensar mucho en él desde el sábado por la noche; bueno, excepto durante todo el domingo, toda la noche del domingo y el lunes por la mañana mientras lo escuchaba en la radio. Pero desde que me enteré de que Pam y George se jubilaban, mi atención se había centrado en eso. En lugar de en el hombre que me estaba guiando hacia un Dodge Charger negro y reluciente. Como me había criado con dos hermanas menores, en mi casa no se hablaba mucho de coches, pero un Dodge Charger sí que sabía lo que era. Mi padre tuvo uno cuando yo era pequeña y los nuevos eran el coche de sus sueños.

Además, eran bastante sexis.

Era de esperar que Connor Lee condujera uno.

Me condujo hasta el lado del copiloto y me di cuenta de que el coche estaba en marcha, lo que significaba que estaría calentito, a diferencia de Betty. Definitivamente, su coche era una opción mucho mejor. Me acomodé en el suave asiento de cuero, envuelta por el calor del coche, y Connor me puso la caja de pastelitos en el regazo. Cerró la puerta con una sonrisa y corrió hacia su lado mientras yo abría la caja.

—¿Pero qué coño? —pregunté en voz alta al ver los cuatro pastelitos de moca.

—Son tus favoritos, ¿verdad? —preguntó Connor cuando entró y me vio mirando fijamente la caja—. El café que tienes al lado también es para ti. Dos de nata, cinco de azúcar.

—¿Cómo has hecho esto? —pregunté, de repente un poco recelosa de estar en el coche con él. ¿Era un acosador? ¿Y por qué demonios iba a acosarme a mí?

—Tu amiga, ¿Charlie? Me dijo que esos pastelitos eran tus favoritos y cómo te gustaba el café. Supuse que era lo mínimo que te debía.

—¿Por qué? —pregunté mientras cogía un magdalena de la caja y se lo pasaba a Connor. Él lo aceptó con una sonrisa y esperó a que yo cogiera uno para mí.

—Primero, por qué me fui. El sábado por la noche era mi turno en la emisora de radio. Hago un programa matutino, pero para completar el horario, también cojo algunas horas los fines de semana. Quería estar en la boda, pero sabía que no podría quedarme hasta el final. Brady lo entendía, pero no tuve la oportunidad de decírtelo a ti. Cuando tu amiga te llevó, me di cuenta de la hora que era y tuve que irme.

Le di un bocado a mi magdalena y el cielo se derramó sobre mi lengua. Charlie era una artista con el glaseado. Y con los bizcochos. Sus pastelitos de moca eran de bizcocho con sabor a moca y glaseado con sabor a moca con virutas de chocolate por encima. Dentro llevaban un glaseado con sabor a nata montada que suavizaba el intenso sabor a café, pero aun así lo dejaba brillar.

Todo era mejor con pastelitos. Siempre. Incluso lo que sonaba como una excusa bastante floja por parte de Connor era aceptable con un magdalena de moca para hacer pasar la mentira.

—¿De qué conoces a Brady?

—Estuvo en mi programa hace unos meses. Le ayudó a conseguir buena prensa para su negocio y a mí me vino bien. Tiene un buen gimnasio. Estuvimos hablando de estar sano sin ser un moñas. Ya sabes, nada de esas mierdas de sin gluten o yoga. El gimnasio de Brady funciona para casi todo el mundo, pero puedes ir a levantar pesas o a correr y no sentir que estás renunciando a quién eres.

—¿Estás apuntado?

Connor asintió. —Ahora sí. Después del programa. Fue

bastante convincente con su política de no juzgar y pensé que sonaba como un buen sitio.

Connor le dio un mordisco al magdalena y cerró los ojos. Un gemido se le escapó de la garganta y mis bragas se humedecieron un poco. Connor Lee, en un coche, gimiendo de éxtasis… Nunca pensé que estaría ahí para presenciarlo.

Por supuesto, era un tipo de éxtasis muy diferente al que yo estaba pensando, pero aun así.

—Joder, qué bueno está —murmuró con el glaseado cubriéndole la lengua. Se lamió los labios y me sentí como una adolescente otra vez, deseando al chico que no sabía que yo existía.— Con razón eres amiga de Charlie. Creo que acaba de convertirse en mi persona favorita.

Sabía que sentir celos no me hacía ningún bien, pero no podía evitarlo. Charlie era increíble. Sabía hornear como nadie que hubiera conocido. Sam bromeaba a menudo con que, si fuera lesbiana, habría ido a por Charlie sin dudarlo. Que a Connor le gustara Charlie no era una sorpresa.

Simplemente, siempre había asumido que a Connor no le gustaban las chicas, o mujeres, rellenitas. No es que supiera nada sobre sus gustos en mujeres, ni sobre nada más del hombre sentado a mi lado. Todo lo que sabía de él tenía once años, de una época en la que en realidad no lo conocía. Estar sentada en su coche compartiendo pastelitos seguía sin significar que lo conociera. Quizá había evolucionado y ahora le atraían las mujeres con sobrepeso. Quizá Charlie era la mujer de sus sueños.

O quizá solo estaba diciendo ridiculeces.

Después de todo, no era como si Charlie me hubiera desbancado como su persona favorita. Para empezar, yo nunca había estado en esa lista.

—Entonces —interrumpió mis pensamientos—, dime qué te preocupa.

—Nada —dije rápidamente, metiéndome un trozo de

magdalena en la boca para evitar decir más. El reloj de su salpicadero marcaba las 4:21, lo que significaba que tenía una hora y treinta y nueve minutos antes de mi cita en ¡Muérdeme! No iba a pasar ese tiempo contándole a Connor Lee todas mis preocupaciones. No, iba a terminarme los pastelitos y el café, luego iría a casa a cenar y me reuniría con mis amigas. Ellas sí me escucharían. Y no me sentiría tan estúpida al respecto.

La mano de Connor me ahuecó la mandíbula y giró suavemente mi cabeza hacia él. Sus ojos azules me atravesaron, sin hablar, solo observándome. Mastiqué lentamente, alargando cada segundo. No estaba segura de si intentaba que nuestro contacto visual durara o que mi magdalena durara, pero me estaba tomando mi tiempo.

Tragué con dificultad, sintiendo cómo el dulce manjar pasaba el nudo de mi garganta y se asentaba en mi estómago como plomo. No quería estar en el coche con él. Sentía que podía ver demasiado, como si supiera demasiado. La que había sido prácticamente una acosadora en el instituto era yo, no él, pero sentada en su coche, mirándolo a unos ojos que eran demasiado atentos para la persona que yo conocía que era, y no la que siempre esperé que fuera, sentí que me conocía mejor de lo que jamás había imaginado.

Imágenes de Connor en el instituto pasaron por mi mente. Corriendo por el campo de fútbol americano, acunando el balón antes de saltar a la zona de anotación. Un rápido movimiento de muñecas para marcar un gol sobre el hielo y un salvaje golpeo de su palo para marcar en el campo de lacrosse.

Y luego estaban todos los recuerdos que tenía de él fuera del campo. Inclinándose sobre Emily mientras la besaba hasta dejarla sin sentido contra las taquillas. Él caminando por los pasillos, chocando los cinco con sus amigos. Connor cruzando el césped de su casa para entrar, apartándose de sus ojos tristes el pelo demasiado largo.

Sí, quizá sí que fui un poco acosadora en el instituto. No es que él me viera nunca. El padre de Connor hacía algo que requería viajar mucho. Nunca fue a ninguno de los partidos de Connor. Su madre tampoco estaba nunca, aunque no sabía por qué. Habiéndome criado con dos hermanas y unos padres que parecían estar más presentes que ausentes, no podía imaginar una vida sin hermanos o padres atentos.

Connor, sin embargo, tenía amigos. La mayoría de los fines de semana después de los partidos alguien daba una fiesta, y oí que Connor siempre era el centro de atención. Una chica en un brazo, una cerveza en el otro. El rumor siempre fue que a los padres de Connor no les importaba lo que hiciera, así que se quedaba fuera toda la noche, bebiendo, de fiesta y acostándose con quien estuviera dispuesta esa noche.

No hace falta decir que sus años de instituto fueron muy diferentes a los míos. Yo pasaba la mayor parte del tiempo con mi familia, eligiendo quedarme en casa con mis hermanas la mayoría de las noches o arrastrándolas a ver jugar a Connor cuando estaban dispuestas. Por mucho que amara a mi familia, en secreto anhelaba la sensación de popularidad y la atención de un chico como Connor.

Pero sentada en su coche, ya no estaba tan segura de quererlo. Al menos no mi yo adulta. En realidad no lo conocía. ¿Y si no me gustaba?

Oh, qué más daba. Siempre sentiría curiosidad por Connor Lee.

—¿Sabías que frunces el ceño cuando estás pensando muy intensamente? Y te muerdes el labio.

Sus dedos frotaron mi entrecejo y mis ojos se cerraron. Sentí que la tensión de mi día se desvanecía y apoyé la cabeza contra el suave cuero negro del asiento. Mi respiración se ralentizó y me relajé por primera vez en días.

—Mis jefes se jubilan —admití—. Quiero comprar la tienda.

—¿Y tus jefes no te la van a vender?

Suspiré, preguntándome por qué le importaba y por qué yo sentía la necesidad de hablar con él. Sentada en su coche, el olor del cuero mezclado con el aroma especiado de Connor me envolvía y me traía una sensación de consuelo, una sensación de paz. Carrie era la única que sabía la verdad, ni siquiera se lo había contado a mis hermanas mi sueño de ser dueña de READ, pero por alguna razón quería compartirlo con Connor.

—No, ellos quieren vendérmela a mí. Solo que no sé si tengo suficiente dinero. Además, es mucha responsabilidad. Con ellos allí, siempre tenía una red de seguridad.

—Lo harás genial —dijo Connor sin dudarlo.

Me reí sin alegría. —No estoy tan segura de eso. Nunca he llevado un negocio. Estuve hablando con el hijo de los dueños esta mañana sobre todas las cosas que necesito aprender antes de hacerme cargo y la cabeza me daba vueltas. Por supuesto, eso significa que primero tengo que conseguir el préstamo. Si no puedo conseguir un préstamo, nada de lo demás importa.

—Lo conseguirás. Si te lo estás planteando es porque tienes dinero ahorrado y estoy seguro de que el banco estará encantado de trabajar contigo. De saber que harán un trato con alguien que pagará las facturas.

Suspiré profundamente, esperando que tuviera razón. Sus dedos continuaron frotando mi entrecejo, algo que era más relajante de lo que jamás hubiera creído posible. En lugar de sentirme cohibida sentada junto a Connor Lee, sentí que me alejaba cada vez más de mis preocupaciones. Estaba relajada, incluso contenta. Todavía me sentía perdida en cuanto a mi carrera, pero me parecía bien.

El dedo de Connor se movió por mi frente y su mano se hundió en mi pelo. Me masajeó la cabeza suavemente, bajando por el cuero cabelludo hasta los tensos músculos de mi cuello. Un gemido se escapó de mis labios, inconscientemente, y sentí que mis mejillas ardían de vergüenza. Connor se quedó quieto un segundo, apenas lo suficiente para que me diera cuenta, y luego su mano se movió de nuevo, ahuecando mi mejilla.

Me pregunté por un breve instante qué estaba haciendo, y entonces sentí su aliento en mi cara, seguido de sus labios sobre los míos.

¡Connor Lee me estaba besando!

Mi yo adolescente estaba bailando de alegría por dentro, mientras el resto de mí se perdía en la suave presión de sus deliciosos labios contra los míos. Un toque de café y chocolate del moca se aferraba a sus labios. Su mano se deslizó hasta mi nuca y se inclinó más sobre mí, su lengua trazando la comisura de mis labios.

Mis labios se separaron para su lengua sin dudarlo. Mientras su lengua recorría mi boca, saboreé el café en su aliento y el moca en su lengua. Quería más y respondí con entusiasmo a su beso con mi propia emoción. Su otra mano fue a mi cintura y me sujetó contra el suave cuero del asiento.

Espera.

Asiento de cuero. Pastelitos de moca. Café. Connor Lee. ¿Yo? Algo no encajaba.

Mis manos se movieron hacia sus hombros y empujé.

Fuerte.

7

MIRÉ A CONNOR BOQUIABIERTA, con los ojos entornados, los labios todavía ligeramente entreabiertos y las manos suspendidas sobre mí. Parecía un hombre sumido en la lujuria. Parecía que me deseaba.

Pero no lo conocía. El Connor Lee de mi infancia no era el mismo hombre que veía ante mí. Este hombre era mayor, más sabio y con más experiencia. Además, no tenía forma de saber nada de él, aparte de lo que me había contado.

Fue un detalle que apareciera con pastelitos y café, pero actuaba como si tuviera mucha más confianza conmigo de la que realmente tenía. Como si yo fuera alguien a quien conocía bien, cuando la verdad era que no nos conocíamos de nada. La primera vez que hablamos fue hacía solo tres días. Y cada vez que estaba cerca de él, me trataba como si me conociera.

Pero no era así.

Antes de que pudiera decir nada, o de que mi yo adolescente pudiera detenerme, salí disparada. Ya tenía el bolso en mi regazo, pero dejé atrás el café y los pastelitos, necesitaba huir antes de hacer algo de lo que no pudiera retractarme.

Algo como acostarme con Connor Lee en el asiento trasero de su coche.

No es que de verdad lo hubiera hecho, pero mi yo adolescente lo estaba sugiriendo en voz baja mientras sus labios presionaban los míos. La idea de que cualquier otra parte de él presionara las mías era más tentadora de lo que quería admitir.

La ráfaga de aire frío que sentí al correr hacia mi coche fue suficiente para recordarme que Connor Lee no estaba interesado en mí, por muchas pruebas que apuntaran a lo contrario. Connor Lee jugaba en otra liga en todos los sentidos posibles. Físico, listo. Carrera, listo. Habilidad para atraer al sexo opuesto, listo.

Tenía que estar tomándome el pelo por alguna razón y no iba a dejar que me follara para salirse con la suya. Me metí en mi coche y me abroché el cinturón de seguridad mientras giraba la llave en el contacto. Él no iba a perseguirme, pero tampoco me iba a quedar sentada esperando que lo hiciera. Connor Lee iba a ser polvo en mi retrovisor, literal y figuradamente.

En cuanto el coche arrancó, a la mierda la calefacción, yo todavía ardía por un simple beso que nunca debería haber ocurrido, metí la marcha atrás bruscamente y salí de mi sitio. Con los neumáticos patinando sobre el hielo, salí a toda pastilla del aparcamiento. Una mirada al retrovisor para asegurarme de que no me seguía hizo que el corazón se me subiera a la garganta.

No, no me seguía. Estaba fuera de su coche, corriendo detrás de mí. Con una expresión que hacía parecer que el herido era él.

Joder.

No me fiaba de mí misma como para irme a casa. Si Connor me seguía hasta allí, nunca sobreviviría. Le había oído usar la labia con Emily suficientes veces como para saber que podía conseguir lo que quisiera o salir airoso de cualquier situación. No iba a ser el blanco de su manipulación. Por muy bueno que fuera su beso, o por mucho que quisiera repetirlo.

Pasé por el servicio de coche de Sandy's Wiches y pedí un bocadillo para mí y otro para Charlie. Con la cena calentando el asiento delantero, fui directamente a ¡Muérdeme! para convencer a Charlie de que se uniera a mí para cenar. Y con suerte que no se lo contara a todo el mundo que Connor Lee había ido a verme.

Entré por la puerta principal e inmediatamente me envolvió el familiar aroma a azúcar y café que parecía emanar de las paredes de ¡Muérdeme! Charlie había decorado con sencillos blancos, rosas y marrones, pero había algo en el lugar que era a la vez relajante y vigorizante. ¡Muérdeme! me daba ganas de encoger los pies y acurrucarme en un rincón con un buen libro, uno o dos pastelitos y una taza grande de café.

Charlie me sonrió cuando terminó con el cliente al que ayudaba y asintió hacia el final del mostrador. Un gran expositor recorría casi todo el largo de la tienda, mostrando las increíbles delicias que Charlie horneaba cada día. En el extremo más alejado había un tramo de mostrador con taburetes y, más allá, una zona de asientos que se había quedado pequeña cuando nuestras noches de chicas se apoderaban de ella. En los meses de verano, Charlie tenía algunas mesas de bistro en la acera, pero como esto era Winterville, el verano solo duraba unas diez semanas. Si teníamos suerte.

Sostuve la bolsa de comida en alto mientras caminaba hacia el final del mostrador, y la cara de Charlie se agrió, comprendiendo inmediatamente que algo iba mal. Miró detrás de ella y le pidió a Kendall, la estudiante de instituto que trabajaba a tiempo parcial por las tardes, que la cubriera. Charlie inclinó la cabeza hacia la puerta detrás del mostrador que conducía a la cocina y a su apartamento de arriba. Asentí y ella esperó a que me uniera a ella al otro lado del mostrador.

En la cocina, Charlie preguntó: —¿Cocina o arriba?

—Aquí está bien. He traído la cena. ¿Tienes hambre?

Charlie me lanzó una mirada de «pues claro» y se señaló a sí misma. —¿Mírame. Siempre tengo hambre.

Me reí, sabiendo que era verdad porque yo sentía lo mismo. Eso era lo mejor de tener amigas íntimas que también estaban rellenitas, que nos entendíamos todas. Sí, todas habíamos pasado por cosas diferentes, algunas buenas y otras malas, pero entre los veintitantos y los treinta y pocos, todas sentíamos lo mismo sobre muchas cosas. La comida era una de ellas.

Saqué los bocadillos de la bolsa y le di a Charlie el suyo, luego desenvolví el mío en la mesa de acero inoxidable en la que estábamos sentadas. La cocina era grande, pero Charlie se quejaba de que no lo era lo suficiente. Mientras observaba la batidora industrial, los hornos de gran tamaño y la zona de preparación que tenía más encimera que toda mi cocina, me pregunté cuánto más espacio necesitaba una persona para hornear. Aunque, claro, yo nunca había horneado el volumen que Charlie hacía a diario. Me alegraba de tenerla como amiga a la que le gustaba alimentarme.

—A juzgar por tu cara, algo va mal. ¿La he cagado vendiéndole pastelitos a ese tío? Dijo que te conocía.

Negué con la cabeza, asombrada de lo rápido que Charlie no solo se había dado cuenta de que algo iba mal, sino también de que estaba allí por Connor. Si no se hubiera hecho pastelera, sin duda debería haber sido terapeuta.

—Lo hace, bueno, más o menos. Fuimos juntos al instituto, pero nunca hablamos. Era uno de los populares.

Charlie asintió con complicidad, ya que ella misma había sido rellenita y, por lo tanto, invisible, durante el instituto.

Era difícil recordar el instituto cuando no fue una gran época. Había oído a demasiada gente que la pregonaba como la mejor época de sus vidas y me preguntaba lo aburridas y patéticas que serían sus vidas. Podría haberme saltado el instituto y haberme perdido muy poco.

Excepto a Connor Lee.

—Parecía muy majo —dejó caer Charlie antes de darle un bocado a su bocadillo.

¿Cómo explicas estar enamorada de alguien que nunca supo que existías solo para que esa misma persona aparezca una década después y actúe como si fuerais viejos amigos solo para joderte?

—No lo conozco. De nada. Bailamos en la boda de Sam y Brady...—

—Espera, ¿él era el pibón del instituto que estaba en la boda? Joder. Sabía que me sonaba. ¿Bailaba bien?

Mi mente volvió a nuestro baile. Podía sentir el peso de su palma en mi piel y ver el calor en sus ojos. Mis mejillas se sonrojaron al recordar la forma en que me miraba y su respiración acelerada cuando se inclinó para besarme.

—Joder —murmuró Charlie en voz baja, lo suficientemente alto como para romper mi ensoñación. —Quiero un baile así.

Me sonrojé aún más, el calor me subía por las mejillas y viajaba hacia el sur a la misma velocidad, instalándose entre mis piernas con una necesidad que no había sentido en... mierda, nunca.

—Baila muy bien. Pero después de que bailáramos se inclinó como si fuera a besarme. Entonces el DJ nos interrumpió. Desapareció después de eso.

Charlie me miró con recelo, sin duda preguntándose por lo de hoy y los pastelitos que le había vendido.

—No lo vi en el resto de la noche ni supe de él hasta que apareció hoy fuera de mi trabajo.

—Con pastelitos y café —dijo Charlie efusivamente, como si fuera lo más romántico que hubiera oído nunca.

Asentí. —Dijo que quería darme una explicación sobre el sábado por la noche y que quería hablar. Me senté en su coche con él mientras me contaba que había tenido que trabajar y yo le hablé de que mis jefes se jubilaban y de cómo quería comprar la tienda, pero no estaba segura de si conseguiría el préstamo. Entonces me besó.

Solté la última declaración sin emoción alguna, infundiendo toda la seriedad y frustración que sentía en esas tres palabras. Necesitaba que alguien más entendiera por qué estaba perdiendo los estribos, alguien que me dijera que no estaba siendo ridícula. Necesitaba saber que no estaba loca por huir de un hombre guapísimo que no había sido más que amable conmigo.

—¿Qué hiciste? —preguntó Charlie con cautela, como si pudiera notar que iba a ser malo.

—Huir.

Se quedó con la boca abierta. En serio. Parecía que se iba a caer del taburete de lo mucho que se inclinó, con la mandíbula por delante en dirección al suelo.

Charlie se recompuso, con cuidado, y retomó su calma ficticia. —¿Por qué? —preguntó con apenas un leve atisbo de incredulidad.

Me di cuenta de todo de repente. Todas las razones que había fabricado para rechazar a Connor Lee me abrumaron y me hicieron sentir como una idiota. Sí, él jugaba en otra liga, tan lejos que ni siquiera podía ver dónde jugaba él, pero solo era un tío. Y yo lo había tratado injustamente.

¿Verdad?

—Mierda, Charlie, no lo sé. Al principio le devolví el beso y fue bueno. Quiero decir, de los que te retuercen los dedos de los pies, te mojan las bragas y te provocan fantasías. Dios, cómo besa ese hombre. Pero entonces mi cerebro se activó y no se me ocurrió ni una sola buena razón por la que querría besarme de verdad y me convencí de que solo estaba jugando conmigo.

Charlie asintió pensativamente, dando un mordisco a su bocadillo y masticando lentamente. No sabía si lo hacía para volverme loca o no, pero estaba perdiendo la cabeza a marchas forzadas. Le di un mordisco al mío para intentar reprimir las ganas de hacerla apurarse, pero no sirvió de nada. Estaba prácticamente llorando esperando la sabiduría de Charlie.

—¿Es un mujeriego?

No estaba segura de si me sentía mejor o peor porque Charlie me recordara que no conocía a Connor Lee de nada. Sí, sabía lo alto que era, cuánto pesaba en el instituto, cuántos touchdowns había marcado y el número de yardas que había corrido, pero no sabía nada de lo que había pasado en los últimos once años. Y por eso había huido.

—No lo sé. Charlie, estoy hecha un lío. Es extraño, ¿sabes? Lo conozco, es decir, lo idolatraba en el instituto, pero no lo conozco ahora. En realidad, tampoco lo conocía entonces, solo quería conocerlo. Siento como si tuviéramos tanta historia, pero la verdad es que es un completo desconocido para mí.

—Háblame del último chico con el que saliste.

Negué con la cabeza, preguntándome a qué venía el repentino cambio de tema. Mis relaciones eran escasas y espaciadas en el tiempo la mayor parte del tiempo, y esto no era diferente. No había estado con nadie en unos ocho meses. Desde...

—Ryan. Era muy majo, siempre asegurándose de que yo estuviera bien y cuidando de mí.

—¿Cómo os conocisteis?

Sonreí al recordarlo. Ryan era un cliente de READ y me pidió salir. Leíamos los mismos libros y parecía que teníamos mucho en común, así que salir con él no me supuso ni un dilema.

—En el trabajo. Era monísimo. Pelo oscuro, manos fuertes y una voz increíble. Pero me sentía un poco más a su nivel porque no era divino como Connor. Ryan tenía un poco de sobrepeso, pero era amable y, de todas formas, no me obsesiono tanto con el físico.

Charlie asintió pensativamente. —¿Por qué rompisteis?

Me encogí de hombros. —¿Por qué rompe la gente? Salimos durante unos seis meses, pero simplemente no funcionó. Me gustaba, pero no estaba enamorada de él y no veía que fuera a estarlo. Él sentía lo mismo. Pasamos de tener pasión a estar cómodos. Perdimos la chispa. Seguimos siendo amigos, todo lo que se puede ser de alguien que te ha visto desnuda, pero no vamos a volver nunca. Creo que está saliendo con alguien nuevo.

—Entonces, lo que te oigo decir es que conociste a un chico en el trabajo, no sabías nada de él, saliste con él de todos modos y descubriste que la pasión que teníais no duró. ¿Es más o menos así?

—Sí —dije con cautela, preguntándome a dónde quería llegar.

—No veo por qué las cosas tienen que ser diferentes con Connor. Sí, sabías de él en el instituto y tienes algunas ideas preconcebidas sobre él, pero no lo conoces. Tampoco conocías a Ryan, pero le diste una oportunidad. ¿Por qué no deberías darle una oportunidad a Connor?

Joder, odiaba cuando tenía toda la razón. Suspiré pesadamente, sabiendo que estaba en lo cierto y no estaba segura de cómo arreglarlo. Diablos, después de cómo había actuado, era probable que Connor no volviera a aparecer por donde yo estuviera. La idea me entristecía y me aliviaba a la vez.

—Supongo que simplemente veo a Connor como que no está a mi alcance y me pregunto por qué estaría interesado.

Como si me estuviera gastando una broma. Incluso si no es así, no veo que alguna vez podamos estar juntos de verdad. Quiero a alguien con quien pueda compartir mi vida. Alguien a quien le gusten las mismas cosas que a mí, que se contente con sentarse a leer un libro en lugar de necesitar ser el centro de atención todo el tiempo.

Charlie se encogió de hombros y tiró el envoltorio de su bocadillo a la basura, luego limpió la mesa que habíamos usado para cenar. Acercó una bandeja de pastelitos sin glasear y una manga pastelera.

—Creo que si no fuera un tío decente no se habría molestado en venir a buscarte hoy, y no habría venido aquí primero para conseguirte algo especial. Fue muy majo. Parecía avergonzado de pedir ayuda y muy preocupado por conseguir algo que te gustara. Simplemente no creo que se tomara toda esa molestia si fuera una trampa o una broma. En cuanto al resto... si no lo conoces, no sabes que no es ese tío. La única razón por la que te largaste es porque no lo conoces, así que, ¿cómo puedes estar tan segura de que no es el tío que va a sentarse a leer contigo?

Mi corazón dio un vuelco cuando dijo lo preocupado que estaba Connor. ¿Se preocupaba? ¿Por qué? No tenía sentido, pero quizá sí le gustaba. Y yo la había cagado. Joder.

—Digamos que esto es un universo alternativo donde a un tío como Connor Lee le gustaría de verdad una mujer con mi aspecto —dije, señalando mi cuerpo rellenito, haciendo reír a Charlie cuando me di una palmada en mi propio culo extragrande—. ¿Cómo lo arreglo? —Ignoré la última parte de su declaración porque sabía que tenía razón. Solo necesitaba darle una oportunidad, si me pedía otra.

Charlie se encogió de hombros. —¿Y yo qué sé? Probablemente soy la última a la que deberías pedir consejo sobre hombres. Mi estado sentimental está permanentemente fijado en «cuando las ranas críen pelo». Addi ya está ahí fuera, y todas las demás llegarán pronto. ¿Por qué no les preguntas a ellas?

Arrugué la nariz. —Sinceramente, no estoy segura de si debería. Me siento… como una idiota, por decir lo menos. Me va a costar confiar en que no me está tomando el pelo.

Charlie se encogió de hombros. —Sigo pensando que deberías hablar con todas. Mandy pasó por algo parecido con Xander cuando se conocieron. No confiaba en que alguien con el aspecto de Xander se fuera a fijar en ella. Obviamente, se equivocaba, pero no fue un comienzo fácil.

Seguí a Charlie fuera de la cocina y vi a Addi, Claire y Aidan, y Lexi ya en la mesa. Mandy era famosa por llegar tarde, Carrie no solía ganarle por mucho y Sam estaba de luna de miel. Mirar a mis amigas sentadas alrededor de nuestra mesa, hablando, riendo y tan felices, me hizo preguntarme si debería hablar con ellas.

Charlie saludó a todas desde detrás del mostrador mientras yo me acercaba para unirme a ellas. Aún estaba decidiendo si hablarles de Connor o no cuando Carrie, seguida rápidamente por Mandy y Xander, se sentó. No tuve la oportunidad de tomar una decisión antes de que Mandy preguntara: —¿Te has liado con ese pibón de la boda, Riles?

8

—Sí, yo también quería saberlo —preguntó Claire. —Os vimos bailar y tuve que apretar los muslos para contenerme.

Todos se rieron, yo incluida, pero no estaba segura de qué decirles. Miré a Charlie y ella se limitó a enarcar las cejas, respondiendo a la pregunta por mí.

—No, no nos liamos. Desapareció después de nuestro baile y luego ha aparecido en mi trabajo esta tarde con pastelitos de parte de Charlie. Hemos hablado y me ha besado, pero lo he apartado. Literalmente.

Me encontré con caras de asombro, cejas enarcadas y algunas sonrisitas. Sí, estaba tan confundida como ellos.

—¿Por qué lo has apartado?

—¿Qué tipo de pastelitos te ha traído?

—¿Cómo que desapareció?

—¿Cómo sabía dónde trabajas?

—¿Cómo de tórrido ha sido el beso?

Todos hablaban a la vez, intentando enterarse de todo lo que pasaba. Yo tenía las respuestas, pero no sabía hasta qué punto servirían de explicación.

—Vale, parad. Riles, empieza por el principio. Cuéntanos

exactamente qué pasó en la boda: la charla, el baile, la desaparición. Luego explica lo de hoy, incluido por qué lo has apartado —dijo Lexi, poniendo fin rápidamente al caos del grupo. Su pelo rubio y su baja estatura te hacían pensar que Lexi era una blanda, pero era todo lo contrario. En su trabajo era jefa de departamento y ponía en su sitio a cualquier hombre, mujer o niño que se interpusiera en su camino.

Todos se callaron y me miraron expectantes. Respiré hondo y les conté toda la historia, desde que Connor se me acercó hasta que apareció en READ y lo aparté después de que me besara. Todos escucharon atentamente y sin interrumpir. Cuando terminé, se quedaron todos en silencio, contemplando mi historia.

—Bueno, yo creo que deberías darle una oportunidad —dijo Xander. —Fue un tío lo bastante decente como para echarse atrás cuando pensó que estábamos juntos y estuvo a punto de darme un puñetazo cuando Mandy me besó. No estaba fingiendo.

—Aunque entiendo de dónde vienes —intervino Mandy. —Yo tampoco pensaba que alguien como Xander pudiera estar interesado en mí. Entiendo esa inquietud. Si crees que puede ser un buen tío, entonces digo que le des una oportunidad. Si no estás segura, déjalo pasar.

—Creo que es un buen consejo para cualquier tío —añadió Claire. —Si no estás segura de él, da igual el aspecto que tenga. Confiar en alguien nuevo es difícil.

—Ya —dijo Aidan, rodeando el hombro de Claire con su brazo—, tuve que camelármela durante casi dos años antes de que me diera una oportunidad. E incluso entonces tuve que andar con pies de plomo.

Claire lo miró con todo el amor del mundo y Aidan le dio un suave beso en los labios. Le susurró algo que sonó como: —Ha merecido la pena —pero no estaba segura. Aun así, el amor y la adoración entre ellos era casi un ser vivo, algo que se podía ver en el aire que los rodeaba.

—¿Era un capullo en el instituto? —preguntó Carrie.

Negué con la cabeza. —No, que yo sepa. Era una superestrella del deporte, pero no tenía fama de ser un gilipollas. Simplemente, salía con la gente popular y yo no.

—¿De qué tienes miedo? —preguntó Addi, dando en el clavo. Estaba asustada. Cagada de miedo.

—De lo mismo que tenemos miedo todos. De que nos hagan daño. De hacer el ridículo. De enamorarme y quedarme sola.

—Lo entiendo, pero la posibilidad de que salga bien hace que el riesgo de que te hagan daño merezca la pena —argumentó Lexi. —Mike y yo llevábamos tanto tiempo liados que no parecía gran cosa empezar algo, pero toda nuestra relación cambió cuando nos pusimos más serios. Aun así, no habría cambiado nada.

Era fácil decir eso cuando todo salía bien. No pude evitar preguntarme si sentiría lo mismo si Mike la hubiera rechazado en algún momento. ¿Cómo se sentirían todos si estuvieran solteros como yo y se preguntaran hacia dónde se dirigían sus vidas?

Nunca sabíamos dónde iban a acabar nuestras vidas. Era una de las cosas que me encantaba de los libros. Con un libro, siempre sabías el final, o al menos podías llegar a él. La vida real era como un libro que no se había terminado, y eso era una especie de fastidio.

—Oh, Riles, ¿qué tal te ha ido con Andy hoy? —Carrie interrumpió mis pensamientos.

Mierda, la otra cosa de la que no quería hablar.

—¿Quién es Andy? —canturreó Mandy.

Puse los ojos en blanco ante su obvia insinuación.

—Espera, ¿has estado rayada por un tío, pero en realidad estás haciendo malabares con dos? —dijo Charlie mientras se unía a nosotras. —¿El otro tío te ha traído pastelitos? Más le vale que no fueran de otra pastelería —bromeó.

Me reí a mi pesar. —No es nada de eso. Andy es el hijo de mi jefe. Se van a jubilar y él está ayudando a calcular cuánto vale la tienda. Lleva toda su contabilidad. Ah, eso me recuerda, Charlie, ¿puedes hacer pastelitos para su fiesta de jubilación? Es dentro de dos meses.

—Sí, claro —accedió Charlie.

—Espera, ¿qué va a pasar si la venden? —preguntó Lexi, siempre la mujer de negocios.

Me encogí de hombros. —Bueno, espero poder conseguir un préstamo y que me la vendan a mí. Hablamos de eso ayer y ese es el plan. Quieren vendérmela a mí y Andy dijo que me iban a hacer un buen precio, pero todavía necesito un préstamo.

—¿Quieres comprarla? —preguntó Charlie, claramente sorprendida.

—Sí —asentí—, siempre he querido. Allí me siento como en casa, y me encanta. Ya sabéis lo mucho que me gustan los libros. Solo quiero tener la opción de convertirlo en mi propio local, pero no sé si tengo suficiente dinero.

—Joder, Riles, ojalá tuviera dinero de sobra. Con lo cerca que estamos Drew y yo de montar nuestro negocio, no tenemos dinero extra para ayudarte.

Se oyó un coro de asentimientos y murmullos, que me recordaron por qué quería tanto a mis amigos y por qué no quería contarles todo esto. Sabía que harían todo lo posible por ayudarme, a pesar de que yo era bastante nueva en su grupo. Eran, con diferencia, las personas más amables que había conocido.

—No os pediría dinero a ninguno de vosotros. Tengo una reunión con ese amigo banquero de Brady el viernes. Con suerte, todo saldrá bien.

—Seguro que sí. Es obvio que se te da bien el dinero. Has

dicho que tienes tu casa desde hace años. La mayoría de la gente no puede comprarse una casa nada más salir de la universidad.

Asentí, aceptando el cumplido. —Mis padres eran muy especiales con el dinero cuando era pequeña. Mis hermanas y yo ahorramos todo lo que podemos. Pero no estoy segura de que sea suficiente.

A LA MAÑANA SIGUIENTE, seguía pensando en lo que todos habían dicho. No estaba segura de si volvería a ver a Connor, y la verdad es que no quería ir a buscarlo, pero estaba dispuesta a intentarlo de nuevo si él también lo estaba. En cuanto a mi préstamo… todavía me quedaban dos días de agobio por tener que hablar con Marshall.

Luché contra el impulso de volver a escuchar el programa de radio de Connor. No había dormido bien con todo lo que tenía en la cabeza, pero no iba a torturarme. Las posibilidades de que Connor y yo tuviéramos algo más que el beso que ya nos habíamos dado estaban entre «ni de coña» y «sí, claro». Volver a escuchar su voz no iba a cambiar eso, ni iba a hacer que me sintiera mejor por haberla cagado.

Sintiendo la necesidad de levantarme el ánimo, me puse mi conjunto favorito de culote de encaje azul noche y sujetador a juego. Encima me puse un jersey de cuello alto azul noche, suave y acogedor, que siempre me daba ganas de acurrucarme en un rincón con un libro. Un par de pantalones color caqui, mis botas forradas de pelo y un par de pendientes largos y brillantes que me regaló mi hermana pequeña, Sophie, por Navidad. No estaba de muy buen humor, pero siempre estaba más contenta cuando me sentía guapa.

Tenía un día ajetreado por delante. Estaba trabajando en

un montón de cosas para atraer a gente nueva a READ y no iba a cejar en mis esfuerzos solo porque no estuviera segura de para quién iba a trabajar dentro de dos meses. Si el local era mío, todo el trabajo habría merecido mucho más la pena. Si no, vendería cara mi piel.

Todo lo que podía hacer era intentar aferrarme al lugar que amaba. Durante el mayor tiempo posible.

Envainada en mi abrigo más cálido y lista para el gélido trayecto de cinco kilómetros, me subí a Betty y me preparé para la ráfaga de frío que salía de los conductos de ventilación. Sabía que Carrie odiaba mi coche, pero Betty era fiable y era todo mío. Un coche nuevo no entraba en mis planes. Mis padres me habían enseñado a valorar el dinero y a ser siempre inteligente con él. Mientras que mucha gente que conocía estaba hasta el cuello de deudas, yo tenía una hipoteca a quince años para mi casa, un coche pagado y suficientes ahorros para comprar READ.

O eso esperaba.

El trayecto hasta READ fue rápido, pero frío, como siempre. Me castañeteaban los dientes cuando llegué al aparcamiento. A pesar de llevar guantes, tenía las manos frías, casi entumecidas, y lo único que quería era entrar corriendo en el calor que me esperaba.

Me metí el bolso bajo el brazo y esquivé las placas de hielo mientras corría, bueno, caminaba rápido, hacia la puerta. No fue hasta que llegué a la puerta y estaba abriéndola que me di cuenta de que no estaba sola.

9

GRITÉ y se me cayeron las llaves. Me llevé la mano al pecho mientras el corazón intentaba escapárseme. Di un paso atrás y el frío ladrillo del edificio se clavó en mi espalda, dejándome atrapada entre la espada y la pared. Literalmente.

—¿Pero qué coño? —chillé.

—Lo siento. No pretendía asustarte.

—¿Ah, sí? Qué curioso, porque pillar a alguien por sorpresa suele ser la mejor manera de asustarlo. ¿Qué haces aquí, Connor?

Se pasó una mano desnuda por el pelo oscuro. Sus ojos, normalmente de un azul cristalino, parecían inyectados en sangre y cansados. En solo un día, parecía como si hubiera perdido el sueño de una semana entera. Llevaba el cuello del abrigo levantado para protegerse del viento, pero tenía las puntas de las orejas enrojecidas y le castañeteaban los dientes.

Y, joder, seguía siendo guapísimo

—Solo quería hablar contigo. Ayer la cagué y quería ver si me dabas otra oportunidad.

Me quedé con la boca abierta. Podía sentirlo. Estaba

mirando embobada al pobre hombre. Cuanto más tiempo pasaba allí de pie, incapaz de forzar a mi boca a escupir unas pocas palabras, peor cara ponía él. Finalmente, asintió, malinterpretando mi reacción como un rechazo, y se dio la vuelta para marcharse.

—¡Espera! —le grité, forzando la palabra como si me costara un gran esfuerzo. Y quizá así fue. Quería darle otra oportunidad, pero seguía asustada. Las palabras de mi amiga de la noche anterior resonaron en mi cabeza. No tenía elección.

Connor se giró de nuevo y la esperanza le iluminó los ojos mientras daba un paso vacilante hacia mí. —¿Sí?

—¿Por qué no entras? Podemos hablar dentro, que se está calentito.

Asintió y volvió hacia mí. Me agaché a coger las llaves y me pareció oírle gemir, pero, cuando me incorporé, estaba mirando hacia arriba, no a mí. Entramos y el calor de la tienda nos golpeó y nos dio la bienvenida. Cerré la puerta con llave, ya que faltaban treinta minutos para que la tienda abriera oficialmente.

Lo guié hasta mi despacho sin que ninguno de los dos dijera nada hasta que llegamos al santuario de aquel espacio privado. Encendí las luces, colgué la chaqueta, guardé el bolso y el almuerzo, y me encaré con Connor. Se sentó en la silla que reservaba para los invitados, no es que tuviera nunca, pero era un detalle bonito. Normalmente, si alguien venía a visitarme, buscábamos un rincón en la tienda para charlar. Esto parecía diferente. Como si necesitáramos sentarnos en mi despacho.

—No debería haberte besado ayer. Quería disculparme. Fue un error, y quiero pedirte que, por favor, olvides que ha pasado.

Vaya. Sabía cómo hacer que las palabras dolieran. No es que me sorprendiera que se arrepintiera, pero, joder.

—Bueno, si eso era todo lo que necesitabas —dije, poniéndome en pie—. Disculpa aceptada. Olvidado está. Encantada de conocerte después de todos estos años.

No podía salir del despacho sin pasar por su lado, pero él no parecía dispuesto a irse. Quedarme ahí sentada escuchando cómo me decía que tenía novia o que había sido estúpido por hacerlo o que no sabía qué le había pasado o cualquier otra excusa que tuviera no entraba en mis planes para el día. Lo que sí entraba en mis planes era alejarme de él como de la peste y seguir con mi vida antes de que Connor Lee volviera a entrar en ella.

Intenté pasar por su lado, pero me agarró la muñeca. Me detuve y miré al techo, rezando para obtener algún tipo de fuerza.

—Riley, fue un error porque estabas distraída y confusa y yo me aproveché de eso. No soy un capullo, aunque, obviamente, lo parezca cuando estoy cerca de ti. Quería besarte, sí, pero nunca debería haberlo hecho sin tu permiso. Ni siquiera me estabas mirando. Tenías los ojos cerrados, confiando en mí de una manera que muy poca gente lo ha hecho, y yo fui un cabrón. Si por mí hubiera sido, te habría besado en la pista de baile y no te habría dejado como lo hice, entonces podría haberte besado ayer y no habría provocado que me odiaras.

Bajé la mirada hacia su gran mano rodeando mi muñeca más pequeña. Nunca me había sentido pequeña junto a un hombre, pero ver sus dedos envolver mi brazo por completo, con las puntas tocando su palma como si yo fuera una mujer de tamaño normal y no grande, me hizo sentir pequeña. Volví a examinarlo, tomándome mi tiempo en la evaluación, disfrutando de la vista de sus largas y gruesas piernas enfundadas en vaqueros, la caída de su abrigo de lana cubriendo sus caderas y la parte superior del cuerpo. Su otra mano se aferraba al brazo de la silla como si se estuviera conteniendo.

Sus ojos azules me suplicaban que lo reconsiderara, que tomara sus palabras al pie de la letra y luego profundizara en el corazón de lo que estaba diciendo. Tenía los labios entreabiertos, a punto de continuar su argumento si no le daba la respuesta que quería. De repente, su lengua rosada asomó para recorrer el borde de su labio antes de desaparecer de nuevo. Por alguna razón, con la aparición de su lengua, mi cerebro se atascó, olvidando momentáneamente de qué estábamos hablando.

—¿Riley? —preguntó, su voz rica y profunda sacándome de mi estado ausente.

—Perdona. Hum, ¿lo dices en serio?

Un destello le iluminó los ojos, una chispa de desafío. Se parecía al Connor Lee que recordaba del instituto, el que nunca rechazaba un reto y siempre conseguía lo que quería.

Se levantó lentamente, con la mano aún rodeando mi muñeca. De pie, con su imponente estatura, me sacaba los veinte centímetros que sabía que medía más que yo, con mi metro setenta y ocho. Sus anchos hombros empequeñecían los míos con unos brazos que eran casi del tamaño de mis piernas. Connor Lee no había perdido nada de la definición o el tamaño que tenía en el instituto. Parecía que incluso había ganado más.

—Riley, me gustas. Sé que no nos conocemos bien, o en realidad nada, pero cuando te vi, supe que tenía que intentar conocerte.

—¿Por qué? Quiero decir, ¿en serio? —tartamudeé, sin estar muy segura de qué demonios estaba pasando.

Levantó la mano libre y se acercó a mi mejilla. Me estremecí, preguntándome qué demonios estaba haciendo. Me miró a los ojos, acercándose, luego levantó el brazo lentamente, como si yo fuera un animal asustado. Supongo que lo era.

Su palma tocó mi mejilla y me froté contra ella como

una gata codiciosa que quisiera más. Se acercó más y el azul de sus ojos se oscureció hasta volverse azul marino. La mano en mi muñeca se deslizó por mi brazo, deteniéndose en mi hombro antes de meterse bajo mi pelo y ahuecar la nuca.

Completamente bajo su control, mi cabeza se echó hacia atrás, dándole acceso total a mí. Mientras su cabeza bajaba, mis ojos se cerraron, una repetición de nuestros movimientos en la boda. Sus labios se acercaron, mi aliento salía en jadeos apresurados mientras sentía su respiración en mi cara. Una intensa pausa llenó el espacio, y la decepción me invadió al darme cuenta de que no iba a besarme como pensaba.

—Riley —dijo, haciendo que abriera los ojos. Su cara estaba justo delante de la mía, a mi altura. Sus ojos azul marino me atravesaron el cuerpo. Nunca había sentido la sensación de ser devorada por los ojos de un hombre hasta ese momento. Me recorrió con la mirada de arriba abajo, mi piel se calentaba con cada parpadeo de sus ojos. Cuando se encontraron con los míos de nuevo supe que haría cualquier cosa que me pidiera, y que un día me destruiría.

—¿Riley? ¿Puedo besarte? —susurró, apenas lo bastante alto para que lo oyera.

Me humedecí los labios con la lengua y me mordí el labio inferior mientras asentía. Sus ojos se abrieron y se centraron en mis labios. Se acercó más, su cuerpo rozando el mío desde nuestros hombros hasta nuestras rodillas. Sus dedos se apretaron contra mi nuca, enviando una oleada de placer a través de mí. Mis ojos se cerraron cuando sus labios tocaron los míos.

Sus labios eran suaves y delicados, lo que me sorprendió. Siempre había imaginado que Connor sería un besador dominante, alguien que tomaba el control y se abría paso con fuerza. La ternura que usó me excitó más de lo que esperaba, haciendo que mis bragas se humedecieran un poco, sobre todo cuando su lengua rozó mis labios.

Mis labios se separaron, aceptando su invitación y devolviéndosela con la mía. Nuestras lenguas se deslizaron juntas, provocándose, aprendiendo, saboreándose. Su aliento tenía un toque de café y olía a una colonia cara que no conocía. Su lengua era áspera dentro de mi boca y me hizo pensar en cómo se sentiría en otras partes de mi cuerpo. Solo la idea me hizo apretar los muslos y aferrarme a él como si fuera mi salvavidas.

Gimió y profundizó nuestro beso, su lengua entrando y saliendo de mi boca mientras sus caderas se apretaban contra las mías. Una polla gruesa y dura presionó contra mi vientre. Su mano fue a mi cintura, sujetándome contra él. La pared se cernió sobre mí, dura contra mi espalda, y Connor se inclinó sobre mí, sus manos buscando las mías y sujetándolas contra la pared.

Asaltó mi boca, aunque yo estaba completamente dispuesta. Mi cuerpo se arqueó hacia él, hambriento de más. Sonrió contra mis labios y se apartó, lo justo para que nuestras bocas se separaran. —Cena conmigo —susurró, sus labios rozando los míos al hablar.

—Vale —respondí, con la cabeza dándome vueltas por la falta de oxígeno y el impacto de su beso.

—Te llamaré. El viernes por la noche, ¿vale?

Asentí. Me dio un beso más en los labios, mi cuerpo se calentó de nuevo por el contacto de sus labios. El beso solo duró unos segundos, pero fue suficiente para hacerme desear más. Se apartó y desvió la mirada, sus ojos se posaron en el reloj. —Tienes que abrir. Dame tu número para que pueda verte el viernes.

Introduje mi número en su móvil y luego lo seguí fuera de mi despacho. Le dejé salir, lo que me agradeció con un guiño. Lo vi cruzar el aparcamiento vacío hasta su coche, y luego volví a mi despacho, reviviendo cada segundo que estuvo allí.

Hasta que vi la caja rosa de ¡Muérdeme! que de alguna manera había colado sin que me diera cuenta.

Necesitaba un descanso. Sí, acababa de llegar al trabajo, pero necesitaba hablar. Afortunadamente, Carrie había aceptado venir a comer, así que solo tenía que aguantar un par de horas antes de poder contarle lo que había pasado.

Salí a la tienda y preparé la caja registradora. Al poco rato, entró una clienta. Recorrió los pasillos de la tienda, compró tres libros y luego se fue. Con la tienda vacía, decidí que podía trabajar en el último de mis proyectos.

Un grupo de escritores locales había publicado un artículo en el periódico durante el fin de semana. Llevaban un par de años reuniéndose mensualmente y estaban tratando de dar a conocer quiénes eran con un evento de grupo que incluía una lectura de algunos miembros, una firma de libros y una sesión de preguntas y respuestas con los autores. Me encantaba asistir a eventos de ese tipo como lectora, pero como dueña de una librería, organizarlos podía ser aún mejor.

Busqué la información que tenía sobre el grupo y descubrí que algunos de ellos eran autores de los que ya tenía libros en la tienda. Eran populares entre mis clientes, así que sabía que un evento sería un gran atractivo.

Unos pocos clics después y ya tenía una dirección de correo electrónico de la presidenta del grupo, una mujer llamada Marj Underwood. Redacté un correo electrónico preguntándole si podía ir a hablar con el grupo en algún momento, detallando mi idea de acogerlos en READ alguna vez, y diciéndole que tenía sus libros en la tienda. Esperaba que fuera una buena oportunidad para todos nosotros.

El timbre de la puerta sonó cuando hice clic en «enviar» y

fui a ayudar a la nueva clienta, una mujer que buscaba algunos libros infantiles para su sobrina y su sobrino.

—Mi sobrina tiene tres años y le encantan estos libros —le dije mientras le entregaba un libro de colores vivos con una niña vestida toda de rosa.

La mujer le dio la vuelta al libro y leyó la descripción, riendo por el camino. —Este parece muy mono. ¿Hay muchos de ellos?

Asentí y le mostré el expositor. —Sí, un montón. Para una niña a la que le encanta el rosa, son muy monos. En cuanto a los niños, sobre todo uno de seis años, tenemos algunos como este. —Le entregué un libro sobre superhéroes—. A los seis años, algunos niños empiezan a leer libros con capítulos, pero a muchos les siguen gustando los libros llenos de dibujos.

La mujer se rio. —Ese es mi sobrino. Es muy visual y necesita algo que le dibuje una imagen tanto como que le cuente una historia. Está empezando a interesarse por los cómics, si te lo puedes creer.

Negué con la cabeza. —No me sorprende. Los cómics siguen siendo bastante populares, aunque no sean tan masivos como antes. Aquí no nos los piden mucho, pero hay una buena tienda local a unas calles.

—Oh, es bueno saberlo. Tendré que echarle un vistazo también. Y decírselo a mi hermana. Siempre está buscando algo que él lea, cualquier cosa que mejore sus habilidades.

Asentí. —Lo entiendo. Mi hermana ya se preocupa porque su hija de tres años no recita las letras, los números y los colores como cree que debería. Yo no tengo hijos, así que no sé cuándo aprenden todo eso, pero no paro de recordarle que ya aprenderá.

Ella se rio. —Sí, al final todos aprenden. Esto es genial. Le agradezco mucho su ayuda.

Charlamos mientras caminábamos hacia la caja y le

cobré. Me dio las gracias y se fue pocos minutos antes de que entrara Carrie. Su pelo castaño y ondulado ondeaba tras ella mientras el viento del exterior se arremolinaba alrededor de su cabeza. Las mejillas rosadas y los brillantes ojos castaños le daban a Carrie un aspecto único, un poco travieso, muy hermoso.

Sí, Carrie también estaba rellenita, pero lo llevaba bien, no dejaba que su peso extra fuera una soga al cuello como a veces sentía que era el mío. Pero Carrie no. Siempre vestía con colores y estilos que favorecían su figura. Donde yo luchaba por encontrar algo que me quedara bien, y por lo tanto me hacía mucha de mi ropa, Carrie siempre acababa con algo fabuloso.

Sus ojos recorrieron la tienda rápidamente y me encontraron prácticamente corriendo hacia ella. Una sonrisa cruzó sus labios y pude ver cómo la tensión alrededor de sus ojos se desvanecía. A Carrie le encantaban partes de su trabajo, pero odiaba a su jefa. Beth la Zorra era un desafío diario para Carrie, alguien que normalmente estaba tan llena de vida. Carrie era una de esas mujeres que ocultaba muchas cosas, sin admitir sus verdaderos sentimientos. Sabía que quería ser madre más que nada en el mundo, pero no hablaba mucho de ello. Enterraba sus deseos, como si, si no hablaba de ello, doliera menos.

Yo veía la tensión en sus ojos cada día y la tristeza que había detrás. Quería librarse de Beth la Zorra, pero no tenía a dónde ir. Más que eso, deseaba un amor que lo cambiara todo para ella. Un amor que le trajera todo lo que siempre había deseado.

Todo lo que todas deseábamos.

Abracé a mi amiga y le di las gracias por venir a verme, luego la arrastré de vuelta a mi despacho, su risa resonando por la tienda desierta.

—Vale —se rio Carrie cuando entramos en mi despacho

—. Veo que estás desesperada por tenerme a solas, pero ya sabes que no me va ese rollo.

—Connor me ha besado.

Entrecerró los ojos. —Lo sé —dijo lentamente—. Hablamos de ello anoche.

Negué con la cabeza, todo se me mezclaba. —Esta mañana. Estaba aquí cuando he llegado. Hemos hablado y me ha besado.

—¡Halaaa! —chilló Carrie—. Ha vuelto. ¿Qué tal?

—Aaah —gemí mientras me deslizaba en mi silla—. Increíble.

—Joder. Qué envidia me das. Vale, cuéntamelo todo.

Le conté a Carrie cómo Connor me asustó al esperarme fuera, luego cómo hablamos y finalmente cómo me besó hasta dejarme sin sentido. Cuando terminé, su tazón de sopa había desaparecido y mi sándwich estaba intacto. —¿Qué debería hacer?

Carrie me miró boquiabierta, con confusión y asombro en su rostro. —¿Qué quieres decir con qué deberías hacer? Deberías salir con él y follar hasta que se te sequen los sesos. Deberías tener el mejor sexo de tu vida después del mejor beso de tu vida. Deberías dejar que te trate como la princesa que eres.

Puse los ojos en blanco. —No soy ninguna princesa. Y no quiero que me trate como a una. He visto suficientes películas de Disney para saber que son todo ficción. Solo quiero un chico que sea amable y me respete, no alguien que intente impresionarme o cambiarme. Quiero a alguien con quien pueda ser yo misma.

—¿A dónde te va a llevar?

Me encogí de hombros. —No lo sé. Dijo que me llamaría. Quiere salir el viernes por la noche.

Carrie aplaudió emocionada. —Bien, ¡entonces tenemos tiempo de ir de compras! Mañana, después del trabajo. Beth la Zorra me hace trabajar hasta tarde esta noche, pero mañana eres toda mía. ¡Vamos a hacer que estés cañón!

—Vaya, gracias —dije con desgana, nada emocionada por ir de compras. Las únicas tiendas que tenían ropa de mi talla parecían pensar que las únicas mujeres que la comprarían tenían ochenta años y les gustaban los pantalones elásticos de cintura alta y las camisas sin forma ni estilo. Recorrer tienda tras tienda y no encontrar nada que se viera decente o me hiciera sentir bien no era mi idea de una tarde divertida.

10

CARRIE ME SORPRENDIÓ cuando fuimos de compras. Encontré algunas cosas que me quedaban bien y me favorecían. Como rara vez me daba un capricho con la ropa, compré más de lo que probablemente debería, pero mereció la pena.

Para justificar el gasto, también compré un conjunto que podría ponerme para mi reunión con el banquero, Marshall. Estaba nerviosa por todo el asunto, pero sabía que sentirme bien con lo que llevaba me ayudaría a tener confianza en la reunión.

El viernes por la mañana, Pam y George aceptaron encargarse de la tienda para que yo pudiera ir al banco. Fui temprano, a primera hora, a las nueve en punto, y esperé mi cita. Tenía todos los documentos impresos con copias para mí, así sabía exactamente lo que tenían ellos. Estaba tan preparada como era posible.

Un hombre mayor con un traje gris salió y me llamó por mi nombre. Tenía el pelo corto y ralo, y parecía que había sido oscuro cuando lo tenía más largo. Llevaba unas gafas de montura metálica sobre unos amables ojos azules y lucía una sonrisa acogedora. Me estrechó la mano con un apretón firme e hizo un gesto hacia su despacho.

—Tengo entendido que conoce a Brady Wright —dijo Marshall cuando nos sentamos.

—Sí, así es. Brady se casó con mi amiga, Sam, el fin de semana pasado.

—Ah, excelente. No he visto a Brady en unos meses, pero eso es bueno. Me alegro de que haya encontrado algo de felicidad en su vida. Era un tipo muy serio.

Asentí, de acuerdo con él.

—Entonces, ¿qué me ha traído hoy? ¿Dijo que quiere comprar una librería?

—Sí —dije con calma, intentando bajar mi tensión arterial antes de que me explotara la cabeza. Estaba más nerviosa de lo que pensaba. El hombre que tenía delante marcaba la diferencia entre ver mis sueños hacerse realidad y verlos desvanecerse en el aire. Solo esperaba no vomitarle encima. —Traigo toda la documentación que creo que necesito. La librería se llama READ. Es una pequeña librería local en el centro de la ciudad.

—¿Y está en venta?

—Bueno, más o menos. Ahora trabajo allí y mis jefes se van a jubilar. Me propusieron comprársela antes de ponerla en el mercado. Como la quiero, esperamos poder realizar la venta sin que ellos tengan que buscar otros compradores. Las librerías físicas no están precisamente muy solicitadas ahora mismo.

Marshall enarcó una ceja y asintió. —¿Qué documentación tiene para mí?

Le entregué la carpeta que había preparado para el banco. No tenía ni idea de si sería suficiente, pero Andy me aseguró que era un buen comienzo. Repasó todos los detalles el día anterior, desde mi plan de negocio hasta mis estados financieros personales, para asegurarse de que tenía todo lo que pudieran necesitar.

Marshall estudió la carpeta, pasando las páginas y luego volviendo al principio del archivo para empezar de nuevo. Cuando llegó al final por segunda vez, juntó los papeles y los golpeó suavemente contra el escritorio para ordenarlos.

—Ha trabajado usted mucho en esto, señorita Williams. ¿Esto es lo que realmente quiere?

—Sí —respondí con calma. Mi deseo por READ era lo único de lo que estaba segura. —Siempre me ha encantado leer y soñaba con trabajar en una biblioteca. Cuando empecé a trabajar en READ, hace siete años, me enamoré del lugar. He pasado de ser dependienta a encargada. Mis jefes confían en mí para que me ocupe del local cuando se van de vacaciones. Tengo una licenciatura en Empresariales y sé que puedo dirigir un negocio.

—Parece que le apasiona mucho esto, señorita Williams.

Asentí. —Así es. Leer es algo importante para mí. Siempre me ha encantado. Poder ofrecer esa oportunidad a otros ha sido mi sueño desde que tengo uso de razón. Si no puedo hacerlo con READ, no sé qué haré conmigo misma.

Marshall me observó de cerca durante un minuto, como si intentara decidir si decía la verdad. Finalmente, asintió y se giró hacia su ordenador. —Bueno, ya he consultado sus cuentas. Con su permiso, comprobaré también su crédito. Parece que tiene una suma considerable en sus ahorros. ¿Piensa usarlo todo para la compra?

—Sí, esa es mi intención. Tengo mi casa en propiedad y no necesito un coche nuevo. Me gustaría mantener algo de dinero en los ahorros como red de seguridad, pero no tengo intención de fracasar. READ seguirá creciendo y teniendo éxito. Me aseguraré de ello.

—¿Sabe qué, señorita Williams? Creo que lo hará. ¿Tiene

intención de hipotecar su casa también para ayudar con el préstamo?

Negué con la cabeza. —Preferiría no hacerlo. Es una casa pequeña y no fue muy cara, así que no creo que tenga suficiente capital en ella como para suponer una diferencia. Además, poner mi casa como aval no es algo con lo que me sienta muy cómoda. No fracasaré, pero tampoco me sentiré segura sabiendo que mi casa está en juego.

Marshall asintió. O al menos, creí que estaba de acuerdo conmigo. —Bueno, viendo todo esto, y suponiendo que pueda consultar su crédito…

—Sí, por supuesto.

—Gracias. Con eso, creo que será bastante sencillo tramitar este préstamo. Sus ahorros son una entrada suficiente para que la consideremos una inversión razonable. Si el valor que nos ha dado se mantiene, no tendremos ningún problema en concederle el préstamo. Deme un minuto para acceder a sus informes de crédito y empezaremos a trabajar en algunos de los detalles.

Asentí, pero por dentro me estaba volviendo loca.

Iba a darme el préstamo.

¡Iba a darme el préstamo!

Joder. ¡Iba a ser la dueña de READ!

Marshall tecleaba y se concentraba en su ordenador mientras yo sufría un pequeño ataque de pánico. Estaba ocurriendo. Iba a ser la dueña de READ. Iba a poder hacer todo lo que siempre había soñado. Nadie podría decirme que no podía hacer algo. No tendría que pedir permiso.

No es que Pam y George me hubieran dicho que no muy a menudo. Estaban de acuerdo con casi todo lo que había querido hacer. Con algunas de las ideas más grandes que había tenido, algunas de las más locas, no habían estado de acuerdo, pues no querían asumir tanto riesgo.

Siendo dueña de READ, yo podría tomar la decisión.

Viéndolo desde el otro lado, entendía un poco mejor su reticencia a asumir más riesgos, pero también sabía que quien no arriesga, no gana.

Marshall dejó de teclear y levantó la vista hacia mí. —Sus puntuaciones de crédito son increíbles. Fácilmente en el 10 % de los mejores. Eso la convierte en una muy buena inversión. Con todos los detalles que me ha dado sobre la tienda, no tengo ningún problema en darle una carta de preaprobación. Necesitaré más detalles de los actuales propietarios, pero a menos que algo importante cambie, no veo ninguna razón por la que no vayamos a darle el dinero.

—Muchísimas gracias —dije efusivamente. Sabía que había trabajado duro, pero oír que había merecido la pena era casi más de lo que podía soportar. Me escocían los ojos, pero no podía llorar allí. Tenía que aguantar el tipo hasta que saliera de su despacho.

Marshall se levantó y me estrechó la mano. —De nada, señorita Williams. Nos volveremos a reunir en un par de semanas con todo. También haré que mi supervisor lo revise todo, que es el procedimiento estándar, pero es raro que le deniegue el crédito a alguien como usted. Creo que está todo listo.

—Se lo agradezco mucho. De verdad. Tengo ganas de trabajar con usted.

Marshall asintió y salí de su despacho con la carta de preaprobación en la mano.

En cuanto llegué a mi coche dejé que las lágrimas corrieran. Estaba tan emocionada que no podía esperar a convertir READ en exactamente lo que yo quería que fuera. Mía.

Metí la mano en el bolso y cogí el móvil. Tenía que compartir la noticia con alguien. Pensé en llamar a una de mis hermanas o a mis padres, pero no quería decírselo a ninguno de ellos hasta que supiera con certeza que era un trato cerrado. Así que llamé a Carrie.

—¿Qué tal la reunión? —dijo cuando respondió al teléfono en un susurro. Me di cuenta de que su jefa estaba allí y de que la conversación tenía que ser breve. Y que debía estar dispuesta a esperar si Carrie tenía que dejar caer el teléfono en el cajón de su escritorio.

—Me la han preaprobado —intenté no gritar, pero la emoción se notó en mi voz.

—¡Ay! —chilló Carrie en voz baja. —¡Enhorabuena!

—Gracias. No puedo creer que de verdad vaya a ocurrir.

—Te lo mereces tanto, Riles. Es una noticia fantástica. Sabía que ibas a….

El tintineo del teléfono al chocar contra el fondo metálico del cajón de su escritorio resonó en mi oído. Oí voces ahogadas, una dando instrucciones a Carrie y la otra, la de Carrie. Me sentí mal por mi amiga. Si todo salía bien, podría ofrecerle un trabajo en READ, pero sabía que no lo aceptaría. No podía pagarle lo suficiente para que le mereciera la pena, pero ojalá pudiera.

—Vale, ya estoy aquí —dijo Carrie un minuto después. —Lo siento. Ya se ha ido, a alguna reunión importante. A lo mejor puedes contratarme cuando te hagas cargo de READ.

—Justo estaba pensando en lo mismo —confesé. —Aunque no estoy segura de poder pagarte lo suficiente.

—Ya, lo sé —respondió Carrie. Tenía tantas ganas de alejarse de Beth la Zorra que me pregunté si de verdad se plantearía trabajar en READ solo para poder escapar, incluso con la rebaja de sueldo. No creía que lo hiciera nunca, pero cuanto más tiempo tuviera que sufrir, más probable era que saltara del barco sin un salvavidas.

—Quizá surja otra cosa —ofrecí, esperando que Carrie encontrara algo pronto. —Nunca se sabe cuándo aparecerá lo adecuado.

Carrie suspiró. —Ya, lo sé. Si no sigo buscando, nunca encontraré lo que quiero. Pero hablemos de otra cosa. Me estoy deprimiendo y Beth la Zorra se ha ido. Este es mi momento para estar contenta con mi trabajo. Uuh, ¿no es esta noche tu cita con Connor?

Gruñí. Tenía ganas de la cita, pero me había dicho que me arreglara porque íbamos a Kobe, el único asador elegante de Winterville. Nunca había estado, pero había oído que la comida era increíble. Aun así, los restaurantes elegantes no eran lugares que frecuentara, tanto por razones económicas como de comodidad. Prefería acurrucarme en el sofá con un buen libro o una buena película y una pizza.

Pero era Connor, así que iba a ir.

—Sí —le dije a Carrie. —Me lleva a Kobe.

—Uuuh… oh. Espera. Suena bien, pero eso no te va nada. ¿Por qué te llevaría allí?

Suspiré. —Ya te dije que esto no iba a funcionar, Care. No nos conocemos de nada.

—Riles, nadie se conoce antes de una primera cita. Haber ido juntos al instituto no cambia nada. Si hubierais salido antes y fuera tu novio del instituto, tampoco significaría que lo supiera todo de ti. ¿Acaso no has cambiado desde el instituto?

—Mmm, no.

Carrie resopló. —¿En serio? ¿Nada de nada?

—A ver… ¿gordita? Sí. ¿Leer constantemente? Sí. ¿Soltera? Sí. Nada ha cambiado.

—Venga ya, Riles. ¿Eres exactamente la misma? Me cuesta creerlo. Tienes tu propia casa. Tienes un trabajo que te encanta. Tienes una mejor amiga bastante espectacular…

—Ja, ja. Vale, hay algunas pequeñas diferencias, pero incluso en el instituto prefería pasar los fines de semana leyendo un libro a salir de copas. Supongo que ahora bebo más que entonces.

Carrie volvió a resoplar. —Bueno, teniendo en cuenta que siempre te toca ser mi conductora designada, eso lo dudo.

No es que me queje. Vale, así que no has cambiado. Dale una oportunidad a Connor. Puede que te encante el sitio. Ponte la falda negra que te compraste ayer y ese top lencero verde.

—Uf. Ya sabes lo que pienso de llevar falda.

—Sí, lo sé. Que es como caminar con papel de lija entre las piernas. Por eso te dije que te compraras esas medias de liga y el liguero. Estarás cañón y te sentirás sexi.

—Todavía no estoy muy segura de todo eso —admití. Nunca me había puesto un liguero y pensé que Carrie estaba bromeando cuando me dio uno, pero no. Ni siquiera sabía cómo ponérmelo.

—Confía en mí. Yo estoy siempre en falda. Hará que de verdad te guste llevarla.

Me tocó a mí resoplar. —Ya, lo dudo.

—Pruébalo, Riles. Solo por esta noche. Te sentirás fuera de lugar en Kobe. Te conozco. Ponte la ropa sexi y te sentirás mucho más cómoda.

—O más incómoda.

Carrie gimió. —Si lo odias, te lo compro yo. ¿Qué te parece?

—Vale —consentí. —Vuelve al trabajo antes de que regrese Beth la Zorra.

—Puaj. Vale. Disfruta de tu cita esta noche. Aunque no te lo pases genial, al menos tendrás una cena deliciosa y un acompañante sexi para alegrarte la vista y celebrar tus buenas noticias.

Sonreí, pensando de nuevo en READ. —Muy cierto —acepté.

11

CONNOR DIJO que me recogería a las siete, lo que me daba tiempo de sobra después del trabajo. Me di una ducha larga, asegurándome de depilarme cada zona del cuerpo. Bueno, no entre las piernas. Seamos sinceras, depilarse ahí abajo era una maniobra acrobática para cualquiera, pero con mi talla se convertía en algo que solo los del Cirque du Soleil podrían lograr.

Lexi y Mandy intentaban constantemente convencernos a las demás de que fuéramos a depilarnos con cera, pero yo todavía no me había atrevido. Si Connor tenía algún problema con el vello de ahí abajo, bueno, pues tendría dos opciones: o lo tomaba o lo dejaba.

No es que fuera a disfrutar de ningún adelanto en la primera cita. Ni en la segunda, y probablemente tampoco en la tercera.

Braguitas negras, liguero negro, sujetador negro y medias de color carne fue con lo que empecé después de la ducha. Me planté frente al armario vestida así, sopesando mis opciones. Carrie quería que me pusiera la ropa nueva. Sabía que probablemente tenía razón, pero aun así dudé. ¿Parecería que me estaba esforzando demasiado? ¿Lo estaba haciendo?

Mi móvil pitó con un mensaje entrante. Dejando a un lado mi toma de decisiones, leí el mensaje de Carrie.

> Falda negra nueva, top lencero verde, botas negras y joyas de plata. ¡Pásatelo bien!

Le sonreí al móvil y negué con la cabeza. Me conocía demasiado bien. Le respondí con un mensaje diciéndole que la llamaría más tarde y mi móvil sonó. —¿Sí? —descolgué.

—¡No vas a llamarme más tarde! Vas a estar envuelta en las sábanas de ese hombretón sexy. Llámame mañana.

Puse los ojos en blanco y volví a mi armario, sacando por fin el conjunto que me había sugerido. —No me voy a acostar con él y lo sabes.

—¿Por qué no? —replicó Carrie. —Es guapísimo y te desea. Ha dejado claro que te desea, ¿por qué no te ibas a acostar con él?

—No lo sé —dije en voz baja.

—Todavía no te fías de él, ¿verdad? Sigues pensando que es todo un truco o algo así.

Me encogí de hombros, con un nudo en la garganta al pensar que Connor pudiera estar jugando conmigo.

—Riles, escucha. No conozco a este tío, pero conozco a los hombres. Los hombres no les llevan pastelitos y magdalenas a las mujeres que no les gustan. No las invitan a cenas elegantes si no les gustan. Y nunca se disculpan a menos que lo sientan de verdad. Connor no está jugando contigo. Le gustas. Deja de cuestionarlo y disfruta.

—Lo intentaré. Venga, déjame que me tengo que vestir.

—Te has puesto el conjunto que te he dicho, ¿verdad?

—Sí, mamá —la vacilé.

—Si tu madre te ha vestido alguna vez para ayudarte a ligar, es mucho más guay de lo que pensaba.

Me reí con Carrie y prometí llamarla al día siguiente.

Me enfundé el conjunto y fui al baño a arreglarme el pelo y a maquillarme. Con el pelo liso y seco y el maquillaje un poco más oscuro de lo que solía llevar, me sentí lista para salir. En el salón, desde donde podía vigilar la llegada de Connor, me mordisqueé las uñas nerviosa. Tenía el estómago hecho un nudo mientras los minutos pasaban. No sabía si quería que apareciera o no. Si no lo hacía, todo se acabaría y podría olvidarme de él, aunque doliera. Si aparecía, tendría que vivir un día más pensando que quizá, solo quizá, le gustaba.

¿Era posible?

Cuando su Charger entró en el camino de mi casa, no pude negar la emoción que me recorrió. Había venido. Estaba allí de verdad para salir conmigo. Iba a tener una cita con Connor Lee.

Me puse el abrigo lentamente, observando que me cubría la falda y la parte superior de las botas. Me abroché los enormes botones con cuidado, con las manos temblando de nervios y excitación. El agudo sonido del timbre me sobresaltó, aunque sabía que iba a sonar. Me sacudí los nervios y abrí la puerta.

Joder.

Los ojos azules de Connor brillaban más que las estrellas que titilaban sobre nuestras cabezas. Se encendieron, volviéndose azul marino en un instante cuando vio mis botas asomando bajo el abrigo. Levantó las manos, extendiéndolas hacia mí, pero se detuvo en el aire como si se diera cuenta de que iba a tocarme sin preguntar primero o sin saber si yo quería.

Se me aceleró el pulso y le sonreí con timidez, deseando que me hubiera tocado, pero a la vez alegrándome de que no lo hiciera. Era nuestra primera cita. Sí, ya nos habíamos besado, dos veces, pero seguía siendo una primera cita.

—Estás preciosa —dijo Connor, inclinándose para besarme la mejilla. Su mano buscó la mía mientras sus labios se demoraban en mi piel, ninguno de los dos quería romper el momento.

—Gracias —susurré al fin. —Tú también —le dije con sinceridad. Llevaba una chaqueta azul marino que hacía que sus ojos parecieran más oscuros, o quizá era el deseo que vi reflejado en ellos. Mierda, eso hizo que me entraran ganas de arrastrarlo adentro y olvidarme de la cena.

Unos pantalones azul oscuro le cubrían las largas piernas y unos zapatos a juego le daban el aspecto del hombre elegante que era. Joder, de verdad que estaba fuera de mi liga. Mientras que yo me las había visto y deseado para encontrar un conjunto que fuera aceptable para el restaurante, Connor, al parecer, tenía muchas opciones.

Dejando a un lado mis preocupaciones, dejé que me llevara a su coche. Me abrió la puerta y esperó a que entrara; el coche seguía en marcha, y la calefacción borraba el frío del paseo desde la puerta de casa.

De camino a Kobe intercambiamos una charla trivial, un poco sobre cómo nos había ido el día y preguntándonos cuándo empezaría a remitir el frío. Fue un poco incómodo, sobre todo cuando el silencio se instaló entre nosotros. Empecé a preguntarme si salir con él era una buena idea, por muy bueno que estuviera.

En el restaurante, volvió a abrirme la puerta del coche y me guio hasta el interior con una mano cálida apoyada en el centro de la parte baja de mi espalda. Me ayudó a quitarme el abrigo para el guardarropa... ¡madre mía, el sitio era carísimo! Una vez que mi conjunto quedó al descubierto, Connor soltó un profundo suspiro y susurró:

—Joder.

Me giré para verlo agarrando mi chaqueta, con los ojos recorriendo mi cuerpo y quemándome la piel. —Cielo santo, tienes que dejarte esto puesto —gruñó, devolviéndome la chaqueta.

—¿Qué? ¿Por qué?

—Porque todos los hombres de aquí van a querer llevártela a casa.

Puse los ojos en blanco. —Te preocupas demasiado. Nadie se va a fijar en mí.

Sus ojos abrasaron mi cuerpo mientras me recorría con la mirada de arriba abajo una y otra vez. Cuando por fin se encontraron con los míos, vi lujuria pura en ellos. Una visión que no solo me sorprendió, sino que casi me hizo gemir de deseo. Connor le dio mi abrigo a la mujer del guardarropa y le arrebató el tique de la mano antes de guiarme, con su mano cálida quemándome de nuevo la espalda, hasta la recepción.

—Connor Lee. Para dos —le gruñó a la recepcionista. Ella le sonrió y nos condujo a nuestra mesa.

Miré a mi alrededor mientras caminábamos, observando la opulencia del lugar. Las paredes de color merlot oscuro acentuaban el tono del local. Las lámparas colgantes del techo brillaban suavemente, mientras que otras lámparas arrojaban un resplandor romántico sobre cada mesa íntima. La mantelería blanca aportaba ligereza al ambiente y las mesas, completamente puestas con bajoplatos con relieves dorados, copas con anillos dorados y cubertería dorada, daban un aire de elegancia que rozaba la exorbitancia.

Me sentí increíblemente fuera de lugar caminando por allí. Y cuando Connor se detuvo a estrechar la mano no de una, sino de cuatro personas distintas de camino a nuestra mesa, me pregunté qué demonios estaba haciendo allí.

Finalmente llegamos a nuestros asientos después de lo que pareció un paseo de diez minutos. Connor estaba radiante y miraba a su alrededor, intentando ver con cuánta más gente podía hablar. Me senté a su lado intentando esconderme detrás de la enorme carta de cuero negro. Muchas de las opciones eran filetes u otros tipos de carne. Me gustaba la carne, pero una cena así significaba algo. Y no estaba segura de si Connor iba a esperar un retorno de su inversión.

No es que me estuviera prestando mucha atención.

Busqué en la carta mientras Connor escudriñaba el restaurante. Saludaba a la gente y hacía relaciones públicas desde su asiento, ignorándome. Intenté razonar conmigo misma diciéndome que era una especie de celebridad, pero aun así... Estábamos en una cita. ¿No significaba eso que debería prestarme atención?

En un esfuerzo por sacar el máximo provecho de la situación, encontré algo que pensé que podría ser asequible —no había precios en la carta— e intenté apartar la ansiedad que se apoderaba de mí cada vez más. Ni siquiera habíamos pedido las bebidas y ya me estaba preguntando cuánto duraría la cita.

Pedimos la cena, un filete para Connor y un plato de pollo para mí, y el camarero nos trajo las bebidas. Connor levantó su vaso de whisky hacia mi copa de vino para brindar. —Por los nuevos comienzos —dijo—, y las segundas oportunidades.

Parecía tan sincero que decidí darle otra segunda oportunidad. El restaurante no era de mi estilo, pero eso no significaba que no estuviera bien. Si era lo que a Connor le gustaba, el tipo de sitio que disfrutaba, podía darle una oportunidad. Al fin y al cabo, me había traído pastelitos de ¡Muérdeme! dos veces. Cualquier relación implicaba un toma y daca.

—¿Vienes mucho por aquí? —le pregunté en un intento de conocerlo.

Connor se encogió de hombros. —Supongo. Tienen los mejores filetes de la ciudad. Además, es un sitio genial para hacer contactos. Con mi trabajo, me doy cuenta de que cuanta más gente conozco, mejor me va. Depende un poco de tener gente dispuesta a hablar conmigo.

Asentí, intentando comprender una vida en la que tenía que estar constantemente en el punto de mira y siempre haciéndole la pelota a todo el mundo. En READ, nos regíamos por el viejo adagio de que «el cliente siempre tiene la razón», pero eso nunca significó que les hiciéramos la pelota. ¿Tratar a la gente con respeto? Por supuesto. ¿Pero hacer la pelota? Ni de coña.

—Háblame más de tu trabajo. Un programa de radio para hombres, ¿verdad?

Connor bebió un sorbo de whisky y asintió. —Sí. Es básicamente una oportunidad para que los tíos hablen de las cosas que nos importan. Hablo mucho de deportes, pero los miércoles dedicamos el tiempo a hablar de mujeres. Es una oportunidad divertida de tener esa charla de vestuario con quien llame.

No quise dar a entender que había escuchado su programa aquel día. Con el nombre del programa, No Se Admiten Chicas, estaba bastante segura de que no sería una buena idea compartir que había considerado escucharlo las mañanas que me levantaba temprano, que no eran muchas. Sentía que lo estaba espiando si escuchaba su programa.

—¿Charla de vestuario? ¿En serio? ¿Se puede hablar de esas cosas en la radio?

Se rio, un sonido profundo que vibró a través de mí. —No hablamos de nada explícito. Usamos eufemismos para todo lo que no podemos decir y el programa tiene un retardo de dos minutos por si alguien llama y dice algo que no se puede decir en directo. Es un buen curro.

Hizo una pausa cuando alguien se acercó a la mesa. El hombre era mayor, quizá de unos cincuenta años, y la mujer de su brazo se acercaba más a mi edad. Parecía que podría ser su hija, pero sabía que no era el caso.

—Roger, Monique, qué alegría veros —dijo Connor, levantándose para estrechar la mano de Roger y besar a Monique en la mejilla. Ella se aferró a su brazo un poco más de lo que me hubiera gustado, pero a Connor no pareció molestarle en absoluto.

—Connor, me alegro de verte. Gran programa esta mañana. ¿Disfrutando de la velada?

—Así es. Esta es Riley Williams. Riley trabaja en READ. Fuimos juntos al instituto.

—Ah, qué encantador —dijo Roger, apenas mirándome más allá de un asentimiento en mi dirección. No podría haberme sentido más invisible.

Connor y Roger hablaron unos minutos más, discutiendo los partidos de fútbol del fin de semana. No se pusieron de acuerdo sobre quién iba a ganar, pero terminaron su conversación con un apretón de manos y el acuerdo de hablar la semana siguiente. Roger me ignoró, pero Monique se las arregló para lanzarme un montón de miradas gélidas. Al marcharse, besó la mejilla de Connor, dejando una mancha de un rojo oscuro en su piel. Lo saludó con la mano y le guiñó un ojo, haciéndome sentir invisible de nuevo.

Connor continuó como si nunca hubieran venido. Supongo que debería haber estado agradecida, pero en lugar de eso me sentí estafada. Durante el resto de la cena, la gente se paró a hablar o él fue a otras mesas. Cené casi en silencio mientras Connor le hacía la pelota a todo el mundo en el restaurante. Me presentaba, pero me sentía más un accesorio que su cita.

Cuando me dejó en casa, la única parte de la cita que disfruté fue el beso que me dio en el porche. Un beso que sabía que nunca volvería a experimentar.

12

Dos días después, subí por el camino de entrada de la casa de mis padres. No había tenido noticias de Connor, pero tampoco las esperaba. Estaba segura de que él había disfrutado de la cita tanto como yo, es decir, nada de nada. Odiaba decirlo, pero, sinceramente, una cita con Connor Lee no se parecía en nada a lo que yo había esperado.

—¡Hola! —grité mientras empujaba la familiar puerta roja. Mis padres aún vivían en la casa en la que me crie. Llevaban unos meses hablando de mudarse a una casa más pequeña, pero todavía no la habían puesto a la venta. Sabía que era una casa muy grande para ellos, pero era mi hogar. Para mí sería difícil cuando mis padres la vendieran.

—¡Aquí dentro! —respondió la voz de mi madre. Seguí el sonido hasta la cocina y encontré a mi madre y a mis hermanas de pie, charlando alrededor de la isla. Las abracé a todas.

—¿Dónde están los niños? —pregunté.

Jamie, que era dos años menor que yo, se casó con su novio del instituto cuando estaban en la universidad. No perdieron el tiempo en tener hijos y, a sus veintiséis años, ya tenían una hija de tres y un hijo de uno.

—Jugando con papá y Chase —respondió Jamie. Mi hermana había engordado después de tener a los niños, pero seguía siendo preciosa. Su pelo rubio era unos tonos más claro que el mío y le caía por la espalda en suaves ondas. Tenía unos amables ojos verdes y una sonrisa para todo el mundo. A menudo me preguntaba cómo conseguía seguir sonriendo después de noches en vela y con niños gritando, pero lo hacía.

—¿Cómo está Chase? —le pregunté a Jamie. Chase era casi como un hermano pequeño para mí. Él y Jamie llevaban tanto tiempo juntos que conocíamos a Chase casi tan bien como nosotras.

Jamie sonrió. —Le va bien.

Asentí, feliz de que las cosas le fueran bien a su familia. No podía evitar preocuparme por mis hermanas. Aunque todas éramos adultas, yo seguía siendo la mayor y haría cualquier cosa por ellas si lo necesitaran.

—¿Qué tal estás, Soph? —le pregunté a mi hermana pequeña. Sophie era el espíritu libre de la familia. Tenía el pelo corto y oscuro, normalmente teñido de un color original. Esa semana lo llevaba de un morado intenso y profundo que hacía que sus ojos marrones parecieran más brillantes. Sophie había estudiado diseño por ordenador y había abrazado el mundo friki, como lo llamaba ella, del que formaba parte. A mí me dejaba alucinada.

Sophie me dedicó una sonrisa y se inclinó para coger un pimiento rojo que mamá tenía en la encimera. —Bien. Ahora mismo estoy trabajando en un proyecto nuevo, aunque en el trabajo no lo saben.

Me reí de mi talentosa hermana. A ella y a algunos compañeros de trabajo se les ocurrían ideas diferentes y las desarrollaban para ver si podían hacerlas realidad. Habían desarrollado aplicaciones juntos, creado videojuegos y propuesto algunas ideas bastante fabulosas que estaban intentando que se implementaran en diferentes industrias de las que no quería hablar.

A mí solo me gustaban los libros.

—¿En qué puedo ayudar, mamá?

Mi madre era la mejor cocinera del mundo. Sabía que no era objetiva, pero ella era la razón por la que estaba rellenita. No es que se lo fuera a decir.

—Creo que ya casi estamos listos para comer. ¿Puedes ir a decirles a papá, a Chase y a los niños que vengan?

Asentí y salí de la estancia para buscar a los demás. Como era de esperar, estaban apalancados frente al televisor. Lo que no me esperaba era que estuvieran viendo un programa de Nick Jr. Lo reconocí por algunos de los libros que teníamos en la librería, pero nunca había visto un episodio. Guardé el dato para más tarde, ya que siempre estaba buscando regalos para los niños.

—Mamá dice que la cena está lista —dije mientras me inclinaba para darle un beso a mi padre en la mejilla. Chase se levantó y me abrazó. —¿Qué tal va todo? —le pregunté.

—Bien —dijo Chase, pero no dio más detalles. Él y papá cogieron en brazos a los niños y apagaron la tele. Nos reunimos todos en el comedor, donde mamá, Sophie y Jamie estaban poniendo las fuentes en la mesa.

—Esto tiene una pinta maravillosa, cariño —dijo mi padre mientras ocupaba su sitio a la cabecera de la mesa. Mamá se sentó en el otro extremo y le guiñó un ojo.

Chase se sentó al lado de papá, con Sophie junto a él y yo al otro lado de ella. Jamie se sentó entre los dos niños en el otro lado de la mesa y se puso inmediatamente a cortarles la comida. Todos nos pasamos las fuentes, llenando nuestros platos de pollo asado, zanahorias con azúcar moreno, brócoli, macarrones con queso caseros y pan recién hecho.

¿Era de extrañar que estuviera rellenita?

—Mamá, esto está buenísimo —gimió Sophie a mi lado. Sabía que ella subsistía a base de chocolatinas y refrescos la mayor parte del tiempo. Vivía por y para las cenas de los domingos en casa de mamá y papá. A Sophie nunca le gustó cocinar, pero, claro, a mí tampoco me apasionaba.

—¿Cómo va el trabajo, Riley? —preguntó mi padre. Siempre le preocupaba que tuviéramos suficiente dinero. Mis padres nos ayudaron a sacarnos las carreras, pero una vez que terminamos la universidad, nos las tuvimos que arreglar solas. Yo me pagué el máster, pero sabía que iba más adelantada que mucha gente de mi edad.

Mis hermanas también.

—El trabajo va genial —dije con sinceridad. Quería contarles a todos lo de mi préstamo y la compra de READ, pero sentía que lo gafaría si hablaba demasiado de ello. Se lo contaría cuando recibiera la carta de aprobación oficial en lugar de solo la preaprobación.

—¿Y a ti, Sophie?

—Bien. Estoy con un proyecto nuevo que es genial —dijo Sophie entre un bocado de macarrones con queso.

Papá pasó el turno a Chase. —¿Chase?

Chase se centró en los niños y me pregunté si pasaba algo. Jamie no había dicho nada, pero eso no significaba que no hubiera un problema. —El trabajo va bien. Muy bien. Estamos teniendo un buen año.

Chase sonaba normal, así que achaqué su extraño comportamiento a mi imaginación.

Comimos todos en silencio, como solíamos hacer. No me di cuenta de que las familias hablaban mucho durante la cena hasta que fui a casa de una amiga en el instituto. Nuestras cenas siempre habían sido tranquilas. A mis padres les gustaba saber que comíamos bien y no les gustaba que nos peleáramos durante la cena. Con tres chicas era difícil evitar las peleas constantes, pero la cena era uno de esos momentos en los que todas entendíamos que no se discutía.

Cuando la cena terminó, el sonido volvió a la casa. Skyla, mi sobrina de tres años, se fue corriendo a ver la tele de nuevo. Grayson, el hijo de un año de Jamie, se agarró a su pierna, imposibilitándole ayudar a recoger los platos.

—Ve a sentarte, Jamie —le dijo mamá. —Nosotras nos encargamos de todo.

Jamie aceptó a regañadientes, sabiendo que no tenía otra opción. Sophie, Chase y yo recogimos los platos y seguimos a mamá a la cocina. Chase y Sophie llevaban y traían platos mientras mamá y yo llenábamos el fregadero de agua caliente con jabón y empezábamos a fregar. Cuando todos los platos estuvieron en la cocina, los otros dos desaparecieron, dándome un momento a solas con mamá.

—¿Cómo estás, Riley? —me preguntó como si supiera que pasaba algo de lo que no estaba hablando.

Pensé en contarle a mamá mi cita con Connor Lee de la otra noche, pero decidí no hacerlo. No volvería a verlo y no había razón para mencionarlo como si mamá fuera a conocerlo alguna vez.

Pero sí que quería hablarle de READ.

—Pam y George se jubilan —confesé. —Me han preaprobado el préstamo para comprar READ.

—Oh, Riley, es una noticia fantástica. Siempre te ha encantado leer.

Asentí. Mamá me había pillado leyendo con una linterna bajo las sábanas muchas veces cuando era pequeña. Estoy segura de que odiaba que no me durmiera como se suponía que debía hacer, pero toda esa lectura me llevó a una carrera y a mi propio negocio.

—Todavía me encanta leer. Es muy útil cuando trabajas en una librería. Cuando entran los clientes, es fácil recomendarles algo cuando ya he leído los libros que están barajando comprar.

Mamá sonrió y me pasó una de las fuentes para que la secara. —¿Por qué no se lo has dicho a todos en la cena? No me digas que todavía os da cosa hablar en la cena.

Le devolví la sonrisa y negué con la cabeza. —No. No ha sido por eso. Sinceramente, no se lo iba a contar a nadie. Me reuní con el banco el viernes. Nada es oficial todavía, así que me da cosa compartir los detalles ahora mismo.

—Sabes que todos te apoyaremos, Riley.

Asentí. —Lo sé, mamá. Siempre puedo contar con vosotros. Supongo que tengo miedo de gafarlo. Suena tonto, lo sé.

Mamá negó con la cabeza. —No hay nada tonto, cariño. No si significa algo para ti. Estoy muy orgullosa de ti. Siempre me pregunté si te cambiarías a una biblioteca como siempre decías que querías, pero creo que READ es el lugar perfecto para ti. Lo harás de maravilla allí.

—Gracias, mamá. Oye, ¿está todo bien con Chase? Parecía que algo le preocupaba.

Mamá sonrió y miró por encima del hombro hacia el salón. —No digas nada, pero Jamie me dijo que están intentando tener otro bebé. Ella siempre quiso tres o cuatro hijos, y los quería seguidos. Como Grayson ya tiene un año, Jamie quiere quedarse embarazada más pronto que tarde. Dijo que llevaban unos meses intentándolo. Se está desanimando porque con los otros dos se quedó embarazada muy fácilmente.

Se me encogió el corazón por mi hermana. Jamie era como Carrie. Sabía que quería ser madre. Fue a la universidad porque mis padres querían que todas tuviéramos estudios, pero Jamie sabía que nunca usaría su título. Cuando tuvo a sus dos hijos, era como la madre naturaleza, adaptándose a la paternidad con más facilidad que nadie que hubiera visto jamás. Me asombraba lo tranquila que estaba siempre con los niños y la facilidad con la que se tomaba toda la locura que conllevan los niños.

Pero si quería otro hijo y estaban teniendo problemas, sabía que Jamie se estaría machacando por ello. Una parte de mí quería intentar hablar con ella sobre el tema, pero a Jamie no le haría gracia que mamá me contara lo que pasaba. Todas recurríamos a mamá cuando algo iba mal, y todas sabíamos que mamá solo lo compartiría si estaba realmente preocupada.

Lo que significaba que estaba preocupada por Jamie y Chase.

—Ojalá que ocurra pronto. Todavía es joven. Quizá se está agobiando demasiado.

Mamá se rio. —Ya conoces a Jamie. Tiene su calendario y espera que las cosas lo cumplan. No me cabe duda de que se está estresando por todo esto.

Estuve de acuerdo con mamá y cambiamos de tema mientras terminábamos con los platos. Cuando todo estuvo seco y guardado, nos reunimos con los demás en el salón. Todos nos sentamos a ver el programa que tenía hipnotizados a los niños. Cuando empecé a quedarme dormida, supe que era hora de irme a casa.

Madre mía, me estaba haciendo vieja.

En casa, me acurruqué en mi biblioteca con un libro y me quedé despierta unas horas más, disfrutando de mi tiempo de lectura y preguntándome cómo podría ayudar a mi hermana.

13

Para el martes me di cuenta de que no podía hacer nada por Jamie salvo esperar. No me gustaba sentirme impotente, pero cuanto más hablaba Jamie de las cosas, más se preocupaba. Llamarla no iba a mejorar la situación.

Connor seguía sin dar señales de vida, lo que sumaba cuatro días enteros de silencio. Escocía, pero era lo mejor. Yo no estaba hecha para un mundo de peloteo y cenas caras solo para dejarse ver. Prefería mis noches normales con mis amigas o un buen libro.

Cuando entré en ¡Muérdeme!, me alegré de ver caras amigas y oler los deliciosos pastelitos de Charlie. Necesitaba el respiro después de preocuparme sin parar por mi situación laboral y por Jamie. No podía implementar demasiadas ideas nuevas en READ hasta que fuera oficialmente mía, pero ya estaba planeando cosas.

Charlie me dio mis pastelitos y mi café cuando llegué al mostrador. —No he tenido visitas en unos días. ¿Qué tal la cita?

Gruñí y puse los ojos en blanco. No quería hablar de

Connor, pero sabía que era inevitable. —Os lo contaré a todas a la vez. ¿Vas a venir esta noche?

Charlie asintió. —Sí. Kendall está aquí. Solo se me ha ocurrido preguntar antes que las demás por si necesitabas ayuda para ocultar algo.

Negué con la cabeza. —Nada que ocultar. Simplemente creo que lo nuestro se ha acabado.

Charlie me siguió hasta la mesa y se sentó a mi lado. Estaban todas excepto Mandy y Carrie. Sam había vuelto de su luna de miel, así que nos lanzamos todas a preguntarle qué tal había ido. Estaba preciosa con su largo pelo castaño aclarado por el sol de California, su piel dorada un poco más oscura de lo normal. Sus características gafas rojas descansaban sobre su nariz junto con un jersey rojo que le llegaba hasta la barbilla. Unos vaqueros oscuros y unas botas negras completaban su look, recordándome a la estilosa fotógrafa que había conocido meses atrás.

—¿Te lo pasaste bien? —preguntó Addi.

—Oh, Dios mío, nos lo pasamos genial. Todavía no me puedo creer que me llevara a California. Aquello era precioso —dijo Sam entusiasmada.

—Lo dices como si hubierais salido del hotel —bromeó Lexi.

—Ja, ja. Salimos del hotel, pero no por mucho tiempo. Brady insistió en que nos mantuviéramos activos, así que paseamos por la ciudad, visitamos algunos viñedos y cruzamos en bicicleta el puente Golden Gate. Fue muy distinto de lo que me esperaba.

—¿Cómo, más californiano? —bromeó Claire.

Sam le lanzó una mala mirada y continuó. —No, era todo muy relajado. Cuando aterrizamos, solo se veían rascacielos. Bueno, más allá del océano, al menos. Supongo que esperaba un lugar más metropolitano por su aspecto, pero era bastante tranquilo. La ciudad me impresionó por el transporte público y la variedad de cosas que hacer. Dejaba a Winterville por los suelos, desde luego.

—Cualquier cosa deja a Winterville por los suelos —rio Charlie. —Este pueblo es tan pequeño que apenas tenemos nuestro propio código postal.

—Cierto —convino Sam. —Pero California estuvo bien. Me hubiera gustado que fuéramos a más viñedos de los que fuimos, pero nos divertimos. El hotel era precioso y la bahía era increíble. Por supuesto, luego volvimos a la tundra helada. Dios, creo que aquí hace más frío estando morena. Mi piel cálida se está rebelando contra mí, rogándome que vuelva a donde está el calor.

Todas nos reímos, celosas y felices por Sam al mismo tiempo. Aunque no conocía a Sam desde mucho antes de que Brady formara parte de su vida, se notaba que era más feliz con él. Era un buen tipo, un poco dañado, pero adoraba a Sam. No podía pedir nada más para mi amiga.

—Qué bien que hayáis podido escaparos un tiempo. ¿Cómo ha aguantado Dave's Gym sin Brady? —preguntó Addi. Como profesora, se apresuraba a señalar a todo el mundo que no tenía que trabajar en verano, pero trabajaba como una loca los otros nueve meses del año. Marcharse y tomarse unas vacaciones cuando quisiera no era algo que Addi pudiera hacer.

Sam le dio un bocado a su magdalena de frambuesa y limonada y asintió. —Brady ha ido esta mañana. Ha dicho que las cosas van bien. Greg se ha encargado de todo sin problemas. Está pensando en darle a Greg un poco más de responsabilidad para poder disfrutar de la vida de casado.

Sam arqueó las cejas, y a ninguna de nosotras se nos escapó la indirecta. Me alegré por ella. Sam fue la primera del grupo que conocí cuando entró en READ un día. Estaba destrozada por la forma tan dura en que su ex rompió con ella, pero una vez que Brady le demostró lo deseada y querida que era, recuperó su chispa.

Carrie y Mandy se unieron a nosotras mientras Sam hablaba, así que nuestra mesa se completó con las ocho. Siempre me resultaba extraño cómo algunas semanas no aparecía ninguno de los hombres, como si pudieran sentir que necesitábamos un rato solo para chicas. Con Sam recién llegada de su luna de miel, supuse que todos sabían que necesitábamos una noche de «prohibido hombres».

—¿Has decidido qué hacer con Connor, Riles? —preguntó Addi una vez que todas pasamos del tema de la luna de miel de Sam.

—¿Quién es Connor? —preguntó Sam con voz cantarina.

—El de tu boda —declaró Addi. —Un guaperas con el que fue al instituto que ahora es amigo de Brady.

Los ojos de Sam' se volvieron hacia mí. —Espera, ¿te refieres a Connor Lee? Brady dijo que lo entrevistó para un programa de radio. Creo que Connor es socio del Dave's Gym.

—Tiene un programa de radio matutino llamado «No se permiten niñas» para hombres sobre deportes, mujeres y cualquier otra cosa de la que quiera hablar. Tiene sentido que Brady estuviera en él.

—Entonces, ¿qué pasa entre vosotros? ¿Te ha pedido salir?

Siete pares de ojos se centraron en mí, esperando la historia desde el principio para que Sam se pusiera al día. Le conté a Sam lo que pasó en su boda, luego que Connor apareciera en READ, dos veces, y terminé con nuestra cita del viernes por la noche.

—¿Cuándo vas a salir con él otra vez? —preguntó Lexi.

Me encogí de hombros y sorbí mi café para ganar tiempo. Yo era el último proyecto, la que estaba pasando por todo el rollo del nuevo amor. Decepcionarlas diciéndoles que no iba a suceder era más difícil de lo que pensaba.

—¿Vas a salir con él otra vez? —intervino Carrie.

Negué con la cabeza. —No lo creo.

—Bien por ti.

—¿Por qué no?

—¡Pero si está buenísimo!

—No te merece.

Sonreí a mis amigas, sabiendo que podía contar con su honestidad y apoyo. —No quiero esa vida. Si Connor se dedica a fardar y a hacer la pelota, no estoy interesada. Además, no me ha llamado desde nuestra cita. Creo que sintió lo mismo que yo. Simplemente no conectamos.

—Una cita no te va a decir si conectáis. Yo pensé que Brady era un capullo rarito durante una semana —dijo Sam con una risa.

—Sí, yo le di calabazas a Xander cuando nos conocimos, pero él siguió intentándolo —añadió Mandy.

—Yo al principio no quería salir con Joey porque no quería una relación. Él me dio otra oportunidad —intervino Addi.

—Aidan tuvo que pedirme salir durante más de un año antes de que aceptara. Pensé que estaba bromeando, pero siguió intentándolo. A lo mejor Connor estaba tratando de impresionarte —sugirió Claire.

—No hizo un buen trabajo si estaba tratando de impresionarme. Sentí que me ignoraba la mitad del tiempo.

—¿De qué hablasteis? —preguntó Charlie.

—De él. Me habló de su programa de radio, un poco de la universidad y sus deportes, y me presentó a la gente con la que habló. Apenas me preguntó nada sobre mí y nuestra conversación fue totalmente unilateral.

Cuanto más lo pensaba, menos quería volver a verlo. ¿Para qué? No estaba lo suficientemente interesado en mí como para preguntarme por mi vida, solo quería que yo viera la suya. Nada define mejor a un cretino engreído que una noche entera hablando de uno mismo y pelotéandole a todo el mundo.

—Creo que Claire tiene razón —sugirió Sam. —Suena a que estaba intentando impresionarte. Mostrarte lo importante que es y lo genial que es. ¿Lo conocías del instituto? ¿Cómo era entonces?

—No lo conocía bien, solo de oídas. Era el dios de los deportes de mi instituto. El chico que todas las chicas querían que las mirara y del que todos los chicos querían ser amigos. Parecía bastante majo, pero nunca hablamos en el instituto.

Sam se golpeó los labios con el dedo y me miró pensativa, como si estuviera leyendo mis pensamientos.

—Estabas colada por él, ¿a que sí?

—Todas lo estaban. Yo no era una excepción.

—Brady no lo conoce bien, pero me dijo que sentía que eran parecidos. Tuvo la sensación de que Connor tampoco tuvo una buena infancia, por eso siguieron en contacto después de la entrevista. Ya sabéis que a Brady no le resulta fácil abrirse a la gente, pero con Connor dijo que fue diferente, como si fuera el hermano pequeño que Brady nunca tuvo.

«Confundida» no empezaba a describir cómo me sentía. Desde fuera parecía que Connor había tenido una infancia genial. ¿Cómo no ibas a tenerla cuando eras la persona más popular del instituto? Aunque, por otro lado, había rumores de que sus padres apenas le hacían caso. Quizá su vida no era tan perfecta como yo pensaba.

—Supongo que lo único que digo es que, si es como Brady, le va a costar abrirse a ti. A lo mejor estaba intentando fardar o impresionarte. O a lo mejor es un capullo pomposo. Sea como sea, puede que no quieras descartarlo todavía. Llámalo y haced algo más informal la próxima vez.

Negué con la cabeza y descarté la idea de llamarlo, pero si

él llamaba, me plantearía darle otra oportunidad. Me volaba la cabeza pensar que Connor Lee había tenido una mala infancia, o al menos no una buena. Estaba convencida de que su vida era perfecta, pero confiaba en Brady. No le habría contado todo eso a Sam si no estuviera seguro sobre el pasado de Connor. Solo tenía que averiguar cómo manejarlo.

AL DÍA siguiente en el trabajo estaba hasta arriba con los detalles para nuestra firma de autora. Me las había arreglado para conseguir a Amber Monaco, una autora de éxito de ficción femenina que vivía cerca. Venía en diez días para hacer una firma y una lectura de libros. No me podía creer que hubiera accedido a venir, pero su asistente, Piper, dijo que Amber estaba entusiasmada con el evento.

Repasé mis notas para averiguar exactamente qué necesitaba. Amber había pedido agua embotellada en una nevera, bolígrafos para la firma y libros. Sabía que también serviríamos refrescos y algo de picar.

Antes de preparar nada, necesitaba hablar con Piper. —Oficina de Amber Monaco, soy Piper.

—Hola, Piper, soy Riley Williams de READ. ¿Cómo está?

—Hola, Riley. Iba a llamarte esta semana. ¿Seguimos en pie para el fin de semana que viene?

—Sí. La llamaba por eso. Estaba revisando mis notas y me he dado cuenta de que no tenía nada sobre lo que les apetece comer. Serviremos aperitivos y bebidas para el evento, solo para mantener a la gente por aquí. ¿Tienen alguna petición?

—Mmm... —dijo Piper. Oí un movimiento de papeles al otro lado y esperé. Sabía que podía coger lo que me pareciera que funcionaría, pero Amber llegaba justo después de comer. No quería que estuviera hambrienta o de mal humor cuando llegara.

—Vale, aquí está. Amber quiere comer en el pueblo antes de la firma. Ha estado buscando sitios por internet y ha encontrado algunos que quiere probar. Le gusta hacerse una idea del lugar antes de hacer una firma. Aunque estamos cerca, le gusta poder contar alguna anécdota sobre el pueblo durante su charla. ¿Tiene algún restaurante que recomendar?

Pensé en su pregunta por un segundo, sabiendo que podía darle varias opciones. —Bueno, supongo que depende de lo que estén buscando. Hay un sitio estupendo de sopas y sándwiches llamado Soup's On. Está Sandy's Wiches, que me gusta. Thai This tiene comida genial si buscan algo un poco más sustancioso. Acabo de ir a Kobe el fin de semana pasado. Es un asador y estaba muy bueno.

Hice una pausa, y mi mente volvió a la cita con Connor. Me molestaba que no se hubiera molestado en llamarme todavía, pero sabía que era mejor no darle vueltas. Connor Lee estaba fuera de mi alcance. Ya lo había dicho antes y no había razón para cambiar de opinión solo porque me hubiera invitado a salir.

—Creo que algunos de esos estaban en la lista de Amber. Tendré que consultarlo con ella. Pero bueno, sí, si vamos a comer fuera no creo que necesitemos nada. A Amber le gusta tener agua a mano cuando va a hablar. Es bastante sencilla, si le soy sincera.

Me reí. Parecía haber dos tipos de autores. Un tipo era relajado y campechano, el otro… no lo era. Me alegré de oír que Amber era del primer tipo. —Tengo una amiga que tiene una pastelería aquí, así que iba a pedirle que nos trajera unos pastelitos. Los libros ya están pedidos y deberían llegar en un par de días. Tengo algunos carteles en mi despacho y llevamos promocionando el evento en internet unas semanas. Creo que vamos a tener una gran afluencia.

—Suena maravilloso, Riley. Apreciamos mucho que haga

todo esto. El marido de Amber probablemente también estará allí si le parece bien.

—Oh, por supuesto —le aseguré. —He contactado con un grupo local de autores para organizar eventos aquí en el futuro y les he invitado a venir también. Creo que algunos de ellos se han apuntado.

—Parece una idea estupenda —dijo Piper entusiasmada. —A Amber le encanta conocer a otros autores y tenerlos entre el público cuando da una charla. Los autores suelen hacer preguntas que a los lectores no se les ocurren o preguntas que les han hecho y que la mayoría de los lectores quieren saber la respuesta. A ella le entusiasmará saber que viene un grupo local.

—Excelente. Entonces creo que está todo listo para el próximo sábado. Ah, y no sé si lo sabe, pero Pam y George, los dueños de READ, se jubilan en un par de meses, pero nada ha cambiado. Seguirá recibiendo el mismo servicio que hemos prestado.

—Vaya. Sinceramente, pensaba que usted era la dueña de READ. ¿Qué va a pasar con la tienda cuando se jubilen?

Por alguna razón, quise contarle a esa desconocida lo que estaba pasando. —En realidad, voy a comprar la tienda.

—Oh, vaya, eso es excelente. Definitivamente no cambiará entonces. ¡Enhorabuena!

—Gracias. Aún no está cerrado, pero me he reunido con el banco y no debería haber ningún problema.

—Genial. Ha sido un placer trabajar con usted, así que no dudo de que continuará haciendo de READ un gran lugar. Estoy deseando conocerla.

—Yo también, Piper. Gracias por toda su ayuda.

Piper y yo nos despedimos y tomé notas de nuestra conversación. Estaba emocionada por conocerla a ella y a Amber, y por seguir haciendo progresar a READ. Especialmente desde que mi vida personal se había estancado. Otra vez.

14

ACABABA de sentarme a comer cuando sonó el teléfono. Connor.

—¿Sí?

—Hola, Riley. ¿Cómo estás?

Tono informal. Hablaba como si nos viéramos todos los días, en lugar de llevar días sin hablarnos.

—Eh…, estoy bien. ¿Y tú? —Podía seguirle el juego.

—Estoy bien, pero estaré aún mejor si aceptas volver a salir conmigo el viernes por la noche.

Joder, ahí estaba. Me había ignorado durante casi cinco días y quería otra cita sin dar explicaciones. Intenté recordar lo que había dicho Sam, pero una mala infancia no le daba a nadie el derecho a ser un adulto de mierda.

—No lo sé, Connor. Quizá no sea tan buena idea.

Le oí contener la respiración y luego hizo una pausa. Casi podía imaginármelo pasándose una mano por su espeso pelo castaño y mirando al techo como si allí estuvieran las respuestas. Ojalá mi techo tuviera respuestas.

—¿Por qué no, Riley? ¿No te gustó la cena del viernes por la noche?

—Es que creo que somos demasiado diferentes. Tú vives una vida que a mí no me interesa mucho. Yo no voy a restaurantes como ese, donde el lujo rebosa por cada rincón. No estuve cómoda allí y, bueno, sinceramente, sentí que solo estaba allí para que no estuvieras solo mientras intentabas camelarte a toda esa gente.

Susurró algo que sonó muy parecido a «joder» e hizo una pausa. Quería confiar en Sam y Brady, y lo hacía, pero no podía salir con alguien que solo me quería a su lado cuando le venía bien. O salíamos en serio y nos decíamos la verdad, o no.

—Eres la única mujer que he llevado allí que no ha querido volver de inmediato.

—Connor, no soy como las mujeres con las que sales, suponiendo que todavía salgas con figurines con poco más que ofrecer. Me gusta estar cómoda, una cena informal y quizá una película o algo así. No estoy hecha para restaurantes caros ni para hacer la pelota.

Se quedó en silencio durante unos minutos, tanto que comprobé el teléfono para asegurarme de que no se había cortado la llamada. —¿Sigues ahí? —le pregunté finalmente.

—Sí, aquí estoy. No pretendía que te sintieras incómoda, Riley. No volveremos allí. Me estás descolocando un poco. No sé qué hacer.

Suspiré profundamente, odiándome a la vez por no volver a verlo y animándome por ser fuerte. ¡Era Connor Lee, por el amor de Dios! Hiciera lo que hiciera, acabaría con el corazón roto, de eso estaba segura. Parecía desolado, pero no me correspondía a mí hacerlo feliz. No buscaba una relación en la que tuviera que serlo todo para la otra persona. Si iba a involucrarme con alguien, sería una relación de igual a igual.

—Quizá sea mejor si no hacemos nada, entonces. Me gustas, Connor; lo que conozco de ti, pero en realidad no nos conocemos. No conocemos a la misma gente, no frecuentamos los mismos sitios, no tenemos nada en común. Simplemente no creo que vaya a funcionar.

—Riley, por favor, no digas eso. Ese sitio no soy yo, no el verdadero yo. Te llevé allí porque pensé que te gustaría. Dame otra oportunidad. Te enseñaré mi verdadero yo.

—No es solo el restaurante. Han pasado cinco días desde que salimos y no me has llamado. Di por hecho que no querías volver a verme.

Exhaló con fuerza. —Por favor, dime que no estás viendo a otro ya.

—¿Qué? ¡No! —casi grité, exasperada de que pensara eso.

—No sabía qué decir —dijo en voz baja. Con un profundo suspiro, admitió—: No estaba seguro de que quisieras volver a verme. Sabía que no te lo habías pasado bien. Solo pensé que quizá si te invitaba a salir de nuevo podría ocurrírseme algo.

—¿Adónde querías ir? —pregunté, sabiendo que volvería a meter la pata.

—Estaba pensando en ir al partido de hockey el viernes por la noche. Puedo conseguir buenas entradas.

Negué con la cabeza. Respuesta incorrecta.

—No sé mucho de deportes, Connor. Sé que es tu mundo y esa es otra razón por la que simplemente no creo que las cosas vayan a funcionar…

—Una oportunidad, Riley. Eso es todo lo que te pido. Dame una oportunidad más. Viernes por la noche. Te recogeré a las siete. De sport. Lo prometo. Una oportunidad más, Riley.

No supe cómo decirle que no mientras me suplicaba. Connor Lee prácticamente me estaba rogando una cita. Connor Lee. Me costaba creerlo, o entenderlo. No tenía sentido. Los tíos como él podían tener a la mujer que quisieran. Que se interesara en mí, siquiera un poco, era abrumador y una locura.

Y me sentaba de maravilla.

—Vale —acepté finalmente. Una sonrisa se dibujó en mis labios, una que no pude reprimir, y que se hizo aún más grande cuando él soltó un grito de alegría.

—¡Sí! Gracias. Te prometo que no te arrepentirás, Riley. El viernes por la noche.

—El viernes por la noche —repetí—.

AL DÍA siguiente fui a trabajar temprano para poder reunirme con Andy, Pam y George. Les había dicho que el banco me había dado una preaprobación, pero no habíamos concretado todos los detalles.

—Buenos días —le dije a Andy cuando entré en la trastienda y lo encontré en el despacho de Pam y George.

—Hola, Riley. ¿Cómo estás?

Sonreí. —Estoy genial. Todavía no puedo creer que todo esto esté pasando de verdad.

—Oh, está pasando —dijo George a mi espalda—. No voy a dejar que esta se me escape sin jubilarse ya. —Atrajo a Pam hacia él para darle un abrazo y la besó larga y profundamente. Andy tecleó furiosamente y se concentró en cualquier cosa menos en sus padres morreándose delante de él. No quería quedarme mirándolos, pero no me molestaba. Envidiaba el amor que se tenían. Dos personas que querían tanto lo mismo que habían hecho de ello su profesión. Yo quería eso para mí.

Lo que me hizo preguntarme por qué me molestaba con Connor. No se parecía en nada a mí. Él necesitaba tener gente a su alrededor, y yo prefería estar sola. A él le gustaban los deportes y a mí no. Él era guapo y yo estaba rellenita.

No sabía por qué había aceptado otra cita con él. Había odiado tanto la primera que casi me sentí aliviada cuando no me llamó. Mi yo adolescente tenía que tener el control para que yo aceptara que se le ocurriría algo bueno. Aunque Sam dijo que debería darle otra oportunidad, me costaba hacerlo. Todas mis amigas habían acabado con hombres que las complementaban. Hombres que entendían quiénes eran y lo aceptaban. No había ninguna posibilidad de que acabara con Connor. Por eso no sabía por qué había aceptado salir con él otra vez.

—¿Estás bien, Riley? —preguntó Pam, sacándome de mis pensamientos.

—¿Mmm? Ah, sí. Estoy bien. Eh, bueno, aquí está la carta que me dio el banco. Marshall dijo que necesita algunas cosas más de vosotros y que os iba a contactar directamente. Sin embargo, parece que todo está bastante atado.

Andy tecleaba mientras yo hablaba, recogiendo nuestra conversación por si alguno de nosotros olvidaba lo que se había discutido. Todos estuvimos de acuerdo en que era lo mejor cuando hablábamos de tantas cosas.

—Hablé con Marshall el otro día —dijo George—. Le aseguré que todo estaba en regla y le di las cifras que quería. Dije que te daría copias en papel de toda la documentación que quería también para que pudieras revisarlo todo con él en vuestra próxima reunión. Tengo eso por aquí en alguna parte.

George se puso a buscar la documentación que había impreso para mí. Los adoraba, pero Pam y George no eran las personas más organizadas del mundo. George siempre decía que sabía exactamente dónde estaba todo, pero era más una generalización que una ciencia exacta. Podía dar con la ubicación aproximada de dónde había visto algo por última vez, pero siempre le llevaba unos minutos encontrar las cosas.

Era una de las primeras cosas que pretendía cambiar. Definitivamente iba a ocupar el despacho del dueño cuando me hiciera cargo de LEO, pero iba a comprar archivadores y mejores sistemas de almacenaje para no tener que rebuscar entre montones de papeles para encontrar todo lo que necesitaba. Me agobiaba el desorden y me ponía nerviosa si veía las cosas fuera de su sitio.

Casi me salía urticaria cuando estaba en su despacho.

—Aquí está —exclamó George triunfante, sacando una pila de papeles del fondo de un montón—. Muy bien, Riley. Pam, Andy y yo hemos decidido un precio. Esperamos que te parezca bien.

Miré la documentación que me entregó y vi una cifra muy inferior a la proyección inicial que me había dado Andy. Un momento, Andy dijo que sería más alto que esto.

Pam asintió. —Lo sé, cariño. Pero no estamos intentando sablearte. Queremos que esto sea posible para ti. Sigue siendo mucho dinero y es suficiente para que nos jubilemos. ¿Es un precio justo?

Negué con la cabeza. —No. No es justo. Os merecéis más que esto.

George me puso la mano en el brazo y me tranquilizó. —Riley, no vamos a aceptarte ni un céntimo más. Si se la vendiéramos a otro, pediríamos más, pero no a ti. Quieres a LEO tanto como nosotros. Eso no tiene precio, saber que le entregamos nuestro bebé a alguien que la querrá como nosotros.

—Por supuesto, esperamos que se nos permita volver para ayudar siempre que podamos —argumentó Pam.

Los abracé a ambos, con lágrimas cayendo de mis ojos. Había tenido una suerte increíble con la gente maravillosa para la que había ido a trabajar como estudiante universitaria. No sabía cómo había sucedido, pero había encontrado una familia en LEO. Una familia que se estaba separando, pero una familia al fin y al cabo.

—Vosotros siempre seréis bienvenidos aquí. Lo sabéis. Libros gratis de por vida.

—Uh oh, puede que te arrepientas de eso —bromeó George. Todos nos reímos porque eran lectores ávidos, igual que yo. Su casa tenía una biblioteca que hacía que la mía pareciera una estantería en comparación. Estaba celosa de su colección de libros privados, pero me encantaba que entendieran cuánto me gustaba leer a mí también. Era agradable tener gente con la que hablar de libros. Pam y George me habían abierto la mente a nuevos géneros que nunca habría considerado leer si no fuera por ellos.

—¿Tenéis fecha para el cierre? —preguntó Andy, interrumpiendo nuestro momento lacrimógeno.

Asentí. —Estamos pensando en el lunes antes de la fiesta. El banco ofreció esa fecha y la acepté. Marshall está hablando con el abogado y confirmará la fecha la semana que viene cuando vaya a mi cita.

George asintió conmigo. Ya habíamos hablado del cierre, pero era bueno tenerlo documentado para más adelante. Estaba eufórica. Iba a conseguir LEO por menos de lo que nunca imaginé, pero lo iba a conseguir. Eso era lo más importante.

Había dos cosas que quería conseguir este año. Una era comprar LEO, la otra era encontrar a alguien con quien compartir mi vida. Un mes después de empezar el año nuevo, ya había progresado en uno de esos objetivos. El otro parecía irse al garete, pero había aceptado darle a Connor una oportunidad más. Si no resultaba tan fabuloso como él decía que iba a ser, entonces pasaría página. Ya me había divertido con Connor Lee. Mi yo adolescente podía dejarlo ir.

15

EL VIERNES por la noche llegó demasiado rápido. No estaba preparada para otra cita con Connor, sobre todo una que había prometido que sería perfecta.

Había empezado a enviarme mensajes. Con su programa de radio, se levantaba temprano, como a las cuatro de la madrugada, y trabajaba de cinco a nueve cada mañana en antena, luego unas horas por la tarde en la oficina, y a veces los fines de semana. Sus mensajes llegaban a horas aleatorias debido a su horario, pero nos habíamos dado cuenta de que los dos librábamos de nueve a diez cada mañana. Era cuando más me escribía.

El viernes por la mañana recibí otro mensaje de Connor.

Buenos días.

Buenos días.

Abre la puerta de casa.

Todavía estaba en pijama, aún no me había duchado y apenas me había levantado de la cama. Que Connor me viera con el pelo sin lavar y enredado, un pijama raído de Campanilla y descalza no era mi idea de una buena preparación para una cita.

Me asomé por la ventana, pero no vi nada. Su coche no estaba en el camino de entrada, así que supuse que no había peligro. Abrí la puerta lo suficiente para asomar la cabeza, nada más, y me recompensó una ráfaga de aire gélido que me puso los pezones de punta. Creo que intentaron cerrar la puerta de un portazo, pero entonces vi la caja rosa y el vaso.

Enfrentándome a la madera helada del porche, abrí la puerta de par en par y salí corriendo a por mi desayuno. Tomé un sorbo del café humeante, preparado a la perfección, de pie en el porche congelado y sentí que el calor me quemaba al bajar por la garganta.

—Joder —gemí, agradecida por el talento de Charlie, antes de darme cuenta de la locura que estaba haciendo. Volví a entrar corriendo y apoyé la espalda en el cálido interior de la puerta principal mientras tomaba otro largo sorbo del café.

El móvil sonó en mi bolsillo. Me aparté de la puerta y fui a la cocina para poder disfrutar de mi desayuno. En la mesa, abrí la caja y encontré dos de mis pastelitos de moca y dos magdalenas con pepitas de chocolate, otro de mis favoritos. Sentí que tenía que comprarle un regalo a Charlie.

El móvil volvió a sonar, apartando mi atención del desayuno.

> Una cita perfecta siempre debe empezar con
> una comida perfecta. Disfruta del desayuno.
> Estoy deseando verte esta noche.

Estaba poniendo a prueba mis límites en serio. Cada mensaje que recibía de él hacía que me gustara un poquito más, que quisiera que las cosas funcionaran aunque sabía que éramos muy diferentes. Era dulce, considerado y me hacía sentir que de verdad le gustaba. Algo que me resultaba un poco extraño.

Sí, había salido con chicos. Desde luego que no era virgen, pero nunca había tenido un novio que actuara como si yo fuera lo único que quería. La mayoría de los hombres estaban más interesados en lo que yo podía darles, no en lo que ellos podían hacer por mí. Con Connor me estaba acostumbrando a los pequeños detalles de ¡Muérdeme!

Lo más revelador para mí sobre cómo me sentía respecto a Connor ese día fue lo largo que se me hizo. Siempre me había encantado LEA e incluso con la noticia de que Pam y George se jubilaban, disfrutaba de mi trabajo. Pero ese día, sabiendo que me esperaba una cita con Connor... no podía concentrarme. Los clientes tuvieron que pedirme las cosas más de una vez, tropecé con una pila de libros tres veces y casi tiro un expositor cuando estaba soñando despierta.

Era un desastre.

Cuando dieron las siete, estaba nerviosa y emocionada. Connor dijo que fuera informal, así que me vestí con mi par de vaqueros favoritos, una camiseta de manga larga de color vino y mis botas negras forradas de pelo. Con mi chaqueta negra y un gorro de punto, estaba lista para enfrentarme al frío y a cualquier otra cosa que Connor me tuviera reservada.

Aparcó en el camino de entrada justo a las siete y nos encontramos en el porche. Me besó en la mejilla, un gesto decepcionante donde los haya. Quería otro beso que me pusiera los pelos de punta. De nuevo, dejó el coche en marcha, así que dentro hacía un calor agradable cuando me senté; el olor a cuero y a la colonia de Connor se abrieron paso hasta mi nariz y mi cerebro.

—¿Estás preparada para esto? —preguntó Connor cuando entró en el coche.

—¿Adónde vamos?

Connor negó con la cabeza. —Nones. No te lo voy a decir. Prometí una cita perfecta. Parte de eso es dejar que sea una sorpresa. Primero, la cena. Debería haberlo preguntado antes, pero ¿hay algo que no te guste?

Arrugué la nariz, intentando pensar en alimentos que no me gustaran. —No soy muy fan de la comida picante, así que la comida india y parte de la asiática son un reto para mí.

—A mí tampoco me gusta mucho la comida picante, así que perfecto. Genial.

Cuando entró en el aparcamiento del Soup's On, me emocioné mucho. —¿Te parece bien? Tienen unas sopas estupendas y montones de opciones, y además es un sitio bastante informal.

—Perfecto —susurré—. ¿Cómo sabías que me encantaba este sitio?

Me guiñó un ojo, haciéndome pensar que tenía un secreto; uno que estaba decidida a descubrir.

Después de la cena.

Dentro pedimos seis tazas de sopa diferentes para poder probar varias y compartir. La idea de compartir la cena era muy íntima. Encontramos una mesa cerca de la chimenea y apilamos los cuencos de sopa entre nosotros. Connor insistió en pedir más pan de masa madre, pero nada de postre. Dijo que tenía planes para eso.

—Esta es mi favorita. Pruébala —dijo Connor, levantando una cucharada de sopa de patata con todo. Ya la había tomado antes y me había gustado, pero, de alguna manera, comerla de la cuchara de Connor la hacía aún mejor.

Gimió suavemente cuando mi lengua alcanzó la cuchara antes que mis labios. Nuestras miradas se encontraron cuando cerré la boca alrededor de la cuchara y algo tan simple como cenar se volvió increíblemente erótico.

El corazón me latía con fuerza en el pecho, y la respiración de Connor se volvió superficial y esporádica. Mientras los sabores de las patatas, la nata, el beicon y el queso explotaban en mi lengua, me pregunté a qué sabría la sopa en los labios de Connor.

Se pasó la lengua por los labios y su mirada bajó a los míos. Era el comienzo de algo de lo que sabía que no íbamos a poder volver atrás. Un momento que iba a cambiar las cosas más allá del punto de no retorno. Una cosa simple, un pequeño movimiento, un instante, estaba cambiando todo en nuestra relación.

Connor se inclinó hacia delante, levantándose ligeramente de su asiento, y se movió hacia mí. La mesa seguía entre nosotros, pero con la altura de Connor, no importaba. Sus labios se encontraron con los míos suavemente, un beso tierno que empezó siendo dulce y rápidamente se volvió ardiente. La lengua de Connor rozó mis labios, y estos se abrieron para él de la misma manera que sabía que lo harían mis piernas ante ese estímulo.

Su lengua recorrió mi boca, saboreándome de la misma manera que yo había saboreado la sopa. Gimió suavemente y se apartó lo suficiente para susurrar: —Ahora me gusta todavía más.

Volvió a por otra probada y yo gemí en su boca; el sonido llegó a mis oídos segundos antes de que las voces y las cucharas chocando contra los cuencos resonaran a nuestro alrededor. Ambos nos echamos hacia atrás, sin aliento y acalorados. —Joder. ¿Esto es lo que me he estado perdiendo desde el instituto?

Mis mejillas se sonrojaron ante su aprobación de mis besos. De repente, sentí un calor sofocante, y no tenía nada que ver con la sopa, sino todo que ver con el hombre. Sabía que Connor podía besar como un profesional, pero que yo perdiera la noción de todo en medio de un restaurante abarrotado era impresionante.

Agaché la cabeza y me llevé a la boca una cucharada de

sopa de tomate y albahaca. Estaba casi tan buena como la de patata con todo, pero sin el beneficio añadido de Connor, palidecía en comparación.

Comimos en un cómodo silencio durante unos minutos, ambos intentando recuperar la compostura antes de volver a mirarnos. Cambiamos de sopa al cabo de un minuto y acabamos yendo a por el mismo cuenco de sopa de brócoli con queso. Los ojos de Connor se encendieron al instante cuando nuestras manos se tocaron. —Permíteme —dijo con tono sugerente y acercó el cuenco hacia sí, mojó la cuchara y me la ofreció.

Sosteniéndole la mirada, acepté el bocado que me ofrecía; el sabor intenso del queso cheddar y el suave y fresco sabor del brócoli eran tan deliciosos como siempre. Connor me observó, su nuez subiendo y bajando cuando tragué la sopa. Me ofreció otra cucharada sin servirse él, y la acepté. Gruñó suavemente, y ese sonido posesivo me envió un escalofrío de deseo que se instaló entre mis muslos.

Y pensar que ni siquiera quería tener la cita.

Connor continuó dándome de comer, un acto que normalmente me habría hecho sentir como una niña pequeña, pero que en cambio me hizo sentir querida. Cuando declaré que estaba llena, Connor empezó a recoger los cuencos sin comer.

—¿No tienes hambre?

—Me muero de hambre —gruñó, dejándome ver hasta la última cosa que quería y necesitaba de mí. El resto de la velada iba a ser un desafío.

Fuera, Connor me cogió la mano, y nuestros guantes no impidieron que el calor de su palma llegara a la mía. Me llevó a toda prisa al coche y me apretó la espalda contra la puerta, colocó sus pies entre los míos y hundió los dedos en mi pelo segundos antes de que sus labios cubrieran los míos.

Fue un beso posesivo, uno que me decía exactamente lo

que tenía en mente para el resto de la noche y justo lo que pensaba de cómo iban las cosas hasta ahora. Un coche nos tocó el claxon, pero aun así no nos separamos, perdiéndonos por completo el uno en el otro.

Me di cuenta de que tenía los labios ligeramente agrietados, pero su lengua era fuerte y cálida. Gimió mientras volvía a saborearme; no había otra palabra para describirlo. Su lengua recorrió mi boca, rozando la mía y buscando cada rincón, aprendiendo de mí desde dentro hacia fuera. Apretó la mano en mi pelo y me sujetó donde quería, presionando su gran cuerpo contra el mío.

Lo sentí duro contra mí, algo que no podía ignorarse. No se restregó contra mí, pero tampoco retrocedió cuando se endureció entre nosotros. Lo malo fue que quise frotarme contra él como una gata en celo, y lo habría hecho, pero él se apartó. —Entra. Tenemos que ir a otro sitio.

Sus palabras exigentes no me desanimaron como lo habrían hecho normalmente, ya que oí la necesidad y el control apenas contenido en su voz. Estaba tan al borde como yo, algo que me complació y me hizo desearlo aún más.

Maldita sea, me estaba llegando. Connor Lee, un hombre con el que había pasado casi la mitad de mi vida fantaseando y tratando de olvidar alternativamente. En dos semanas habíamos pasado de ser completos desconocidos a apenas contener nuestro deseo mutuo en medio de un aparcamiento.

Connor se metió en el coche y respiró hondo. No me miró, simplemente se aferró al volante con los nudillos blancos y respiró. Cuando por fin pareció respirar con normalidad, arrancó el coche y salió del aparcamiento, en dirección a las afueras de la ciudad.

No hablamos, pero no fue incómodo como en nuestra primera cita. Connor agarraba el volante con fuerza, sus manos no se movían y sus ojos no se apartaban de la carretera. Si no supiera lo cerca que estaba de perder el control, habría pensado que estaba enfadado, pero podía sentirlo. Me deseaba, pero estaba haciendo todo lo posible para asegurarse de que yo disfrutara de la cita, ya que no había disfrutado de la primera.

Miré por la ventanilla, observando el paisaje cubierto de nieve pasar a toda velocidad. Connor condujo hasta las afueras de Winterville, una zona con la que no estaba muy familiarizada. Se movía con total soltura, conduciendo por las calles como si hubiera crecido en ellas, aunque sabía que no era así. Giró y se detuvo frente a una casa antigua y apagó el motor.

—¿Dónde estamos?

—Ya lo verás —dijo con un brillo en los ojos. Tramaba algo, pero no sabía qué. No estaba segura de si debía preocuparme, pero cuando posó la mano en mi espalda, me relajé contra él y le permití que me guiara por el camino hacia la casa.

Pocos segundos después de que llamara, la puerta se abrió. Una anciana, debía de tener unos ochenta años, abrió la puerta.

—¡Connor! Qué alegría verte. Entra, cariño. ¿Quién es esta señorita tan encantadora?

Inmediatamente me gustó la mujer con su camisa azul de botones y sus pantalones de color canela subidos demasiado. Llevaba unas zapatillas en los pies que parecían capaces de mantener el frío a raya incluso fuera. Su pelo era casi blanco y lo llevaba corto y con rizos por todas partes, pero fueron sus ojos los que me dijeron que era más joven de lo que parecía, al menos de mente. A aquellos ojos azules no se les escapaba nada, desde la mano de Connor en mi espalda hasta mi sorpresa al verla ante nosotros.

—Paulcy, esta es Riley Williams. Pensé que le gustaría tu sótano si te apetece tener compañía.

Hizo un gesto con la mano como si fuera una pregunta tonta. —Bah. Ya sabes que siempre me apetece tener compañía. Enséñale el camino y prepararé un poco de té. ¿Bebes té, Riley?

Asentí y seguí a Connor escaleras abajo a la derecha mientras la mujer se alejaba por el pasillo a sus espaldas.

—¿Quién era esa? —le pregunté a Connor en voz baja mientras bajábamos las escaleras, pero la pregunta quedó olvidada pronto.

Libros. Libros y más libros. Había más libros en el sótano de los que había visto en mi vida. Las estanterías metálicas estaban alineadas una al lado de la otra con libros apilados en ellas casi hasta el techo. Había tantos libros que ni siquiera podía verlos todos.

—Guau —susurré mientras caminaba lentamente hacia la estantería más cercana. Novelas románticas, al estilo de los ochenta con Fabio en las portadas, abarrotaban la estantería, compitiendo por el espacio. Algunos estaban apilados unos encima de otros, la mayoría estaban amontonados como en una biblioteca o una librería, y algunos casi se caían de la estantería. Caminé por el pasillo, mis dedos recorriendo los lomos de los libros, deteniéndome para leer títulos que no me resultaban familiares.

Mis ojos se dirigieron a Connor, que me seguía de cerca. La pregunta en mi mirada debió de ser evidente porque dijo: —Puedes coger y leer cualquiera de ellos.

Sonrió cuando mis ojos se abrieron de par en par, volviendo a las estanterías. Cogí uno de los libros que no reconocí de la estantería. Parecía una novela romántica de las de antes, y quería leerla. Empecé a devolverlo, sabiendo que no podía llevarme el libro de la mujer, cuando Connor dijo: —Te dejará prestado cualquiera que quieras.

—Pero no me conoce.

—No, cariño, pero me conoce a mí. Si quieres leerlo, quédatelo. Y volveremos cuando quieras.

Volviéndome hacia los libros, le sonreí por encima del hombro. —Puede que te arrepientas cuando descubras lo mucho que leo. Me acabaré este libro en un día.

Connor se encogió de hombros como si no importara. —Entonces, coge diez y volveremos el próximo fin de semana.

La idea de que Connor ya estuviera planeando otra cita me emocionó más que la perspectiva de nuestra segunda cita. Especialmente si nuestra próxima cita implicaba que yo eligiera libros de una fuente inagotable. Mi amor por los libros no era nada comparado con el de Pauley, fuera quien fuera.

Unos minutos después, oímos los pasos de Pauley en las escaleras. Connor se disculpó para ayudarla, algo por lo que oí que ella le reprendía, recordándole que era más que capaz de cuidarse sola. Sonreí ante la familiaridad entre ellos y me pregunté cómo la conocía Connor.

Pauley se me acercó sigilosamente; mi propia mente estaba perdida en los libros de los que no parecía poder apartar la vista. —¿Estás encontrando algo que te guste, querida?

—Oh, sí. Tiene usted una colección impresionante. Podría pasarme días aquí abajo y no darme cuenta de que me estaba perdiendo el mundo exterior.

Pauley sonrió. —¿Esa es la belleza de los libros, verdad? Los libros nos dan la oportunidad de vivir una vida que no es la nuestra y disfrutar de las alegrías de la vida, llorar por las penas y preocuparnos por los peligros sin siquiera salir de la comodidad de casa. Por supuesto, esa es también la desventaja de los libros. A veces nos perdemos lo que tenemos delante porque estamos demasiado ocupados siendo otra persona por un tiempo.

La tristeza en sus ojos me sorprendió y supe que estaba

hablando de su propia vida, no solo advirtiéndome sobre la mía. La extensa colección de libros que tenía me mostraba cuánto se había perdido a sí misma siendo otra persona durante un tiempo. No quería acabar sola y arrepentirme de mi vida, pero nunca negaría mi amor por los libros.

—A veces, ser otra persona es la única forma de pasar el día sin preguntarse por qué estás ahí. A veces es la mejor manera de superar las cosas que te han hecho daño y volver a creer en ti misma.

Pauley asintió pensativa y su mano arrugada me acarició la mejilla. —Me caes bien, Riley Williams. Le vendrás bien a mi nieto.

16

—¿Tu nieto? ¿Connor es tu nieto?

Sonrió de oreja a oreja y me dio una palmadita en la mejilla; luego se marchó, dejándome allí, mirándola fijamente. Un ruido a mi espalda me hizo girar en redondo y vi a Connor, que se pasaba una de sus grandes manos por el pelo oscuro con aire avergonzado.

—¿Es tu abuela? ¿Me has traído a conocer a tu abuela?

—Sí —dijo lentamente—. Aunque no pretendía que te enteraras. Normalmente no le cuenta a la gente cómo nos conocemos, prefiere dejar que lo revele yo.

El dolor y la decepción que me recorrieron fueron más intensos de lo que esperaba. Por supuesto que sabía que salía con otras mujeres, ¡joder!, lo había visto durante años en el instituto. La inmensa alegría que había sentido al darme cuenta de que me había llevado a casa de su abuela quedó anegada por el golpe que supuso que admitiera que yo no era especial para él y que, desde luego, no era la primera mujer a la que le presentaba.

—Ah —dije, reprimiendo mi decepción y volviéndome

hacia las estanterías, decidiendo perderme en ser otra persona por un rato, ya que ser yo misma era demasiado doloroso en ese momento.

Connor se quedó detrás de mí mientras yo miraba, observándome en silencio. Podía sentir sus ojos en mi espalda mientras las lágrimas me nublaban la vista. Me mordí el labio con fuerza para detener el llanto, pero, aun así, una lágrima se deslizó por mi mejilla. La aparté rápidamente, pero Connor inspiró bruscamente a mi espalda.

—¿Qué he dicho? —preguntó en voz baja, apenas audible.

—Nada —respondí, negando con la cabeza para reafirmar mis palabras. Sabía que no se lo iba a tragar, porque, para empezar, había preguntado. No sabía cómo se había dado cuenta de que había dicho algo que me había molestado. Si de verdad no le importara, lo dejaría pasar, pero si quería saber la verdad, insistiría. En ese momento, no estaba segura de qué prefería.

—Riley —dijo Connor en voz baja—. Por favor, habla conmigo. Dime qué he dicho.

Negué con la cabeza, poco dispuesta a hacerle saber lo tontas que eran mis emociones. Me sentía estúpida, de pie en el sótano de su abuela, rodeada de libros, disgustada porque el chico con el que había tenido dos citas tuviera un pasado. Que hubiera salido con otras mujeres y se las hubiera presentado a su abuela.

Era ridículo. En los once años que habían pasado desde que lo había visto, podría haberse casado, haber tenido hijos o cualquier número de novias serias. No tenía ningún derecho sobre él en los últimos once años, ni siquiera en ese momento. Dos citas no constituían una relación. Todo aquello solo servía para recordarme que apenas conocía a Connor.

—Riley —volvió a intentarlo, girándome para poder mirarme. Me sujetó la barbilla con firmeza, sin brusquedad, pero sin dejarme escapar. Cuando me obligó suavemente a levantar la vista hacia la suya, supe que vería la humedad que intentaba ocultar—. Cariño, habla conmigo. Sé que he dicho algo. Dime qué ha sido.

—Es una tontería —admití.

—Nada es una tontería si te molesta. Habla conmigo.

—Simplemente, de repente me ha molestado que ya hayas hecho esto antes. Que hayas traído a otra persona aquí. Durante unos minutos me he sentido especial, como si lo hubieras planeado y hubieras venido aquí porque sabías cuánto me gustaban los libros.

—Ah, mierda, Riley. Lo siento. No he pensado en cómo sonaría —soltó mi barbilla y se pasó las manos por el pelo, juntándolas en la nuca y tirando de los mechones. Le molestaba lo que yo había dicho, era obvio, y no negaba lo que yo había pensado—. Te he traído aquí porque he pensado que te encantaría. Pero sí, he traído a otras mujeres. En la universidad salí con una chica con la que tenía una relación bastante seria. Se acabó cuando ella quiso vivir en Nueva York y yo quise volver aquí. Desde entonces ha habido algunas mujeres con las que he salido, solo una lo bastante seria como para querer que conociera a Pauley.

Tenía sentido. No tenía motivos para enfadarme. Y había sido sincero conmigo. Yo no le había contado mi historial, pero también había llevado a chicos a casa para que conocieran a mi familia. Enfadarse porque él tenía un pasado era una locura y no merecía la pena.

—Riley, siento haberte disgustado, pero tengo un pasado. Los dos lo tenemos. Me gustas, pero no puedo cambiar lo que pasó antes de que estuviéramos juntos.

—Lo sé —dije con firmeza—. Y no quiero que lo hagas. Te he dicho que era una estupidez. No es justo por mi parte enfadarme porque hayas traído a otras mujeres aquí. Pauley es genial y este sitio es increíble. Tiene sentido que trajeras a otras.

Me acarició la mejilla y se inclinó, su aliento abanicando mi rostro. —Nunca he traído a nadie aquí en nuestra segunda cita y Pauley nunca ha aprobado a nadie más. Eres especial para mí, aunque la haya cagado al no hacértelo sentir así.

Me sonrió, esperando a que yo respondiera a sus palabras, y luego cerró lentamente la distancia entre nosotros. Sus labios fueron suaves sobre los míos, un beso tierno que solo hizo que quisiera más. Sintiendo mi deseo, Connor rozó mis labios con su lengua, una petición silenciosa a la que respondí rápidamente. Mi lengua buscó la suya en cuanto separé los labios. Sus brazos me rodearon la cintura con fiereza, la necesidad que yo sentía se reflejaba en su abrazo.

Nuestro beso se volvió ardiente y voraz, nuestras manos aferrándose al otro, ambos intentando tocarnos por todas partes a la vez. Cuando mis dedos tocaron la piel de la parte baja de su espalda, se apartó como si lo hubiera quemado.

—Joder —susurró—. No podemos hacer esto. Aquí no. Dios, casi te empotro contra la estantería de mi abuela y te hago mía. Lo siento.

Me froté la cara con las manos, sabiendo que tenía razón y sintiéndome avergonzada de que yo estuviera dispuesta a hacer lo mismo. —Tengo tanta culpa como tú.

—Eres perfecta, Riley. No has hecho nada malo. Es que llevo deseándote demasiado tiempo.

Sus palabras enviaron un escalofrío de expectación por mi columna vertebral. No sabía por qué me había deseado durante tanto tiempo, pero no iba a cuestionarlo. Yo también lo deseaba y, joder, estaba lista para saltarle encima. A la mierda esperar no sé cuántas citas. Si quería entrar cuando volviéramos a mi casa, iba a hacer lo que quisiera con ese hombre tan guapo.

—¿Por qué no nos largamos de aquí? —sugerí, intentando que pareciera algo casual. A Connor no se le escapó la pregunta que yo intentaba no hacer. Sus ojos se oscurecieron de nuevo, el azul marino cubriendo el azul brillante. Se ajustó la impresionante erección que forzaba la cremallera de sus vaqueros y asintió.

Me cogió de la mano y recogió los libros que yo había dejado en la estantería de enfrente. Serpenteamos entre las estanterías hasta la zona de asientos cerca de las escaleras. Pauley estaba sorbiendo de una ornamentada taza de té que habría puesto celoso a Charlie.

—Nos vamos a marchar ya, Pauley —dijo Connor sin preámbulos.

—¿No queréis té? —preguntó ella con inocencia, aunque pude ver que intentaba no sonreír.

—Podemos tomarnos una taza —respondí antes de que Connor pudiera decir nada más. Sus ojos azul marino encontraron los míos y me suplicaron, pero yo le devolví una dulce sonrisa, sintiéndome mal por dejar a su abuela cuando había sido tan amable con nosotros.

—Una taza —gruñó Connor, dejándose caer pesadamente en una silla y asegurándose de que notáramos su disgusto por el cambio de planes.

Pauley se levantó y nos sirvió una taza de té a cada uno, sonriendo de oreja a oreja cuando le entregó a Connor la suya. Bebí un sorbo del té negro caliente y me pregunté por qué Connor traería a alguien a conocer a su abuela en lugar de a sus padres.

—¿En qué ocupas el tiempo, Pauley?

Me sonrió, claramente complacida de que aprovechara la oportunidad para conocerla. Ah, obviamente me encanta leer. En invierno paso la mayor parte del tiempo aquí abajo. En verano hago jardinería y cultivo todo lo que puedo en la parte de atrás.

—¿Qué es lo que más te gusta cultivar? —pregunté sabiendo que a la gente que le encantaba la jardinería normalmente le gustaba una cosa en particular y cultivaba el resto por estética.

—Mis fresas son maravillosas, igual que mis tomates. Aunque soy muy fan de las verduras. Mis pepinos, pimientos y guisantes han mantenido a este chico creciendo toda su vida.

Las mejillas de Connor se sonrojaron ante la mención y eso hizo que tanto él como Pauley me resultaran más entrañables. Estaba claro que estaban muy unidos, una cercanía como la que yo compartía con mi familia. Pasar tiempo con Pauley me hizo pensar en presentarle a Connor a mis padres. Aún no había llegado a ese punto, pero era inevitable. Solo esperaba que mi familia no me avergonzara y le contara a Connor lo mucho que hablaba de él en el instituto.

Hablamos con Pauley unos minutos más mientras terminábamos el té. Cuando subimos, Connor insistió en llevar la bandeja, aunque Pauley discutió que ella podía con ella. Fregué las tazas de té mientras ellos dos hablaban, una conversación que me pareció que era sobre sus padres, pero no estaba segura. Eran poco elogiosos.

Pauley me abrazó y susurró: —Cuídamelo —mientras nos íbamos. Estuve de acuerdo, aunque no estaba del todo segura de a qué estaba accediendo. Connor era más que capaz de cuidarse solo y no necesitaba que yo lo hiciera por él, pero Pauley debía de estar preocupada por él por alguna razón.

—Le has caído muy bien —dijo Connor mientras se alejaba de casa de Pauley—. Me ha dicho una y otra vez que no la cague.

Me reí, preguntándome cómo diablos iba Connor a cagarla. Era dulce, encantador, guapísimo y amable, y no había forma en el mundo de que lo dejara marchar si podía elegir.

—Es maravillosa. Y su colección… Simplemente increíble. Y yo que pensaba que tenía muchos libros.

—Lleva coleccionando desde antes de que yo naciera. Tiene algunos libros ahí que no se pueden encontrar en ningún otro sitio. Primeras ediciones, libros descatalogados, todo tipo de libros. Es increíble. De pequeño venía aquí y me pasaba horas leyendo historias diferentes.

—¿Todavía te gusta leer?

Connor se encogió de hombros. —Cuando tengo tiempo, que últimamente no es muy a menudo. Últimamente suelo leer estadísticas, entrevistas o algo para el trabajo en lugar de cosas por diversión.

—Me cuesta imaginarte como un lector. No encaja con la imagen de deportista.

Connor se rio, por suerte sin sentirse insultado por mi sinceridad. —Pauley siempre decía lo mismo, pero por eso me animaba a leer. Creo que sabía que no iba a dedicarme al deporte el resto de mi vida. Mi padre siempre me decía lo mismo.

—Supongo que estás haciendo un poco de las dos cosas. No practicas deporte, pero hablas de ello, así que ser deportista sin duda te ha ayudado a llegar a donde estás; pero también tienes que ser listo y saber más que solo cómo jugar. Seguro que ambos están orgullosos de ti.

Connor resopló de una forma que me indicó que no estaba de acuerdo.

—Entiendo que no te llevas bien con tu padre.

Connor guardó silencio un buen rato, una tensión llenando el espacio entre nosotros mientras elaboraba una respuesta a mi pregunta. —Mi padre y yo nunca hemos estado muy unidos. Llevo casi un año sin hablar con él.

—Vaya, no me lo puedo imaginar. Yo hablo con mis padres casi todos los días. ¿Te llevas bien con tu madre?

Connor volvió a resoplar, dándome una respuesta sin

palabras. —Mira, no quiero ser un borde, pero mis padres son las últimas personas de las que quiero hablar ahora mismo. Un día te hablaré de ellos, pero ahora no. ¿Vale?

Murmuré mi asentimiento, preguntándome aún más si la opinión de Brady sobre Connor había sido la correcta todo el tiempo.

El resto del trayecto hasta mi casa fue bastante silencioso. Tenía miedo de hacer más preguntas y que Connor se cerrara en banda, y estaba casi segura de que le estaba dando vueltas a lo que fuera que había hablado con Pauley. Cuando entró en el camino de mi casa, apagó el motor del coche, pero no salió de inmediato.

—Siento haberte contestado mal —dijo por fin, con la mirada fija al frente—. Mis padres nunca estuvieron realmente ahí para mí y no me gusta hablar de ello, ni de ellos. Pauley es la única familia que de verdad considero que me queda.

—No debería haber preguntado —le dije, sintiéndome aún más culpable por entrometerme y por haberle contado lo unida que estaba a mi familia—. No era asunto mío.

—Quiero contártelo todo sobre mí, Riley. Quiero que me conozcas por completo, pero me temo que saldrás corriendo si lo hago.

—Eso no va a pasar.

—Ya ha pasado antes. Mi vida no es perfecta, nunca lo ha

sido, y en cuanto la gente descubre lo imperfecto que soy, pierde el interés.

—¿Por eso no estás casado? —pregunté, aprovechando su sinceridad.

—No —sonrió—. No es por eso. No estoy casado porque todavía no he conocido a la persona adecuada. O quizá sí y aún me queda algo de trabajo para convencerla.

El tono de broma en su voz hizo que se me parase el corazón. ¿Estaba hablando de mí? Tenía que serlo, pero no. ¿Matrimonio? Yo no iba a acabar con Connor Lee.

—¿Quieres entrar a tomar algo? —pregunté, sin querer que la noche terminara.

Connor me miró durante un largo momento antes de asentir, un único gesto que encerraba más significado que cualquier palabra. Un asentimiento que me dijo que sabía que le había invitado a entrar para algo más que tomar una copa, y que estaba tan dispuesto como yo. Y tan excitado.

Dentro encendí las luces, demasiado consciente de que Connor observaba mi casa mientras lo guiaba a través de ella. En la cocina saqué una botella de vino. Connor me la quitó de la mano y cogió el sacacorchos que tenía en la otra. Mientras él abría el vino, yo saqué unas copas y luego nos sentamos en el sofá.

La expectación se convirtió en ansiedad mientras estábamos sentados en extremos opuestos del sofá, viendo cualquier película que estuviera puesta. Bebí un sorbo de vino e intenté actuar con naturalidad, pero todo mi cuerpo estaba en alerta máxima, esperando a que Connor hiciera un movimiento, ya fuera para subir o simplemente para marcharse.

Se movió en su asiento y me buscó. Fui hacia él, sin decir nada todavía, y dejé que me tumbara en el sofá, él detrás de mí, su mano grande y cálida rodeándome la cintura.

Joder, eso era peor.

Sus dedos me rozaron, frotando arriba y abajo hasta que

mi camiseta se levantó y rozó mi piel desnuda. Su mano se detuvo brevemente antes de continuar su asalto a mis sentidos.

Muy consciente de lo flácida que estaba la piel que tocaba, y de lo bien que se sentía él detrás de mí, mi respiración se convirtió en jadeos, apenas consiguiendo el oxígeno suficiente para mantenerme consciente. Mis ojos se cerraron y mi cuerpo disfrutó de la inocente tortura. Quería que su mano se moviera, arriba, abajo, por todas partes. Y quería la oportunidad de explorarlo a él. Sentir su cuerpo bajo la punta de mis dedos y verlo deshacerse en mis manos.

La otra mano de Connor me rozó el borde de la oreja y me sobresaltó. Me apartó el pelo a un lado y pasó la punta de su dedo por mi oreja, atrapando el lóbulo entre sus dedos para luego volver a subir hasta la parte superior, sobre mis piercings, y bajar de nuevo. El suave contacto, la naturaleza sensual de sus caricias, me humedeció, mi cuerpo vibrando de deseo.

Cuando la lengua húmeda de Connor sustituyó a su dedo en mi oreja, gemí de placer. Joder, me estaba poniendo cachonda y apenas me había tocado. Su mano en mi cintura se detuvo y me apretó con fuerza contra él, el grueso bulto de su erección duro contra mi culo. Me moví para mirarlo, pero me sujetó. —Quédate así —susurró, con su aliento caliente en mi oído.

Asentí y su lengua se hundió en mi oreja, haciéndome gemir de nuevo. Trazó el contorno exterior de mi oreja, rodeando el pendiente de la parte superior y tirando de mis aros con los dientes; el leve mordisco de dolor me excitó aún más. —¿Puedo tocarte, Riley? ¿Puedo sentirte, cariño?

Me mordí el labio y asentí. Metió la mano por debajo del borde de mis pantalones, su gran mano tirando de la tela. Sacó la mano y me desabrochó los pantalones, y luego volvió a meterla. Se tomó todo el tiempo del mundo para bajar por mi vientre y a través de mis rizos. Metió una rodilla entre mis piernas y enganchó mi pie sobre el suyo, abriéndome para él.

Gimió en mi oído cuando sus dedos alcanzaron el húmedo vértice de mis muslos. Me mordisqueó la oreja y susurró: —Qué increíble estás, nena. Tan perfecta. ¿Te vas a correr para mí, Riley? ¿Vas a gemir mi nombre mientras te toco?

De repente tímida, me limité a asentir. A solas solía ser bastante silenciosa. Incluso con mis ex no me volvía muy ruidosa durante el sexo, pero la pasión pura en la voz de Connor me dio ganas de gritar antes de que se pusiera manos a la obra.

Su dedo se deslizó hacia abajo y esparció la humedad sobre mí, luego deslizó un dedo grueso en mi interior. Un fuerte gemido se me escapó al hacerlo. —Eso es, nena. Déjame saber qué te gusta.

El pulgar de Connor se posó sobre mí, centrado donde más lo necesitaba. Mis caderas saltaron al contacto, buscando más presión y, simplemente, más de él. Connor no dudó, interpretando mis movimientos a la perfección con exactamente lo que necesitaba. Marcó un ritmo que puso mi cuerpo en un lento ascenso hacia el éxtasis, sus dedos deslizándose dentro y fuera de mí mientras su pulgar me rodeaba.

A medida que me acercaba más y más a donde estaba desesperada por llegar, se movió más rápido dentro de mí. Sus dedos se hundieron más, uno se convirtió en dos y luego en tres. Mi pierna enganchó la suya y me abrió todo lo que pude en el sofá, algo que me frustró y me excitó al mismo tiempo. La mano libre de Connor rodeó mi cuello y sus dedos encontraron mis labios, presionando contra mi boca. Me abrí para él y me llevé sus dedos a la boca, chupándolos como quería chupárselo a él. Rodeé sus dedos con la lengua y él gimió en mi oído, mientras sus otros dedos me empujaban hacia mi orgasmo.

Me aferré a su mano, arrancándosela de la boca, y grité su nombre en mi orgasmo, mi cuerpo temblando y sacudiéndose en el sofá mientras el clímax tomaba el control.

Mientras la oscuridad se desvanecía, me di cuenta de que la mano de Connor seguía en mis pantalones, acariciándome suavemente. Su suave caricia me hizo desear más, porque una vez no era suficiente para mí. Alargué la mano hacia la suya, deseando volver a tener sus dedos en mi boca, pero él me detuvo. —¿Dónde está tu dormitorio, cariño? ¿Podemos trasladarnos allí?

Asentí y empecé a levantarme del sofá. Me mantuvo en mi sitio, su mano alrededor de mi cuello y la que tenía entre mis piernas se apretaron cuando intenté levantarme. —Eso ha sido lo más sexi que he visto en mi vida, Riley. Eres preciosa.

Sintiéndome tímida, sonreí y me escabullí de su agarre, echando de menos inmediatamente la sensación de sus brazos a mi alrededor. Me costaba trabajo mirarlo a los ojos, así que me giré hacia las escaleras, apagando la tele y cerrando la puerta con llave al pasar.

Arriba, en mi dormitorio, me sentí aún más tímida. En el sofá, llevaba toda la ropa puesta. Connor no podía verme en todo mi esplendor de curvas. Pero si íbamos a acostarnos, cosa que estaba segura de que él esperaba, tendría que desnudarme. Y eso solo iba a ocurrir con las luces apagadas.

—Ven aquí —dijo Connor cuando entramos en mi habitación—. ¿Te he hecho daño?

Me reí. —¿En serio? Pues no. Más bien todo lo contrario.

—Bien —dijo antes de reclamarme con un beso que puso mi cuerpo en marcha de nuevo. Las preocupaciones sobre si las luces estaban apagadas, lo que Connor pensaría de mi cuerpo desnudo y si alguna vez tendría la oportunidad de estar con él de nuevo, se esfumaron mientras Connor me besaba hasta dejarme sin sentido. Las rodillas se me ablandaron y casi se me doblaron, pero Connor me sujetó, su fuerte brazo soportando más peso del que debería.

—A la cama, ahora —jadeé, no queriendo que se desplomara bajo mi peso.

Connor se rio contra mis labios y me guio hacia la cama en el centro de la habitación. Antes de dejarme tumbar, me bajó los pantalones, dejándolos caer a mis pies. Agarró el borde de mi camiseta y me la quitó por la cabeza. De pie ante él, con unas bragas y un sujetador azules que hacían juego con el azul marino de sus ojos, me sentí a la vez desnuda y deseada, dos cosas que nunca había sentido al mismo tiempo.

Su ardiente mirada recorrió mi cuerpo, centrándose entre mis muslos, donde mis bragas estaban visiblemente húmedas por sus atenciones de abajo. —Dios santo, eres preciosa.

La sinceridad de sus palabras me humedeció aún más, si eso era posible. Aproveché la oportunidad para examinarlo, aunque todavía llevaba ropa. Desde sus anchos hombros hasta la erección que intentaba reventar su cremallera, era el hombre más guapo que había visto en mi vida. Cuando se llevó las manos a la nuca y se arrancó la camiseta, literalmente dejé de respirar. Mientras admiraba su precioso pecho, se desabrochó los vaqueros y se los bajó junto con los bóxers en un rápido movimiento.

Joder. Era magnífico. Un vello oscuro cubría su pecho perfectamente definido, pero sus abdominales de piedra estaban libres de vello, dándome la oportunidad de admirar los músculos sin ninguna obstrucción. La uve de su estómago apuntaba como una flecha hacia la polla más gloriosa que había visto en mi vida. Larga y gruesa y se me hacía la boca agua. Solo quería lamerlo por todas partes.

Lo busqué con la mano mientras se acercaba, queriendo rodearlo con mi mano, pero él se apartó de mí. —Oh, no.

Aún no he acabado contigo. Si me tocas, me correré en tu mano. Necesito sentirte correrte otra vez primero.

No esperó a que le diera una respuesta torpe, sino que simplemente me besó. Una mano se hundió en mi pelo, recogiéndolo y apartándolo de mis hombros mientras sus dedos se enredaban en él. Su otra mano abrasó mi piel, apretando mi cuerpo contra el suyo. Mientras su lengua saqueaba mi boca, su erección palpitaba entre nosotros, y yo me humedecía más y más de deseo.

Lo abracé, amando la conexión de nuestras bocas. Me hacía sentir deseada, necesitada, como si fuera la única que le hubiera hecho sentir así. Dios sabe que nunca en mi vida me había sentido tan excitada. Mis ex eran adecuados en la cama, pero muy pocos pasaban un tiempo significativo haciéndome sentir bien, en lugar de eso saltaban directamente a ocuparse de su propio placer, hubiera yo acabado o no.

Pero Connor no. Oh, no. Mientras nuestras lenguas se apareaban, sus manos encontraron mis pechos, levantando el pesado peso que cargaba constantemente en sus grandes palmas, palmas que parecían hechas para sostenerme. Sus pulgares rozaron mis pezones e incluso a través de la tela se tensaron y anhelaron más. Mi espalda se arqueó por sí sola, empujando mis pechos hacia sus manos y rompiendo nuestro beso.

Me sonrió, mirando sus manos envueltas a mi alrededor. —Te ves bien en mis manos. Un encaje perfecto. —Bajé la vista y estuve de acuerdo, preguntándome por qué nunca había salido con un hombre tan grande como Connor. Todos mis otros novios habían sido más bajos, algunos delgados, otros no, pero todos más pequeños que Connor. De repente me di cuenta de lo grande que era, me sacaba veinte centímetros y fácilmente me superaba en peso. Me hacía sentir pequeña, hermosa, no como una fruta demasiado madura que simplemente necesita ser arrancada.

—Veamos dónde más encajan mis manos —dijo Connor de forma sugerente, mientras una mano se deslizaba por mi espalda y desabrochaba mi sujetador y la otra bajaba a mi cintura para quitarme las bragas. Desnuda ante él, me ahuecó el sexo con una mano y bajó la cabeza hasta mi pecho, mientras su otra mano pellizcaba mi otro pezón, ocupándose de cada una de mis necesidades en ese momento. Me empujó suavemente hacia la cama, ayudándome a subir a ella y luego regresó a su posición anterior.

Se cernió sobre mí, con mi pecho en su boca, mis piernas abiertas de par en par para acomodar su enorme mano. Lo miré, y el ritmo de mi corazón se aceleró aún más cuando vi sus manos sobre mí, su piel ligeramente más oscura contra mi piel pálida, sus labios rosados ocultando mi pezón rosado. Cuando hizo rodar mi pezón entre sus dientes y clavó su dedo profundamente en mi interior al mismo tiempo, gemí con fuerza y dejé caer la cabeza sobre la almohada.

Sus labios se curvaron en una sonrisa contra mi piel, su polla dejando un círculo húmedo en mi muslo mientras mis sonidos lo afectaban tanto como su contacto a mí. Cambió a mi otro pecho, dándole el mismo tratamiento, y metió sus dedos en mí al mismo ritmo que su lengua me acariciaba.

Cuando se apartó de mi pecho, pensé que estaba listo para continuar, hasta que sentí que me mordisqueaba la parte inferior del pecho, luego las costillas, después junto al ombligo y finalmente, el muslo.

—Connor, esto, no tienes por qué. No me depilo, y sé…

—Si mencionas algo que otro hombre te dijo en la cama mientras mi mano está hundida en tu interior, no me lo voy a tomar bien —me interrumpió rápidamente—. Se supone que las mujeres tienen vello aquí. Y me encanta ver esos rizos oscuros brillar con tu deseo por mí. No quiero a ningún otro hombre en tu cabeza ahora mismo, Riley. Así como soy yo el que está en tu cama, necesito ser yo el que esté en tu cabeza también.

Como no contesté, me dio un suave mordisquito donde sabía que tenía más vello. Jadeé y lo miré. Una ceja levantada indicaba que estaba esperando una respuesta. —Créeme, eres el único en el que estoy pensando —respondí con sinceridad.

Una sonrisa satisfecha y engreída curvó sus labios antes de bajarlos hacia mí, sosteniéndome la mirada mientras el resto de su rostro desaparecía bajo mi abultado vientre. La primera pasada de su lengua hizo que mis ojos se pusieran en blanco y mis caderas se alzaran para encontrarlo. Gruñó ante mi reacción y se lanzó a por más, capturándome entre sus dientes y su lengua.

Sentí que estaba flotando. Su lengua y sus dedos trabajaron en tándem para volverme loca rápidamente. Mis brazos se abrieron a los lados, buscando algo que me anclara al suelo. La sedosidad de la colcha bajo mis dedos no hizo nada para calmarme, pero la agarré de todos modos, apretando la tela mientras disfrutaba del viaje. Mi ritmo cardíaco se disparó, y luché por respirar, sonidos incoherentes escapando con mi aliento mientras le suplicaba más y le rogaba que parara. No me escuchó, bendito sea, hasta que estuve agitándome en la cama, gritando su nombre a pleno pulmón, mis piernas rectas en el aire como los postes de una portería, y él, desde luego, estaba marcando un gol.

Cuando empecé a volver a la tierra, sentí a Connor, con los dedos y los labios todavía cómodamente entre mis piernas. Lo miré y lo encontré observándome, con fuego y deseo como única cosa en sus ojos.

—Retiro lo que dije antes. Eso ha sido lo más sexi que he visto en mi vida.

Sonrió ampliamente y me miró, sus gruesos dedos se deslizaron hacia fuera haciendo que mi cuerpo codicioso suplicara más. —Oh, no te preocupes, nena, aún no he acabado contigo.

Se arrastró sobre mi cuerpo, con un brillo posesivo en los ojos. Un condón apareció de alguna parte y se cubrió, luego posicionó su considerable erección en mi entrada. Una sola caricia suya contra mí y mis caderas se lanzaron hacia él, intentando acogerlo. Connor me gruñó, sus caderas se lanzaron hacia adelante para encontrarse con las mías, penetrándome en una rápida embestida que ninguno de los dos controló.

—Jesús. Joder. Qué bien sientas, nena. Mierda, Riley, no voy a poder contenerme.

—Pues no lo hagas —lo desafié, sin estar dispuesta a esperar más que él.

Ante mis palabras, sus caderas se apartaron de mí antes de volver a estrellarse contra mi cuerpo. Era largo, lo suficientemente largo como para llegar a donde nunca antes había sentido a un hombre, y grueso, tan grueso que rozaba mis paredes a pesar de que sus dedos me habían dilatado. La sensación de él, enterrado en lo más profundo de mí, fue suficiente para llevarme a otro orgasmo.

—Joder —gemí, mi mente se desvanecía mientras mi cuerpo tomaba de nuevo el control. La cara de Connor era lo único en lo que podía concentrarme, sus ojos azul marino ardiendo en mí mientras nuestros cuerpos se encontraban una y otra vez. Nuestra piel se volvió resbaladiza por el esfuerzo y nuestra respiración se aceleró.

Jadeando, Connor apretó los dientes. No voy a aguantar mucho más, nena. Riley, cariño, necesito que te vuelvas a correr. Déjame sentirte.

—Casi. Ahí —respiré, mis ojos se pusieron en blanco y mi cuerpo tembló mientras mi orgasmo explotaba como fuegos artificiales detrás de mis ojos, y a través del resto de mí. Grité su nombre y lo oí rugir el mío segundos después, su cuerpo temblando mientras embestía más profundo y más fuerte, hinchándose al correrse dentro de mí.

Connor se desplomó, sus brazos cedieron y su cuerpo cayó sobre mí. Estaba sudado y pesado, pero no me importó. Connor Lee estaba en mi cama después del sexo más increíble. Mi yo adolescente nunca lo creería.

Después de un minuto, Connor se apartó de mí y se fue al baño. Cuando volvió, pude echar otro vistazo a su increíble cuerpo y lo deseé de nuevo.

—Oh, no, ni hablar. Necesito un minuto para descansar. Borra esa mirada de tu preciosa cara —bromeó, metiéndose en la cama conmigo. Sonreí, aceptando que me había pillado comiéndomelo con los ojos, y me acurruqué en su abrazo. Ninguno de los dos dijo nada durante unos minutos, y me pregunté qué estaría pensando.

—Debería irme —dijo unos minutos después, apartándome el pelo del cuello y apoyando su cabeza junto a la mía en mi almohada.

No quería que se fuera, pero tampoco podía pedirle que se quedara. Era Connor Lee. Por lo que sabía, había conseguido lo que venía a buscar y nunca más volvería a saber de él. Connor Lee no era el tipo de hombre que se queda a pasar la noche. Nunca debí haberme hecho ilusiones de que pudiera serlo.

—Tengo que trabajar temprano —explicó.

No sabía si me estaba contando una milonga o no, pero asentí. Salimos de la cama y nos vestimos de nuevo. Lo acompañé a la puerta y acepté su beso, luego cerré la puerta tras él y me pregunté si volvería a saber de él.

18

El MIÉRCOLES siguiente empecé a preguntarme qué demonios me había pasado. Iba a quedarme con READ y, por lo visto, también había conseguido al chico. Y esa era, sin duda, la parte más increíble.

Connor me trajo el desayuno todas las mañanas después de nuestra cita. Me sorprendió que siguiera hablándome después de haberse ido de forma tan abrupta, pero me enviaba mensajes todos los días, me llamaba por la tarde y me traía el desayuno por la mañana. Que Connor Lee me tratara como si le importara era la cosa más alucinante del mundo.

Me levanté temprano el miércoles por la mañana para poder reunirme con Marshall antes de tener que entrar en READ. Había estado repasando parte del trabajo diario con George y Pam y empezaba a cogerle el truco a todas las responsabilidades adicionales. Había hablado con Karen para hacer horas extra y estuvo de acuerdo por un corto periodo de tiempo, pero a ella le gustaba trabajar los fines de semana. Lo que significaba que andaba a la caza de un nuevo empleado para cuando asumiera el cargo oficialmente.

Vestida con unos vaqueros oscuros y un cómodo jersey negro, cogí mis carpetas y me fui al banco. Marshall me estaba esperando cuando llegué y me acompañó directamente a su despacho.

—Me alegro de verla de nuevo, señorita Williams —dijo mientras me estrechaba la mano. Le devolví el saludo y tomé asiento, abriendo la carpeta para entregarle sus copias de la documentación de George.

—Gracias. Parece que tenía unos jefes estupendos.

Asentí. —Los tenía, bueno, los tengo. George y Pam son como unos segundos padres para mí.

—Le están haciendo una oferta increíble.

—Sí. Discutimos sobre eso, pero insistieron bastante. Me consideran como a una hija más y dijeron que querían asegurarse de que no fuera demasiado para mí. Solo el inventario ya vale casi más que el precio por el que venden el negocio.

Marshall asintió y se volvió hacia su ordenador. —Bueno, en realidad es decisión suya. A usted le viene muy bien. Al ser una cifra más baja, su dinero le cundirá un poco más, lo que hará que los pagos sean mucho más asequibles. De acuerdo, veamos qué tiene para mí hoy.

Le entregué los nuevos documentos que me había pedido y pasamos los siguientes treinta minutos repasando cada detalle del negocio, mi historial financiero y lo que iba a necesitar para la firma.

—Vale, la firma está fijada para ese lunes. Le daré la dirección para que esté preparada. Pam y George también tendrán que estar presentes. Antes de que pase una semana de la firma necesitaré todos los formularios de nuevo solo para verificar que nada ha cambiado. Aparte de eso, creo que ya está todo listo.

—Muchas gracias por su ayuda —dije mientras me levantaba. —Ha sido mucho menos doloroso de lo que me había imaginado.

Marshall se rio. —Bueno, es fácil con alguien que es tan cuidadosa con su dinero como usted, señorita Williams. Ojalá tuviera más clientes como usted.

Le di las gracias y me fui, casi saliendo del banco a saltitos hasta mi coche.

EL HORARIO de Connor no era nada fácil de compaginar. Me estaba preparando para nuestra tercera cita el viernes por la noche y pensaba en lo mucho que apestaba que no pudiéramos vernos durante la semana porque él se acostaba temprano y yo estaba durmiendo o trabajando cuando él libraba. El viernes por la noche parecía ser el único momento que ambos teníamos libre. Funcionaba, pero sentía que tres citas no eran suficientes para el rumbo que estaba tomando nuestra relación.

Lo que significaba que sabía que no debería haberme acostado con él en nuestra segunda cita.

Me asombraba que siguiera trayéndome el desayuno y mandándome mensajes. Estaba segura de que habría terminado conmigo una vez que nos acostáramos, no es que eso me detuviera, pero no lo hizo. En todo caso, casi parecía que eso le había dado más determinación.

Si es que eso era posible.

Cuando me preguntó por nuestra cita, dijo que quería llevarme a un sitio. Fue muy críptico, pero como nuestra segunda cita había ido tan bien, pensé que le seguiría la corriente.

Connor me dijo que me vistiera informal, así que me puse unos vaqueros suaves y cómodos y una camiseta de manga larga con mi abrigo gordo, ya que estábamos a principios de febrero. Metí el móvil en el bolso y me lo colgué del hombro cuando vi los faros de Connor entrar en mi camino de entrada.

—Iba a ir a buscarte —dijo cuando nos encontramos a medio camino del coche.

Me encogí de hombros. —No pasa nada.

—Para mí sí. No he tenido la oportunidad de besarte en el porche y preguntarte si de verdad quieres salir o si prefieres quedarte en casa y besarnos un poco más.

Contuve el aliento sabiendo que lo decía completamente en serio. Se detuvo en medio del césped de mi jardín y me atrajo hacia él, sus labios acercándose a los míos mientras nuestros cuerpos se unían. Al principio me besó suavemente, solo un beso tentativo como si estuviera tanteando el terreno. Cuando suspiré y me apoyé en él, su brazo se cerró detrás de mi espalda y los dedos de su otra mano se hundieron en mi pelo para sujetar mi cabeza donde él quería.

Mis labios se separaron antes incluso de que él pidiera permiso. Era como si mi cuerpo ya supiera exactamente qué hacer con él. Tuve suerte de que mis piernas no se abrieran también allí mismo, en el jardín. La idea de Connor de saltarse la cita y volver a entrar para liarnos tenía mucho sentido. Sobre todo cuando gruñó en lo profundo de su pecho y giró sus caderas, y su firme erección, contra mí.

Quería arrastrarlo de vuelta adentro, pero algo me decía que debíamos salir. Suavicé el beso usando hasta la última gota de fuerza de voluntad que me quedaba, y Connor me dejó hacerlo. Me miró, con los ojos caídos por el deseo y los labios húmedos por nuestro beso. Quería volver a besarlo, y luego arrastrarlo adentro para tener esos labios por todo mi cuerpo, pero no lo hice. En lugar de eso, dije: —¿Adónde ibas a llevarme?

Se lamió los labios y dio un paso atrás. La pérdida de su cuerpo presionado contra el mío fue tangible. Quería tenerlo pegado a mí, sentir su gran cuerpo protegiéndome del viento y del frío y del miedo en mi pecho. ¿Nuestra relación era solo sexo? No creía que lo fuera, ya que me traía el desayuno todos los días y me había llevado a esa horrible pecera que pasaba por restaurante en nuestra primera cita. Pero no tenía ni idea.

—Yo, eh, bueno, iba a llevarte a un sitio. Un sitio al que solía ir mucho en el instituto. Pero no tenemos por qué ir si quieres ir a otro sitio o hacer otra cosa...

—No —le interrumpí. Sentía una curiosidad brutal por el chico al que había idolatrado. El hombre que estaba conociendo era maravilloso, pero el chico de mi pasado era alguien a quien todavía no conocía. Un atisbo de quién solía ser era intrigante. —Vamos. Me encantaría verlo.

Connor se humedeció los labios de nuevo y giró hacia el coche. Todavía lo tenía en marcha, así que los asientos de cuero estaban calientes cuando me senté. Connor se deslizó a mi lado y agarró el volante por un segundo antes de volverse hacia mí y apretarme contra el asiento con un beso rápido y brusco.

Respiró hondo y metió la marcha, dirigiéndose a las afueras de la ciudad, pasando el instituto donde Addi daba clase, y hacia la ciudad. Condujimos en silencio durante un rato, con una mano de Connor apretada en el volante y la otra descansando ligeramente sobre mi pierna. Yo tenía mi mano apoyada sobre la suya, sin llegar a cogerla, pero tocándole. A medida que nos acercábamos a Hamburg, donde crecimos, entrelazó sus dedos con los míos y apretó. Pasamos por Hamburg y seguimos conduciendo hacia Buffalo. Cuando llegó al borde del lago Erie, giró hacia la zona del puerto y aparcó en un pequeño parque desierto. El aparcamiento era enorme, lo que me indicaba que debía de haber muchísima gente allí cuando hacía mejor tiempo. Más allá de un pequeño parque infantil había un embarcadero y un camino pavimentado que lo rodeaba todo.

—No había estado nunca aquí —confesé mientras salíamos del coche. El viento que venía del agua nos azotaba, golpeándome el pelo contra la cara. Tiritaba; mi abrigo no era protección suficiente contra las gélidas ráfagas que me atravesaban.

Pero no me quejé. Sabía que esto era importante para Connor, y aunque no tenía ni idea de por qué estábamos allí, sabía que si le hacía pensar que no quería estarlo, nunca descubriría por qué había querido ir.

—Solía venir aquí todo el tiempo—, admitió en voz baja. —Ha cambiado con los años. El parque infantil es nuevo desde la última vez que estuve aquí. Hace un año que no vengo.

No pude evitar preguntarme si el hecho de que no hablara con su padre desde hacía un año tenía algo que ver con que no hubiera visitado el puerto en un año, pero no pregunté. No sabía nada de su pasado y no iba a especular.

—¿Cómo era antes?

Connor negó con la cabeza. —Solo más mesas. Venía aquí y corría por el sendero. Era como si pensara que podía escapar de todo. Pero nunca lo conseguía. Siempre tenía que volver a casa al final del día.

—Lo siento —dije, sin saber qué decir.

Connor se encogió de hombros. —Una vez me preguntaste cómo sabía quién eras, por qué me importabas. El instituto no fue una buena época para mí. Hacía deporte para poder escapar de casa. Mis padres nunca fueron abusivos ni nada, pero nunca estuvieron ahí para mí. Desde que podía ver por encima de la encimera, me cuidaba solo. Mi padre trabajaba constantemente y mi madre bebía tanto como él trabajaba. Bebía y se iba a dormir. Nunca los veía.

Siempre me pregunté quiénes eran en tus partidos. —Me pregunté qué tenía que ver lo que estaba diciendo con cómo sabía quién era yo, pero no iba a preguntar.

Connor bufó. —Nunca estuvieron en mis partidos. No les importaba. Pero tú sí estabas. A mis novias siempre les gustaba restregarse por mí después del partido, enseñando a todo el mundo con quién habían ido. —Suspiró y se pasó una mano por el pelo. Esperé, apenas respirando. Sabía que había tenido muchas novias en el instituto, pero desde luego yo nunca fui una de ellas, ni siquiera amiga de alguna.

—En el instituto todo el mundo estaba inseguro de sí mismo, tratando de mostrar a los demás la persona que querían que vieran. Todos éramos inseguros e intentábamos impresionarnos los unos a los otros con cosas que nunca importaron. Mis amigos querían hacer fiestas en mi casa porque mis padres nunca estaban o no les importaba. Yo les dejaba porque quería gustarle a la gente. Como si al rodearme de amigos no me dolería tanto que a mis padres no les importara. Pero nunca funcionó, porque seguía estando solo. Nadie supo nunca quién era yo en realidad. Ni yo mismo sabía quién era. Pero sí sabía quién eras tú, porque eras diferente.

Contuve el aliento ante su simple confesión. Yo había sido invisible en el instituto. Era yo misma porque no sabía ser nadie más, pero quería formar parte del grupo en el que estaba Connor Lee. Quería ir a esas fiestas y bailar con los chicos y beber y tener sexo. Quería que alguien me mirara como él miraba a Emily. Nunca tuve nada de eso en el instituto porque no sabía cómo conseguirlo.

—Envidiaba tanto la confianza que tenías en ti misma. Sabías exactamente quién eras, quién querías ser, y nunca intentaste cambiar eso por nadie. Yo quería tener esa confianza. Cuando te vi en la boda de Brady, tuve que hablar contigo. Ver si todavía tenías esa confianza infalible, esa seguridad de saber exactamente quién eras. Al principio esperaba que se me contagiara si hablábamos, si podía convencerte de que fueras mi amiga. Pero entonces bailamos y me di cuenta de lo perfectamente que encajabas en mis brazos. Ya no me importaba tu confianza, solo quería conocerte.

Terminó su discurso con un beso suave. Sus labios rozaron los míos brevemente, luego me rodeó con sus brazos y me abrazó con fuerza. No hablamos, solo nos quedamos allí, abrazados.

Sentí como si todo mi mundo se hubiera puesto patas arriba. Connor Lee estaba celoso de mí en el instituto. Él era el chico que lo tenía todo. La superestrella del deporte, el chico más popular, el que tenía una chica nueva del brazo cada vez que quería. Lo tenía todo.

Pero estaba celoso de mí.

Connor inhaló profundamente y me apretó un poco más. —Siento todo lo que te acabo de contar. Me he dejado llevar por el momento. No debería haberte soltado todo eso.

Sentí que volvía a cerrarse en banda, pero no quería que lo hiciera. Quería saber más sobre quién había sido y cómo se había convertido en el hombre que era. El que estaba de pie ante mí.

—Me alegro de que me lo hayas contado. Siento que las cosas fueran tan difíciles para ti. Nunca imaginé en el instituto que no estuvieras completamente feliz con tu vida. Siempre tuve celos de todos los amigos que tenías, y definitivamente tenía celos de tus novias. Quería que me miraras, pero sabía que no era posible.

—Te miraba todo el tiempo, Riley. Simplemente estaba demasiado absorto en mí mismo como para darme cuenta de que la gente de la que me rodeaba no eran personas con las que debería haber sido amigo. Ahora todo lo que tengo es mi carrera. Todos esos amigos desaparecieron con el instituto. Los que se quedaron me abandonaron cuando dejé el fútbol americano.

Sentí pena por Connor, algo que nunca pensé que fuera

posible. Connor Lee, el chico con el que había soñado hablar algún día, me estaba diciendo que ojalá me hubiera conocido en el instituto en lugar de a toda la gente popular. A mí. A Riley Williams.

—Gracias —dije finalmente, sin saber qué más podía decir para expresar cómo me sentía. Era todo como un sueño, un sueño del que no quería despertar jamás.

—Gracias a ti por darme otra oportunidad, Riley. Probablemente no me la merecía, pero te lo agradezco de verdad. Vamos, creo que te debo una cena. Y hace un frío que pela aquí fuera.

Me reí y corrí de vuelta al coche con Connor, sonriente y feliz. Con Connor Lee.

19

Connor no volvió a quedarse a dormir, pero solo porque yo tenía que madrugar. No me gustaba trabajar los fines de semana, pero sabía que tenía que estar allí para ayudar a Karen con la firma de libros de Amber Monaco. Esperábamos una muy buena afluencia y quería asegurarme de que todo estuviera perfecto.

De camino paré en ¡Muérdeme! Charlie me había horneado pastelitos y le dije que pasaría a recogerlos. Cuando llegué, ella estaba en la cocina y Kendall me dijo que pasara.

—Hola, Riles —dijo Charlie alegremente—. Ya casi he terminado. Si quieres ir metiéndolos en cajas, puedes hacerlo.

Me quité el abrigo y lo dejé sobre un taburete junto a la encimera. Puse mi bolso encima y me giré hacia donde Charlie me había indicado que estaban las cajas. Tenía todo un expositor montado en READ, pero transportar los pastelitos hasta allí requería sus recipientes especiales. Además, teníamos más de cien.

—Te agradezco mucho que hagas esto, Charles. No sé cómo lo haces, pero es increíble.

—De nada. Solo espero que vaya bien. Me encanta Amber Monaco.

—A mí también. Estoy muy emocionada con esto.

—Entonces, ¿las cosas van bien con el préstamo y todo eso?

Asentí. —Sí. Ha sido mucho más fácil de lo que esperaba, pero básicamente está hecho. Antes de cerrar el trato, tendré que volver a enseñarles un montón de papeleo, pero me lo han aprobado.

—Es una gran noticia —dijo Charlie con una sonrisa. A veces me asombraba lo positiva que era. Nos animaba constantemente a hacer más y a arriesgarnos. Una vez confesó que desearía haber abierto ¡Muérdeme! mucho antes, pero que tenía miedo. Dijo que ya no viviría su vida así y que no quería que nadie más lo hiciera.

—Gracias. Aunque puede que os pida ayuda a ti, a Sam y a Claire para aclararme con todo. Parece algo tan enorme de manejar, tener un negocio. Estoy segura de que lo fastidiaré todo.

Charlie se rio, y el ligero sonido tintineante llenó el aire. Oírla reír era como escuchar un carrillón mecido por la brisa. Me costaba entender por qué no tenía pareja, pero sabía que encontraría a alguien cuando llegara la persona adecuada.

—Seguro que te irá bien —me aseguró Charlie—. Además, sabes que todas te ayudaremos en lo que podamos. Diría que mi negocio es el más parecido al tuyo, ya que Sam ofrece un servicio y el de Claire es un negocio de servicios sin ánimo de lucro, pero todas podemos ayudar.

—Gracias —suspire, agradecida de haber conocido a las maravillosas mujeres a las que llamaba mis mejores amigas.

Cuando Charlie y yo terminamos de cargar todos los

pastelitos, fuimos una detrás de la otra hasta READ. El coche de Pam y George estaba en el aparcamiento, junto con el de Andy y el de Karen. Un año después de que yo empezara a trabajar allí, Pam y George decidieron ampliar el horario de martes a sábado de 10:00 a 18:00 h a abrir los siete días de la semana y hasta las ocho los fines de semana. Cuando estaba en la universidad me venía bien, pero una vez que me gradué y asumí gran parte de la carga durante la semana para que ellos pudieran vivir un poco, contrataron a Karen para que ayudara. Karen y yo nos llevábamos bien y me alegré de que quisiera quedarse cuando Pam y George se fueran.

Cuando entramos con la primera carga de pastelitos, todos salieron con nosotras para coger más cajas. En pocos minutos, los habíamos descargado todos y Charlie se puso a montar un expositor entre algunos de los libros. Todos los libros de Amber estaban expuestos, cada uno con su propio pequeño expositor para que los lectores pudieran elegir uno, o más de uno, antes de que Amber se lo firmara. Quería dar primero su charla, seguida de una ronda de preguntas y respuestas, y luego hacer la firma de libros. Durante todo el evento, la gente deambularía por la tienda, pero esperábamos que compraran libros y se quedaran a hablar con Amber.

Con todo listo y preparado, Charlie y yo salimos a por el almuerzo para todos. Ella quería quedarse para el evento y le aseguré que le presentaría a Amber. Compramos sándwiches para todos en la tienda y comimos rápidamente en mi despacho antes de que llegaran Amber y Piper.

—Qué alegría conocerte por fin —dijo Piper con entusiasmo mientras me daba un abrazo unos minutos después. Tenía una enorme sonrisa en la cara, unos intensos ojos marrones enmarcados por unas gafas moradas y un largo vestido gris que dejaba ver su figura con curvas.

—¿Cómo es que vivimos tan cerca y no nos hemos conocido antes? —preguntó—. Tendremos que volver a quedar un día de estos.

—Sí, claro. Esta es mi amiga, Charlie Black. Ella ha hecho todos los pastelitos que tenemos aquí.

—Oh, Dios mío, eres increíble —dijo Piper, cogiendo las manos de Charlie—. He notado el olor nada más entrar por la puerta. No estoy segura de que los invitados vayan a probar alguno. Estoy a punto de empezar a babear.

—Olvídate de babear, yo directamente me los como —dijo Amber mientras se nos acercaba, con un magdalena de Oreo en la mano del que había dado un mordisco—. Esto es increíble.

—Oh, Dios mío. Es usted Amber Monaco —balbuceó Charlie. Sus ojos se abrieron como platos y su pecho subía y bajaba con el esfuerzo de respirar normalmente.

—Lo soy. ¿Los ha horneado usted?

Charlie asintió.

—Bueno, pues ahora soy su mayor fan. ¿Tiene una tarjeta? Puede que necesite contratarla para algunos eventos que tengo próximamente. Supongo que hace catering, ¿no?

Charlie asintió de nuevo.

—Excelente. Esto está delicioso —dijo Amber, dando otro bocado.

Charlie la observaba, atónita. Piper y yo nos sonreímos, esperando a que Charlie se diera cuenta de que la estaba mirando boquiabierta, pero no lo hizo. Finalmente, dije: —Charles, la tarjeta.

—Qué. Ah. Sí. —Charlie rebuscó en su bolsillo y le dio una tarjeta a Piper.

—Estaremos en contacto —dijo Piper, y luego se dirigió a mí—. Soup's On estaba delicioso. Gracias por la recomendación. Cuando Amber se termine el magdalena podemos empezar. Ya hay bastante gente aquí.

Miré por la tienda y vi a un buen número de personas

cotilleando por los pasillos y aún más sentadas en las sillas que habíamos puesto. Me alegró que hubiera una buena afluencia por Amber, aunque no esperaba menos.

Amber se acomodó en su asiento en la parte delantera y sorbió un poco de agua. Le llevé un micrófono para que lo usara y le di una botella de agua. Le mostré dónde habíamos guardado una nevera con más agua por si necesitaba otra botella y la dejé para que empezara.

—¡Hola, lectores! Bienvenidos a READ. Soy Amber Monaco y estoy muy feliz de estar aquí hoy.

ENTRÉ como una exhalación en casa de mis padres la noche siguiente sintiéndome como si flotara. La charla de Amber había ido extraordinariamente bien. Agotamos todos los libros que habíamos comprado para el evento y vendimos una buena parte de los otros libros locales que teníamos. Algunos de los autores del grupo con el que me había puesto en contacto vinieron y me preguntaron si podíamos hacer un evento similar en los próximos meses. Fue un gran día.

Decidí contarle a mi familia lo de la compra de READ. Como ya tenía el préstamo aprobado, quería compartir todo con ellos. Me habían apoyado mucho y no podía ocultárselo. En realidad, no les había dicho que quería comprar READ para empezar, así que a ninguno le extrañaba que Pam y George se jubilaran, pero de verdad quería contárselo.

Mamá estaba en la cocina cuando llegué. Sophie estaba cortando verduras para una ensalada y oí la voz de Jamie que venía del salón. Abracé a Sophie y a mi madre, luego me lavé las manos y empecé a ayudar a cortar el pan y a montar la ensalada.

—¿Cómo va todo, mamá? —pregunté mientras trabajábamos una al lado de la otra. Mis padres estaban a punto de jubilarse. Mamá había trabajado en JCPenney a tiempo parcial desde que estábamos en el instituto para ayudar a traer dinero extra y mi padre trabajaba para el ayuntamiento en la oficina del inspector de obras. Sin embargo, habían ahorrado y, a sus cincuenta y cinco años, mi padre se preparaba para jubilarse.

—Bien, cariño. Papá está terminando sus últimos proyectos para poder irse sin sentir que deja a nadie en la estacada.

Asentí. A mi padre le preocupaba que su marcha fuera a causar problemas a algunas personas. Había constructores con los que había trabajado desde siempre que siempre acudían a él en busca de ayuda. Jubilarse significaba que tendrían que tratar con alguien nuevo.

Mamá intentaba asegurar a papá que no tenía por qué preocuparse, que todos sus compañeros de trabajo cuidarían bien de los constructores, pero papá no quería ni oír hablar de ello. Le gustaba saber que era a él a quien acudían.

—¿Cuánto le queda?

—Tres meses —dijo mamá con una sonrisa.

—¿Para qué? —preguntó Jamie al entrar en la cocina.

—Hasta que papá se jubile —le dije—. Todo el mundo a mi alrededor se está jubilando.

—Yo no —dijo Jamie con una carcajada—. Yo no me jubilaré nunca.

Todas nos reímos. Ser ama de casa significaba que Jamie no tenía vacaciones ni días libres. A ella le encantaba, pero tenía razón. Nunca se jubilaría. Sobre todo si acababan teniendo otro hijo como esperaba.

—Bueno, tener hijos es una forma bastante fabulosa de pasar la vida —dijo mamá, dándonos un apretón a todas al pasar—. Vamos a comer —llamó hacia el salón.

Cada una cogió un plato y lo llevó al comedor. Iba a esperar a después de la cena para contarles a todos lo de

READ, así podría disfrutar de la comida sin tener que responder a cientos de preguntas. Todos tomaron asiento y empezamos a pasarnos los platos cuando Jamie se aclaró la garganta y se puso de pie. —Ya que estamos todos juntos, Chase y yo tenemos algo que deciros.

Miré a Chase por encima de Sophie. Parecía un poco pálido, pero le sonrió a mi hermana como si ella fuera su única razón para respirar. Jamie le guiñó un ojo y luego apoyó la mano en su vientre.

—Estoy embarazada otra vez. Nos enteramos ayer por la mañana, pero me encuentro bien.

—Enhorabuena, cariño —dijo mi madre, levantándose para abrazar a Jamie. Todos seguimos su ejemplo, felicitando tanto a Chase como a Jamie y preguntando a los niños si estaban preparados para tener un hermanito o hermanita.

—Quiero una hermanita —dijo Skyla con rotundidad—. No me gustan los niños.

—Esa es mi chica —bromeó Chase y su hija le sonrió radiante—. La verdad es que tengo otro anuncio que hacer. —Chase se levantó y le sonrió a Jamie. Parecía confundida por su anuncio, lo que me puso un poco nerviosa. Si ella no sabía de qué se trataba, no estaba segura de que él debiera decírnoslo al resto. —Tengo un trabajo nuevo. Empiezo en poco más de una semana.

—¿Qué? ¿Por qué has buscado otro trabajo? —preguntó Jamie.

Chase le sonrió, intentando calmarla. —Las cosas no iban bien en el otro. No quería que te preocuparas, así que no te lo dije. Pero todo va a ir bien. Creo que este será un gran trabajo. El sueldo es mejor y las prestaciones son buenas. Estaremos bien.

Había algo en la voz de Chase que me llamó la atención, pero no lograba identificar qué era. No parecía él mismo, pero cuando vi la furia en los ojos de mi hermana supe que solo estaba reaccionando a su enfado.

—Tenemos que ir a hablar a la otra habitación —dijo Jamie, que nunca sacaba los trapos sucios delante de los demás. Todos murmuramos mientras salían de la habitación. Me pregunté por qué Jamie estaba tan disgustada. Nunca le había importado dónde trabajaba Chase, pero quizás era algo más que eso. Quizás que todo pasara a la vez era demasiado para ella.

Unos minutos después volvieron a entrar. Ambos sonreían, así que supe que Chase había conseguido calmar los ánimos. Jamie me miró y le guiñé un ojo. Se sonrojó, lo que me hizo preguntarme qué le habría dicho exactamente Chase para convencerla de que todo iría bien con su cambio de trabajo.

Cené y supe que no podía contarles lo de READ. Todo el mundo preguntaba por el nuevo trabajo de Chase y el embarazo de Jamie. No podía robarles el protagonismo hablando de la compra de READ. Claro, era mi sueño, pero no iba a ocurrir de inmediato. Tenía tiempo para contárselo.

O… Quizás podría dejar que se enteraran en la fiesta. Pam y George querían que estuvieran todos allí, sobre todo porque iban a anunciar que yo tomaba el relevo. Si dejaba que se sorprendieran, sería un día divertido. Mamá lo sabía, pero no se lo diría a nadie. De eso estaba segura.

Sobre todo si le decía que iba a sorprender al resto en la fiesta.

20

CONNOR y yo empezamos a hablar más por teléfono. Teníamos casi una hora cada mañana cuando él libraba y yo me preparaba para ir a trabajar. Era complicado vernos, pero nos apañábamos para charlar. Había empezado a llamarme de camino a casa desde el trabajo y hablábamos hasta que yo llegaba a READ. Cuando le conté el martes por la mañana lo de mi noche de chicas, me preguntó por todas mis amigas. Le hice un resumen de cada una y no tardé en liarlo. Luego me dejó perpleja cuando me preguntó si podría conocerlas algún día.

¡Huy!

Juro que esa noche entré en el ¡Muérdeme! flotando, y apenas me di cuenta de que estaba en la mesa cuando ya me había sentado.

—Vaya, vaya. Riley está perdida —bromeó Charlie mientras dejaba unos pastelitos delante de mí—. Otro que muerde el polvo.

Agité la mano como para quitarle la razón, pero la tenía. Estaba completamente enganchada a Connor y no podía hacer absolutamente nada para evitarlo.

—Ojos como platos, piel radiante, ajena al mundo, sonrisa permanente… Sí, está pillada —asintió Mandy.

Vaya, ni siquiera me había dado cuenta de que ya estaba allí. Tenían razón. Estaba perdida.

—No es para tanto, chicas. Y no estoy en la parra.

—¿Ah, sí? —me retó Mandy—. ¿Me has visto antes de que hablara? —Mis mejillas sonrojadas le dieron la respuesta que buscaba—. ¿Te has dado cuenta del camión delante del que te has puesto al cruzar el aparcamiento?

—¿Qué camión? —solté, confirmando sus sospechas.

—¿Y qué me dices del pibón que te ha sujetado la puerta?

—¿Quién?

La mesa estalló en carcajadas a mi costa. Mierda, era peor de lo que había pensado. Había perdido la cabeza por completo por Connor. Estaba ajena a todo lo que me rodeaba. A saber qué me había perdido en el trabajo o en el mundo real. Connor, y sus habilidades infinitas, me habían consumido. ¿Cómo era posible que una noche de sexo interminable y alucinante se hubiera apoderado de toda mi vida?

—Joder. ¿Qué voy a hacer? —pregunté, mitad para mí misma y mitad para las que me rodeaban y que ya habían pasado por ello. No tenía ninguna experiencia con lo que me estaba pasando. Nunca me había olvidado de todo por pensar en un chico, por soñar despierta con un único encuentro que me dejaba con ganas de más constantemente. Incluso me había levantado temprano esa mañana para poder escucharlo en la radio. Su voz me había puesto tan frenética que tuve que apañármelas yo sola en la ducha para poder ir a trabajar y concentrarme.

O al menos creía que podía concentrarme. Su revelación me hizo preguntarme si había estado distraída todo el día. No, eso no era verdad. Sabía que había estado distraída todo el día. Y todo era culpa de Connor.

—Bueno, lo primero que vas a hacer es contárnoslo todo

—dijo Addi arqueando una ceja. Se inclinó hacia delante y las demás la imitaron, como si yo estuviera a punto de compartir algún secreto jugoso. Supongo que, en cierto modo, así era. Solo las conocía desde hacía unos meses y, desde luego, nunca había compartido detalles sobre mi vida sexual, sobre todo porque había estado inactiva desde que las conocía.

¿Quería que supieran lo que estaba pasando con Connor? ¿Era cruzar algún tipo de línea eso de «acostarse y contarlo» con mis amigas? ¿O era lo que se esperaba?

—No querréis oír todo eso, ¿verdad?

Un rotundo —SÍ— llenó mis oídos, haciéndome dar un respingo. Todas se rieron, ya fuera por mi reacción o por la suya, daba igual. Todas querían saber qué había pasado con Connor y me encontré siendo el centro de la atención de todas.

—Vale, bueno, ya os conté que la primera cita fue bastante horrible. La segunda cita fue todo lo contrario.

Les hablé de la cena en Soup's On, de conocer a Pauley y de elegir libros, y luego de acurrucarnos en mi sofá. Me detuve ahí, sin saber hasta dónde llegar, y me encontré con siete pares de cejas arqueadas y caras de incredulidad.

—Y entonces, ¿qué pasó? —insistió Sam—. No estarías flotando en una nube si eso fuera todo.

Sentí el calor subir por mis mejillas y sus sonrisas confirmaron que ellas también lo habían visto. Me habían pillado con las manos en la masa.

—Todas hemos pasado por eso. Y para las viejas casadas del grupo, es agradable volver a experimentar el nuevo amor.

—No estoy enamorada de él —declaré con firmeza. Ni de coña estaba enamorada de Connor. Habíamos salido en dos citas y nos habíamos acostado juntos, bueno, ese número era un poco más alto, pero aun así, solo había sido una noche. No estaba enamorada de él.

—Vale, te creemos —dijo Addi con tono conciliador mientras me daba una palmadita en el brazo. Las otras casadas se rieron y yo puse los ojos en blanco. Se creían muy listas, pero estaban equivocadas. No estaba enamorada de Connor. Era demasiado pronto. Además, tenía demasiadas cosas en marcha con READ como para enamorarme. ¿Verdad?

¿Verdad?

Maldita sea.

Error.

Iba de cabeza. Era patético. Una noche y ya era una colegiala enamoradiza que se estaba pillando por el chico que idolatraba en el instituto. Pensaría que estaba loca. No podía decírselo. Ni hablar. Connor no podía saberlo. Me dejaría tan rápido que me daría vueltas la cabeza, y estaría aún peor de lo que ya estaba. Connor no me quería. Estaba conmigo por... algo.

—Vaya, vaya, chicas. Está teniendo el momento de pánico —dijo Lexi con un tono burlón que no me hizo ninguna gracia.

—Y de los malos. Miradle los ojos, está perdiendo los papeles. Rápido, Carrie, métele un magdalena por la garganta.

—¿Por qué tengo que hacerlo yo? —discutió Carrie con Addi.

—Eres la que la conoce desde hace más tiempo. Es menos probable que te dé una bofetada —declaró Mandy.

—No voy a abofetear a nadie.

—Vale, lo primero que tienes que recordar sobre este momento es que no tienes ni idea de lo que él está pensando, así que cuando empieces a agobiarte pensando que él no siente lo mismo, que sepas que no lo sabes —dijo Sam, de repente seria.

—Ah, sí que lo sé. No se enamoraría después de una noche, por muy bueno que fuera el sexo. Soy idiota. Joder, ¿por qué no me dejasteis seguir en mi mundo de yupi sin saber que me estaba enamorando de él? Ahora voy a analizarlo todo en exceso y a preocuparme constantemente de que me vaya a dejar o de que descubra que estoy enamorada de él.

Me estaba agobiando. Mucho. A lo Carrie en el baile de graduación. Bueno, quizá no tanto. No me estaba volviendo una asesina, pero estaba teniendo un ataque de pánico. Connor no iba a enterarse.

—Sam, no puedes decírselo a Brady. Son amigos y no puede decirle nada a Connor. Saldrá corriendo tan rápido que estará en California antes de que yo me dé cuenta de que se ha ido.

—Riles, no tienes ni idea de cómo se siente. ¿No acabo de decírtelo? Cuando yo empecé a agobiarme por enamorarme de Brady, él ya llevaba mucho tiempo pillado. Me dijo que se enamoró de mí a primera vista, no semanas después como yo. Él ya había pasado su ataque de pánico para cuando yo tuve el mío. Puede que Connor esté pasando por lo mismo que tú ahora mismo.

Negué con la cabeza. Sam no conocía a Connor, no como yo. Connor era un tipo al que le gustaba su libertad, no un tipo que quisiera atarse.

—Xander era igual. Para cuando nos conocimos en persona, él ya estaba a punto de enamorarse, igual que yo. Nos estábamos volviendo locos por lo mismo al mismo tiempo, pero no se lo dijimos al otro porque ambos sentíamos que era demasiado pronto para sentir lo que sentíamos. Una noche no significa que no puedas estar enamorada de él. Dijiste que lo adorabas en el instituto, esto es solo una continuación de aquello. Puede que él necesite algo de tiempo para ponerse al día, o puede que ya lo esté.

No importa. Diviértete ahora, preocúpate por el futuro más tarde.

—Mike era como Brady. Se enganchó antes que yo. Quería algo serio antes de que yo estuviera preparada, pero no importó que él me quisiera primero, nos queremos por igual.

—Aidan también. Intentó que saliera con él durante más de un año antes de que finalmente aceptara. Lo traje aquí y Sam le tiró los tejos. Solo cuando me molestó tanto ver a Sam ligando con él admití que me gustaba, y punto. Tardé un tiempo antes de que el amor formara parte de mis pensamientos, pero sí, nuestra primera noche juntos, me golpeó a mí también.

—Todas sabemos que fui una cabrona con Joey. Me tiró los tejos nuestro primer día. Me negué a involucrarme con él a menos que fuera algo casual. Luego salí con otros tíos y seguí rechazando sus peticiones de citas, aunque me acostaba con él. —Jadeé, sin saber que Addi era tan hipócrita. Joey me caía aún mejor después de oír eso—. Ya lo sé, fui horrible. Por suerte, tenía a estas maravillosas mujeres a mi alrededor para decirme lo estúpida que estaba siendo. Y Joey era un tío genial que pudo pasar por alto el hecho de que yo estaba loca.

Todas se rieron de la confesión de Addi. Escucharlas a todas hablarme de enamorarse, y de las experiencias de los chicos, me hizo sentir peor, no mejor. Vale, lo pillaba, no sabía con seguridad lo que Connor estaba pensando, pero estaba bastante segura de que no era amor.

—¿Has estado disfrutando de tus pastelitos y magdalenas? —preguntó Charlie, con demasiada inocencia. Sí, Connor me traía el desayuno todas las mañanas. Le había dicho que no era una persona madrugadora, así que lo dejaba y se iba, sin verme, pero me traía el desayuno. Todos los días.

—¿Qué pastelitos y magdalenas? Siempre nos encanta todo lo que haces, ya lo sabes —respondió Mandy por mí.

La cara de Charlie se volvió positivamente malvada mientras me delataba. —Connor viene aquí todas las mañanas y compra los favoritos de Riley, y luego se los deja en su casa. Hasta ahora, un día la semana pasada, pero ayer y hoy, y cuando se fue esta mañana dijo que me vería mañana.

¡Ohhh!

¡Qué mono!

¡Si no lo quieres, me lo quedo yo!

Todas se rieron del desafío de Carrie. Sabía que yo lo quería, más de lo que era normal a esas alturas. Tenía que admitir la verdad.

—Estoy aterrorizada. Nunca me había sentido así por un chico. Sí, siento que me estoy enamorando de él, al menos si enamorarse significa que cuando pienso en él las mariposas en el estómago me dan ganas de vomitar, la cabeza se me pone más tonta que un conejo y el corazón se me acelera más que si acabara de correr un kilómetro, pero incluso con todo eso, quiero verlo más de lo que quiero respirar.

Sí.

¡Eso es!

Exacto.

¡Estás enamorada!

Sam apoyó su mano en mi brazo y me giré para mirarla. —Es aterrador, lo sé. Después de mi ex, dejar entrar a Brady fue increíblemente difícil, aunque me enamoré de él rápidamente. Cuando me rechazó, después de la muerte de su padre, me quedé destrozada. Supe que lo amaba y que nunca dejaría de hacerlo cuando puse su felicidad por encima de la mía. Fue duro, sí, y todo salió bien, pero cuando pensé que lo había perdido, solo quería que él estuviera bien. Creo que en algún momento quieres tanto a alguien que te preocupas más por él que por ti misma. Es duro sentirse así, pero que sepas esto... Si eres la única enamorada ahora mismo, Connor es un idiota. Si te trae el desayuno todos los días, y no intenta conseguir sexo a cambio, no es solo un buen tipo. Supongo que está tan pillado como tú, pero puede que aún no se haya dado cuenta. Dale algo de tiempo y disfruta de lo que tienes antes de que la presión de tener que darle sentido a todo te abrume.

—Oh, Dios, estoy de acuerdo —añadió Addi—. Una vez que Joey me dijo que me quería, me volví loca preguntándome si me pediría matrimonio, si me quería tanto como yo a él, si iba a encontrar a otra, si me iba a pedir que me mudara con él, ya que yo vivía con Sam pero estaba en casa de Joey todos los días. ¡Me volvía loca!

—¡Ya lo creo! —bromeó Sam—. Era insoportable vivir con ella.

—Pero todo salió bien. No te comas la cabeza. Ten mucho más de ese sexo increíble y conócelo mejor. Todo saldrá bien.

21

Para el fin de semana, me sentía como una drogadicta necesitada de su dosis. Hacía una semana que no veía a Connor y lo echaba de menos. Mucho.

Me había invitado a su casa a cenar y a pasar la noche, con ropa opcional. No tenía que trabajar a la mañana siguiente, pero no dijo nada sobre si tenía planes para el día. No quería darle la impresión de que no pensaba irme nunca, así que tenía a Carrie sobre aviso para comer por si necesitaba fingir que tenía algo que hacer.

Después de trabajar, preparé una bolsa pequeña y seguí las indicaciones de mi móvil hasta el piso de Connor. Dijo que era un edificio nuevo en la zona norte de la ciudad. Estaban ocurriendo muchos cambios en Winterville, como en todas partes. Mi tranquilo pueblecito se estaba convirtiendo en otro barrio residencial más, una extensión de la ciudad donde no se podía distinguir dónde empezaba uno y terminaba el otro.

Winterville tenía unos cuantos pueblos entre él y Búfalo, pero el trayecto de uno a otro en coche era ininterrumpido. En invierno era aún peor, ya que la nieve cubría todas las superficies llanas a lo largo de kilómetros sin distinción. Por supuesto, también hacía que todo fuera mucho más bonito.

Mientras conducía hacia casa de Connor, seguía dándole vueltas a la conversación que había tenido con mis amigas. Estar lejos de él durante una semana, aunque hablábamos, fue más duro de lo que pensaba. Siempre que hablábamos, me decía que estaba deseando volver a verme, pero nunca dijo realmente que me echara de menos. ¿Había alguna diferencia? Yo lo echaba de menos. Ansiaba volver a verlo, y no solo entre las piernas, sino por todas partes, especialmente mi corazón.

Pensaba que enamorarse de alguien sería fácil. Que de repente ambos no podríais vivir el uno sin el otro y sería tan maravilloso como el final de una película de Disney. Solo que eso no era lo que me estaba pasando a mí. A mí lo que me pasaba es que me estaba volviendo loca preguntándome qué estaría pensando y cómo se sentiría él.

Sí, me traía pastelitos y magdalenas todas las mañanas. Era un detalle. No se quedaba a verme, solo me enviaba un mensaje de texto cuando ya se había ido, pero en cierto modo deseaba que lo hiciera. Por supuesto, si lo hiciera, llegaría tarde al trabajo, arrastrándolo escaleras arriba para hacer con él lo que me diera la gana, pero valdría la pena.

Oh, Dios, estaba tan jodida.

Cuando por fin aparqué delante del edificio al que me había dirigido el móvil, sufrí un pequeño ataque de pánico. El complejo se alzaba de diez a quince pisos en el aire, todo cristal, hormigón y metal. La palabra «moderno» no bastaba para describirlo. El lugar parecía el sueño de un arquitecto, la belleza en la simplicidad.

A mí me pareció simplemente frío. No había nada que lo diferenciara de la austeridad, ni calidez como la madera ni siquiera color. Me recordó al restaurante, Kobe, donde me sentí tan fuera de lugar. Sentada fuera, mirando el piso que

Connor llamaba hogar, me pregunté una vez más por qué estaba conmigo.

El contraste entre nosotros dos era tan evidente como nuestras casas. Él era todo ostentación y belleza; yo, toda comodidad y suavidad. Connor definía el éxito y el poder, o al menos daba esa impresión. Yo definía a una blanda y a un felpudo. No es que pensara que fuera ninguna de esas cosas, en realidad no, pero a veces daba esa imagen.

Sentí un peso de plomo en el estómago que me dio ganas de salir corriendo. No estaba hecha para ser la novia de Connor Lee. Ni de lejos. Él era de fiestas elegantes y pisos modernos. Yo era de noches informales en el sofá y casas antiguas cerca de la familia.

No pegábamos ni con cola.

Sabiendo que le debía una explicación cara a cara, salí de mi coche antiguo, aparcado junto al suyo completamente nuevo. Dejé la bolsa en el coche, sabiendo que subirla para luego dar media vuelta e irme era ridículo, y haría más difícil decir adiós.

El vestíbulo del edificio, sí, tenía vestíbulo, era aún más impresionante que el exterior. Ardían chimeneas en ambos extremos del espacio con muebles de aspecto incómodo colocados delante. El cuero parecía rígido y sin usar, lo cual no era una sorpresa dado que era blanco y tenía reposa-brazos de metal en los que no sería cómodo apoyarse. Nunca entendí quién compraría un sofá así, pero al parecer ya tenía la respuesta.

Al fondo de la zona estaban los ascensores, con un hombre apostado delante. Un mostrador a un lado, como en un hotel, tenía a dos personas de pie detrás, ambas absortas en el trabajo que estuvieran haciendo en su ordenador. Decidí no molestarlas y me dirigí hacia el ascensor, sabiendo que de todos modos iba en esa dirección.

—¿A quién ha venido a ver, señorita? —preguntó el ascensorista.

—Eh, ¿a Connor Lee? —dije, consciente de que las palabras sonaron como una pregunta.

El hombre asintió una vez y me abrió el ascensor. —Está en su lista —dijo después de que le diera mi nombre—. Gire a la derecha al salir del ascensor hasta el apartamento 309. Le diré al señor Lee que está aquí. Que tenga una buena noche.

Aturdida, y sintiéndome aún más fuera de lugar, entré en el ascensor. Las puertas se deslizaron cerrándose frente a mí y me llevaron rápidamente al piso de Connor. Una alfombra de color tostado cubría el pasillo y un papel de pared de lino revestía las paredes. El espacio entre las puertas me indicaba lo grande que era cada piso, más grande que mi casa. Cuando llegué a la puerta de Connor, estaba entornada, y de ella emanaban música y olores deliciosos.

Entré, suponiendo que Connor me había abierto la puerta, y me encontré en un piso que no podía confundirse con otra cosa que no fuera un piso de soltero. Fotos en blanco y negro de escenas deportivas decoraban las paredes y me llevaron a la cocina y al salón, que se fusionaban en un único espacio enorme. La cocina tenía encimeras negras, armarios oscuros y electrodomésticos de acero inoxidable. Dos sartenes estaban en la vitrocerámica con una cerveza abierta al lado.

El salón estaba dominado por una tele que ocupaba al menos dos metros y medio de pared; al menos, pensé que era una tele. Cuando miré más de cerca, era un proyector como los del cine con una pantalla que la convertía en una tele. Sofás de cuero negro rodeaban la televisión con una alfombra blanca de forma irregular, como si realmente fuera la piel de un animal, cubriendo el suelo de madera oscura. Una mesa de metal cepillado con tablero de cristal y sillas que parecían de plástico estaba junto a la cocina. Una lámpara de araña, que parecía más un dispositivo de tortura medieval que una lámpara, colgaba sobre la mesa, proyectando un suave resplandor.

Estaba tan fuera de lugar.

—Eh, ya estás aquí —dijo Connor con una sonrisa. Salió de un pasillo al otro lado del salón, vestido con unos vaqueros oscuros de tiro bajo y una camisa blanca de botones con las mangas remangadas. Iba descalzo y estaba sexi. Como para olvidar la cena y lo mucho que no pegaba con él de sexi que estaba.

Connor se acercó a mí en silencio y me atrajo para darme un beso, sin lengua, pero con mucho ardor. Se apartó brevemente, su mano apretando mi nuca para que no me escapara, y dijo: —Joder, cómo te he echado de menos. —Me atrajo de nuevo para otro beso, rozando mis labios con su lengua y luego recorriendo mi boca cuando la abrí para él.

Separó más los pies, su postura habitual cuando se preparaba para besarme, y su otra mano rodeó mi cintura, apretándome con fuerza contra él. Ya estaba duro contra mi vientre, poniendo a prueba mi autocontrol. Joder, lo deseaba. Incluso mientras me decía a mí misma que tenía que apartarlo, quería atraerlo más hacia mí.

—Mierda —murmuró Connor mientras se apartaba—. Me prometí a mí mismo que no te haría eso. Mantendré las manos quietas, al menos hasta que te dé de comer. ¿Tienes hambre?

—Eh, creo que deberíamos hablar —solté antes de que toda mi determinación se desmoronara como un paquete de galletas saladas en el fondo de mi bolso.

Connor se encaró conmigo, con los brazos cruzados despreocupadamente sobre el pecho. Se echó hacia atrás muy ligeramente, balanceándose sobre los talones antes de forzar su postura para relajarse. Sus brazos cayeron a los costados, sus manos se cerraron en puños, y todo su cuerpo parecía tenso como una goma elástica. —¿Qué pasa? —preguntó, la tensión evidente en su voz.

—Eh, ¿quizá deberíamos sentarnos? —sugerí, intentando… no sabía qué estaba tratando de hacer.

—Estoy bien —dijo Connor, sin apenas abrir la mandíbula al hablar. Me preocupaba que se partiera un diente de lo fuerte que estaba apretando los dientes, pero sabía que tenía que terminar la conversación.

—Eh, bueno, es que no estoy segura de que esto vaya a funcionar entre nosotros. No es que no me gustes de verdad, porque sí que me gustas, pero, eh… simplemente no creo que encaje en tu mundo.

Connor no dijo nada, solo me miró fijamente. Respiraba pesadamente por la nariz, y ese era el único ruido en la habitación. Mi corazón latía con fuerza, esperando su reacción. No tenía ni idea de cómo se lo tomaría, pero sabía que era lo correcto. Connor merecía estar con alguien que fuera guapa y extrovertida y que no temiera el centro de atención en el que él vivía.

No yo.

—¿Por qué crees que te pedí salir? —preguntó finalmente.

—¿Qué?

—He dicho: «¿Por qué crees que te pedí salir?»

No tenía ni idea. Me encogí de hombros, sabiendo que no era una respuesta real, pero no tenía ninguna. No había ninguna razón para que Connor me hubiera pedido salir. Era una de las muchas cosas que llevaba dos semanas intentando averiguar.

—No lo sabes, ¿verdad? —Negué con la cabeza, sintiéndome como una niña a la que pillan haciendo trampas en el colegio, o al menos una a la que pillan sin saberse las respuestas de un examen—. Mira, eso es parte del problema que tenemos aquí. Crees que soy este… lo que sea, ni siquiera lo sé. Y crees que no eres suficiente para mí. El problema es que es exactamente lo contrario. Soy yo el que no es digno de ti. Soy yo el que está luchando por estar a la altura, y eres tú la que se siente inadecuada.

Se pasó una mano grande por el pelo mientras yo asimilaba lo que había dicho. ¿Cómo demonios podía sentirse inadecuado a mi lado? Era perfecto. Era Connor Lee, por el amor de Dios, superatleta, personalidad de la radio y, en general, una persona maravillosa. No había nada que no pudiera hacer.

¿Y digno? Era digno de mucho más que yo. Yo no tenía nada que ofrecerle. Era un completo misterio por qué estaba conmigo, y aún más pensar por qué él no creía que fuera lo suficientemente bueno para mí.

—Eres lo más alejado de alguien inadecuado, Connor. Puedes pasarte cinco minutos en la calle y encontrar a cinco mujeres nuevas que ocupen mi lugar. No te perderías nada. Además, si te dejo marchar, tendrás la oportunidad de conocer a alguien que encaje contigo.

—Tú encajas conmigo, joder, ¿o es que no te acuerdas de lo bien que estuvimos juntos la semana pasada? Riley, eres en lo único en lo que he podido pensar desde que me fui de tu cama. Nunca he deseado a nadie como te deseo a ti. Mierda, casi llamo al trabajo para decir que estaba enfermo y así poder quedarme contigo, y mi trabajo es lo único que tengo. ¿Todo lo demás sobre mí? Es todo una fachada. Solo una falsa personalidad que me pongo por quien tengo que fingir que soy.

Hizo una pausa y se giró hacia su salón, mirando por los enormes ventanales que mostraban una vista lejana de la ciudad y una vista más cercana de un parque cercano. Connor parecía dolido, como si toda la conversación le estuviera pasando factura.

—Riley, no puedo obligarte a quedarte conmigo. No voy a suplicarte. Nunca he sentido que tuviera un propósito en mi vida. Los deportes eran divertidos en el instituto, pero era lo único en lo que era bueno. La universidad fue igual. Pauley es la única persona que ha creído en mí, pero ni siquiera su confianza me hizo mejor persona. Solo soy un deportista al que le pagan por hablar de otros deportistas. Es inútil. Alquilo este piso porque necesito montar un espectáculo de quién soy. Mi coche es lo mismo. Joder, nuestra primera cita fue prácticamente un truco publicitario. Solo pensaba que me veías como algo más que un deportista tonto.

—No es así como te veo en absoluto —dije, enfadándome porque pensara tan poco de sí mismo—. Los deportes son una parte importante de nuestro mundo y lo que haces no es inútil. A la gente le encantan los deportes, y obviamente a ti también te quieren. No puedes creer de verdad que solo eres un deportista tonto. Cualquiera que lo haga no se está tomando el tiempo de conocerte.

Se encogió de hombros y me miró directamente. —¿Así que miraste más allá del deportista tonto y descubriste que no era lo suficientemente bueno para ti?

—¿Qué? ¡No! No es eso en absoluto.

—Entonces, ¿qué es, Riley? Dime la verdad. ¿Por qué estás cortando conmigo?

Respiré hondo y miré al hombre del que me estaba enamorando. Su pelo oscuro estaba de punta por haberse pasado las manos por él. Sus ojos, normalmente brillantes, estaban ensombrecidos y cerrados. La tensión era evidente en la postura de sus hombros y sus manos, todavía cerradas en puños, y en la amplia separación de sus pies, como si estuviera listo para pelear.

Era el mismo Connor con el que había pasado horas haciendo el amor hacía una semana, el mismo Connor con el que había fantaseado durante años, el mismo Connor que me había estado trayendo pastelitos y magdalenas durante una semana. No podía dejar que creyera que no era lo suficientemente bueno para mí, porque dijera lo que dijera, eso era todo lo que él oía. Tenía que hacer que me escuchara de verdad.

Y para eso tenía que contárselo todo.

—Tengo miedo. Terror. Creo que me estoy enamorando de ti y tengo miedo de que me dejes y pases a la siguiente mujer, la guapa a la que le gustan los mismos restaurantes que a ti y que vive en un sitio lujoso como tú. Si simplemente admito ahora que no estamos hechos el uno para el otro, que estás viviendo una vida en la que nunca me sentiré cómoda, entonces será más fácil que enamorarme aún más de ti y que luego te marches.

—¿Quién ha hablado de que yo me vaya a marchar? En dos semanas has fingido tener novio, has rechazado mi petición de una segunda cita y has intentado cortar conmigo. Si alguien tiene que estar preocupado, estoy bastante seguro de que soy yo, no tú. El problema es que no voy a dejar que te vayas.

Se acercó a mí con paso decidido, y sus ojos me atraparon en el sitio. Connor se acercó más, sus movimientos seguros e intencionados. Iba a hacer exactamente lo que había dicho. No iba a dejar que me fuera.

Su brazo se enroscó alrededor de mi cintura y me atrajo hacia él, sin dudar antes de que su boca reclamara la mía en un beso exigente. Su lengua se abrió paso en mi boca al mismo tiempo que su mano se hundía en mi pelo, tirando de él hacia atrás para inclinar mi cabeza justo como él quería. Volvió a endurecerse entre nosotros, girando sus caderas contra las mías y arrancándome un gemido desde lo más profundo de mi ser.

—Al dormitorio. Ahora —gruñó, tirando de mí hacia el pasillo.

22

ERA DÉBIL. ¿Desesperada? No. ¿Débil? Joder, sí. Lo deseaba y había algo en aquel hombre exigente que me había desnudado su alma que me excitaba más que su propio contacto. Y eso ya era mucho decir.

No había acusado recibo de mi confesión, pero quizá fuera lo mejor. Si podía pasar por alto que yo admitiese que me estaba enamorando de él, entonces sabía que no sentía lo mismo, pero tampoco estaba huyendo asustado.

El olor a comida quemada impregnaba el aire, recordándome la cena que había visto en los fogones al entrar. —La cena. Lo siento, la he estropeado.

—A la mierda la cena. Te voy a comer a ti. —Connor me arrastró con él a la cocina, donde apagó el fuego y dejó las sartenes humeando sobre las hornillas. Me llevó de nuevo tras él mientras se acercaba al pasillo, con su mano caliente y firme en la mía. No iba a soltarme, por nada del mundo, y lo estaba demostrando con su fuerte agarre.

Su dormitorio era más o menos lo que me esperaba. Cama extragrande con sábanas negras, edredón negro y cortinas negras. Muebles a juego de madera oscura llenaban la habitación, y un cuarto de baño igual de oscuro se veía a través de una puerta abierta al otro lado de la estancia.

Connor se quitó la camiseta de un tirón con una mano, mientras la otra seguía sujetando la mía. Cambió la mano con la que sujetaba la mía para dejar que la camiseta cayera al suelo y luego se acercó a mí. —No vas a ir a ninguna parte. Y, en cuanto a tu confesión de antes… estoy contigo en eso. Vamos a caer juntos, nena. Se acabó el huir.

Ah, joder. Mis amigas tenían razón. Todas mis comeduras de cabeza no habían servido para nada. Connor no estaba dispuesto a huir solo porque me estuviera enamorando de él. Al contrario, él también estaba cayendo.

Mi mano libre subió hasta su pecho y el vello de allí me hizo cosquillas en los dedos. Era tan bueno al tacto, piel caliente que cubría músculos muy tensos. Dios mío, podría tocarlo todo el día. Mi mano subió hasta su cuello y se hundió en su pelo. Tiré de él hacia mí y lo besé con avidez. Oír que se estaba enamorando de mí me volvió voraz. Lo necesitaba. ¡Ahora!

Me devolvió el beso con la misma fuerza que yo a él. Connor me apretó contra la pared, sus manos me aprisionaban. La única parte de nosotros que se tocaba eran nuestros labios. Nuestras lenguas se entrelazaban en la boca del otro, los labios chocaban, los dientes castañeteaban mientras intentábamos acercarnos más y más. Me devoraba, robándome hasta el último aliento que contenía y reponiéndolo con el suyo.

Connor se acercó más, con las manos aún en la pared junto a mi cabeza, y presionó su cuerpo contra el mío. Estaba duro y grueso entre nosotros, una palpitante necesidad contra mi vientre. No pude evitar que mis manos lo buscaran, deslizándose entre nosotros para agarrarlo, aunque él todavía llevaba los pantalones puestos. Gimió y arqueó la espalda contra mi mano.

Necesitada del contacto de su piel, le bajé los pantalones lo justo para poder tocarlo al desnudo. Acero grueso y caliente llenó mi mano, su suave piel se movía ligeramente mientras mi mano lo acariciaba. Se sentía tan bien en mi mano.

De repente, se apartó de mí bruscamente y sus manos me arrancaron la ropa. Mi camiseta desapareció en un segundo, mis pantalones al siguiente. Su boca cubrió mi pezón a través del sujetador mientras arrancaba mis bragas, el sonido de la tela al rasgarse me hizo gemir. Al segundo siguiente, sus dedos se hundieron profundamente en mí, casi levantándome del suelo con la fuerza con que me tomó. Dios mío, quería que me deseara con esa intensidad. Hasta el punto de no poder esperar. Hasta el punto de que la cama estuviera demasiado lejos. Donde la única opción era donde estábamos.

Un mordisquito en el pezón me hizo chillar, pero inundó su mano entre mis piernas. —Oh, joder, nena, sí. Córrete para mí.

Su pulgar me rodeaba mientras sus dedos se hundían en mi interior. Estaba cerca, jodidamente cerca. —No... puedo... aguantar... estoy muy... débil —tartamudeé, mi cuerpo perdía fuerza con cada segundo que me volvía loca.

Su mano me abandonó, una pérdida repentina y completa que sentí en lo más profundo de mi ser. La espiral en la que me encontraba se detuvo como una peonza al chocar contra la pared. Mis rodillas flaquearon, la debilidad que había sentido se instaló y me hizo casi imposible mantenerme en pie. —A la cama. Ahora —exigió Connor. Estaba de pie frente a mí, desnudo. Se había quitado los pantalones y su hermosa polla apuntaba directamente hacia mí.

Toda mi energía regresó.

Los dos pasos que di para llegar hasta él fueron vacilantes, pero seguros. Sus ojos brillaban intensamente, el hambre era evidente en su mirada. Cuando me detuve frente a él y caí de rodillas, sus ojos se abrieron tanto como su polla. —Riley, cariño, no tienes que… Oh, nena —terminó con un gemido cuando se la metí en la boca.

Arremoliné la lengua alrededor de su miembro, concentrándome en el glande. La gota de humedad que había allí no hizo más que alimentar mi necesidad por él. La punta de mi lengua encajó en la hendidura de la punta y él volvió a gemir, sus dedos se hundieron en mi pelo al mismo tiempo que sus caderas empujaban hacia delante, hundiéndose más en mí. Lo succioné con fuerza mientras me retiraba, deslizando mis uñas por sus piernas. —Joder… —gimió.

Cuando empecé a marcarle un ritmo, él me ayudó, embistiendo hacia dentro y hacia fuera a mi compás, guiando mi cabeza a su antojo. Lo sentí hincharse dentro de mi boca y me preparé para la explosión que estaba por llegar, pero entonces me levantó, con las puntas de mis pies apenas rozando el suelo.

Connor nos hizo girar, todavía prácticamente llevándome en brazos, y me empujó hacia su cama, con mi trasero apenas en el colchón. Me agarró las caderas y deslizó las manos hacia abajo, levantándome las piernas hasta sujetarme por las rodillas, y luego se hundió en mí de un solo y rápido movimiento.

—Oh, Dios —gemí mientras me embestía profunda y duramente, reiniciando mi espiral.

Me embistió sin piedad, sin controlar ya sus movimientos. Enganché mis piernas detrás de su espalda y me aferré para disfrutar del viaje.

Con las manos libres, Connor se inclinó sobre mí, apoyando una mano en mi pecho, todavía enfundado en el sujetador. —¿Por qué no te quité esto? —gruñó, un brillo en sus ojos me decía que ambos sabíamos que era la menor de sus preocupaciones. Su otra mano se deslizó entre nosotros, encontrando el punto donde nuestros cuerpos se unían y frotándome de nuevo con su pulgar. Mis ojos se cerraron, la sensación de él dentro de mí combinada con el tacto de su mano sobre mí era demasiado para soportarla.

—Eres tan guapa, Riley —murmuró Connor. Abrí los ojos con esfuerzo para poder mirarlo. Su mirada recorría mi cuerpo, haciéndome preguntar qué veía realmente, porque yo no podía verlo. —Jodidamente guapa —susurró mientras se inclinaba para besarme.

Su lengua recorrió mi boca, un beso suave y dulce que contrastaba por completo con el ritmo febril de sus caderas y su mano. El contraste me desconcertó, pero fue lo que me remató. Rompí nuestro beso con un grito, su nombre brotando de mis labios mientras mi cuerpo se contraía a su alrededor, rogándole que me siguiera al paraíso.

La cara de Connor se volvió borrosa mientras bombeaba cada vez más rápido dentro de mí, todo él reduciéndose a la sensación entre mis piernas, donde sentía el roce del vello que lo cubría contra mis muslos y mi vientre. Sus dedos se apretaron en mi pecho y aceleró el ritmo frenético con su otra mano, aún anidada íntimamente entre nosotros.

Tan repentinamente como llegó el primer orgasmo, el segundo se estrelló sobre mí. Como las olas en una costa hawaiana, no pude recuperarme del primero antes de que el segundo me ahogara, el aliento me fue arrebatado del cuerpo, el corazón me latía con fuerza en el pecho, la garganta me ardía por la potencia de mis gritos. Me arqueé con fuerza contra él, extrayendo hasta la última gota que pude de sus dedos y su polla.

Connor gritó mi nombre, temblores sacudieron su cuerpo mientras sentía una explosión caliente dentro de mí. Se corrió con fuerza en mi interior, calor y plenitud me llenaron mientras él se estremecía con su propio orgasmo.

Segundos después, Connor se desplomó sobre mí, el peso

de su cuerpo me sacó el último aliento de los pulmones. Luché por respirar, pero no me importó. Morir aplastada por el sexi cuerpo de Connor Lee sonaba como una forma cojonuda de irse de este mundo.

Cuando finalmente se apartó de mí, aspiré aire como si me hubiera estado asfixiando. —Joder, Riley, ¿por qué no me dijiste que no podías respirar? No debería haberme tumbado sobre ti. Soy demasiado grande.

—Sí, lo eres —dije con picardía.

Se rio a pesar de su preocupación y negó con la cabeza. — Voy en serio, nena. No quiero hacerte daño.

—No pasa nada. Me ha gustado tenerte cerca.

Se inclinó y me besó. —A mí también me gusta tenerte cerca, nena. Siempre.

Después de otro minuto se levantó, saliendo de mí con el movimiento. Entonces se quedó helado.

—¿Qué pasa? —pregunté, preocupada por el miedo en su cara.

—Riley, lo siento mucho, pero me he olvidado por completo del condón. Cariño, soy un estúpido. Yo... es que estabas tan jodidamente buena. Joder, soy un idiota.

—Connor, —dije, tratando de llamar su atención. Se paseaba por la habitación, pasándose las manos por el pelo y luego por la cara. No me miraba, solo caminaba, sus pies golpeando con fuerza el suelo de madera. No importaba cuántas veces dijera su nombre, no me oía, solo se castigaba a sí mismo paseándose por el suelo.

Finalmente, se detuvo frente a la puerta del baño. Pensé que se iba a calmar y a escucharme, pero de repente le dio un puñetazo a la pared. Un agujero un poco más grande que su puño explotó en el pladur. Sacó la mano y la sacudió. Salté de la cama y corrí hacia él, agarrándole el brazo para que no pudiera hacerlo de nuevo.

Examinando su mano con ojos inexpertos, parecía estar bien. —Necesitas calmarte.

—Es que no puedo creer que haya hecho eso. Nunca he tenido sexo sin condón. Jamás. Te lo prometo, Riley. Estoy limpio. Me he hecho análisis y me los volveré a hacer para que puedas ver los resultados. Y si te quedas embarazada, te ayudaré. Joder, ¿en qué estaba pensando?

Su mano libre se pasó por la boca y la mandíbula y luego se desplazó hasta el cuello, apretando mientras dejaba caer la cabeza sobre el pecho. Parecía puramente horrorizado. Y yo tenía que saberlo.

—¿Estás en pánico porque te preocupa estar atado a mí para siempre? —Como pareció confundido, añadí—: ¿Si me quedara embarazada?

—¿Qué? ¡No! Me consideraría afortunado de estar atado a ti para siempre, aunque preferiría que no fuera porque yo la he cagado. Yo… mi ex… se quedó embarazada.

La habitación dio vueltas y toda la sangre se me fue de la cabeza. Mareada y aturdida, me desplomé en el suelo. Nunca esperé oír eso. ¿Cómo podía construir una relación con él si ni siquiera me contaba cosas como esa? Ya me había enamorado de él y ahora iba a tener que conocer a su hijo.

—¿Qué edad tiene tu hijo?

Connor maldijo en voz baja y luego se dejó caer al suelo junto a mí. Se tomó su tiempo para envolverme en sus brazos. Su cuerpo estaba caliente, calmando los escalofríos que no supe que tenía hasta que me atrajo hacia él. Me rodeó con sus brazos, con mi hombro contra su pecho y mi cabeza apoyada en su hombro, mis piernas sobre una de las suyas.

—No tengo un hijo —dijo en voz baja, con dolor en la voz.

—¿Cómo? Has dicho que…

Asintió y me besó en la coronilla. —Sí. Los condones no son cien por cien fiables. Lo sabía, pero supuse que no caería en ese pequeño porcentaje. Joder, nadie lo hace. Un día vino y me dijo que se le había retrasado la regla. Se hizo una prueba y dio positivo. Le ofrecí casarme con ella, criar al niño yo solo si ella no lo quería, lo que quisiera hacer. Solo llevábamos unos meses juntos, pero estábamos en la universidad. Pensé que lo nuestro era serio, al menos lo suficientemente serio como para afrontarlo juntos.

Connor respiró hondo y me abrazó con más fuerza. —Dijo que necesitaba tiempo para pensar y que me llamaría en una semana. La escuché porque no sabía qué más hacer. En esa semana decidió que no quería el bebé y abortó, sin decírmelo. Su mejor amiga la llevó y se quedó con ella después. Cuando la vi una semana más tarde, me contó lo que había hecho. Rompí con ella. Ni siquiera podía mirarla.

—Oh, Connor, lo siento mucho.

Él asintió. —Gracias. Solo quiero que sepas que estoy aquí. Si descubres que estás embarazada, haré lo que quieras, pero por favor, no te deshagas de nuestro bebé. Lo criaré solo si tú no quieres.

Asentí. —Tomo la píldora. La he tomado durante años. Tampoco es cien por cien segura, pero es mejor que nada.

—Prométemelo, Riley. Prométeme que hablarás conmigo antes de decidir nada si estás embarazada.

—Te lo prometo. Nunca te haría eso. Además, no estamos en la universidad. No sería fácil ser madre soltera, pero podría hacerlo si llegara el caso. Preocupémonos de eso cuando llegue el momento.

Connor asintió contra mi cabeza, la suya descansando sobre la mía. Me sentí más cerca de él de lo que me había sentido de nadie antes. Saber que su pasado no era perfecto me ayudó a superar el complejo de héroe que tenía con él, pero también hizo que lo quisiera mucho más. No podía imaginar a alguien abortando a su hijo sin darle una oportunidad al padre, pero yo no estaba allí.

—Como he quemado la cena, ¿qué te parece si pido comida china?

Antes de que pudiera responder, mi estómago gruñó ruidosamente, haciéndonos reír a ambos.

—Supongo que eso es un sí —bromeó Connor.

Se inclinó y me besó, dulce y gentilmente. Sus dedos se deslizaron por mi pelo y tiraron de mi cabeza hacia atrás para optimizar el ángulo de mis labios. Entonces su beso se volvió posesivo y caliente. Su otra mano rozó mi vientre y me mantuvo contra él, donde ya estaba grueso y duro sobre mi cadera. Un gruñido gutural salió de mi garganta mientras la humedad se espesaba entre mis piernas. Su mano se deslizó desde mi vientre hasta entre mis piernas.

—Podemos pedir comida china más tarde —susurró, su aliento caliente y húmedo en mi oído—. Ahora mismo te necesito otra vez.

Estaba completamente de acuerdo.

23

Dos semanas después, me vino la regla, puntual como un reloj. Esa mañana le envié un mensaje a Connor para que pasara cuando trajera el desayuno, algo que seguía haciendo todos los días. Aún no nos habíamos dicho «te quiero», pero andábamos con muchos rodeos.

Me levanté un poco antes para poder ducharme y vestirme antes de que llegara Connor. Justo estaba bajando las escaleras cuando oí que llamaban a la puerta.

—Hola —dije al abrir la puerta. Aún hacía frío fuera, quizá incluso peor a finales de febrero que en enero. El aire gélido se coló a través del fino jersey que llevaba y me hizo estremecer. O quizá fue la visión de Connor... la cara sin afeitar, los ojos soñolientos, el pelo alborotado, la camiseta negra de manga larga, los vaqueros y las botas negras. Estaba increíblemente sexy.

Me envolvió en un abrazo al entrar, cerrando la puerta de una patada y besándome como si no nos hubiéramos visto en semanas en lugar de unos pocos días. Era una mierda poder verlo solo los fines de semana, pero nos costaba encontrar la manera de vernos entre semana. La única solución que se me ocurrió fue que nos fuéramos a vivir juntos, o al menos quedarnos a dormir en casa del otro todo el tiempo.

—Joder, qué guapa estás por la mañana. ¿Cómo he podido tener tanta suerte?

—Estoy bastante segura de que la afortunada soy yo —repliqué. Me mordisqueó el lóbulo de la oreja y me siguió hasta la cocina.

Me arrinconó contra la encimera y me besó el cuello, justo en ese punto sobre el hombro que siempre me ponía la piel de gallina. Eché la cabeza hacia atrás para que pudiera seguir dándose un festín conmigo y se me escapó un gemido.

—Me encanta ese sonido —gruñó, pasando la lengua por mi piel antes de mordisquearme el lado del cuello y volver a calmarlo con la lengua. Cuando fue a tocarme los pantalones, lo detuve, recordando por qué le había pedido que viniera. —Eh, no, eso no está bien. —Connor retrocedió un paso y se recolocó. Cruzó al otro lado de la cocina y su expresión se volvió seria. —Vas a intentar cortar conmigo otra vez, ¿verdad?

Me reí y negué con la cabeza. Los hombros de Connor se relajaron con alivio y dio un paso hacia mí. —Entonces, ¿qué pasa?

Volví a negar con la cabeza. —No pasa nada —declaré.

—Entonces, ¿por qué no puedo tocarte? —sonaba como un niño regañado que no se salía con la suya. Casi me reí, pero sabía que estaba tan cachondo como yo. Aun así, se estaba pasando.

—Me ha venido la regla esta mañana. Quería asegurarme de que supieras que no estaba embarazada.

Me observó con atención, cruzando lentamente la habitación hacia mí. —¿Estás bien con eso?

Sonreí. —Sí. Quiero tener hijos, pero no me interesa nada tenerlos antes de casarme. Como tú dijiste, preferiría tomar la decisión cuando esté asentada, o al menos que el accidente ocurra cuando esté casada.

—Estoy de acuerdo. Y hay algo más. He, eh, querido decirte esto desde hace un tiempo, pero no quería que el tema del embarazo se interpusiera. Yo, eh... —hizo una pausa. Cuando se pasó la mano por el pelo y miró por la ventana que había detrás de mí, me puse nerviosa. Estaba listo para huir. Quería a otra. Se había enamorado de una rubia delgada que le pegaba más. Sabía que iba a pasar, pero, joder, dolía.

Salí de en medio de él y la encimera, necesitaba algo de espacio entre nosotros. —¿Adónde vas? —preguntó.

—Solo creo que es mejor si me lo dices sin tocarme. Será demasiado duro de oír. —Las lágrimas me quemaban los ojos, pero me negué a dejarlas caer. Me apreté el labio inferior con los dientes y mordí con fuerza, desesperada por reprimir las lágrimas y las emociones.

—Entonces, ¿no sientes lo mismo? —preguntó, con un atisbo de miedo en la voz. Lo miré a los ojos y vi la misma ansiedad que sabía que había en los míos.

—No, no siento lo mismo, Connor. No quiero que cortes conmigo. No he encontrado a otra persona. Pero no voy a obligarte a quedarte, haya un bebé o no.

—Joder, Riley, me has dado un susto de muerte. No voy a cortar contigo, cariño. Dios santo, no soy capaz ni de decirte que estoy enamorado de ti como es debido.

Sin aliento.

—¿Que estás qué?

Connor se acercó, cerrando la distancia que yo había creado entre nosotros. Fue cauteloso, como si yo fuera a salir huyendo. Cuando no me aparté de él, sonrió y alargó los brazos hacia mí. Caí en sus brazos, desesperada por su abrazo. Me sujetó con fuerza, con una mano en mi pelo y la otra en la parte baja de mi espalda. Se inclinó y me susurró al oído: —Te quiero, Riley Williams. Te quiero con cada pedacito de mi corazón.

—¿Estás seguro? Es decir, no tienes que decir eso porque pensábamos que podría estar embarazada. No es algo que tengas que decirme porque creas que quiero oírlo o…

Me interrumpió con un beso. Lo que sentía se transmitió alto y claro cuando su lengua pidió suavemente entrar en mi boca y me besó como si fuera su cosa favorita en el mundo. Sus manos permanecieron aferradas a mí, sin recorrer mi cuerpo, solo sujetándome como si yo fuera algo precioso para él. Me besó durante lo que pareció una eternidad, su deseo se manifestaba, pero más que eso sentí su amor. Sentí lo mucho que le importaba, lo mucho que quería que supiera que decía esas palabras porque le estaban estallando por dentro, no porque pensara que yo necesitaba oírlas.

Cuando Connor por fin me soltó para que pudiera respirar, me mantuvo cerca, sin hablar, solo abrazándome. Mi oreja estaba pegada a su pecho, donde oía su corazón latir con fuerza. Lo abracé con fuerza, necesitando su fortaleza para lo que tenía que decir. —Yo también te quiero.

Sentí su cuerpo tensarse a mi alrededor, sus músculos ponerse rígidos. Inspiró hondo y exhaló lentamente. —No te lo he dicho para que tú me lo dijeras a mí. Solo tenía que decírtelo. Lo he sabido desde que me di cuenta de que no usé condón. La idea de tener un bebé contigo me emocionó más de lo que me asustó, y supe que te quería. Pero Riley, no lo digas porque lo haya dicho yo.

—Lo digo en serio, Connor. Creo que, de alguna manera, te he querido siempre. Te adoraba en el instituto, pero el hombre que eres ahora es mucho más de lo que jamás imaginé que serías. Te quiero.

—Gracias, cariño. Gracias por esperar a que dejara de ser un capullo y me diera cuenta de lo que tenía delante de mis narices todo ese tiempo.

Me reí y negué con la cabeza. —Gracias a ti por fijarte en mí por fin.

Desayunamos y nos fuimos juntos, Connor a su casa y yo al trabajo. Connor me preguntó si podía pasarse esa tarde después de trabajar, no quería pasar la noche lejos de mí. Nunca había deseado tanto que se me fuera la regla.

~

Ahora que Connor y yo estábamos enamorados, supuse que era hora de que conociera a mi loca familia. Admitió que llevaba semanas queriendo preguntar si podía venir a una de nuestras cenas de los domingos, pero no creía que se lo permitiera. Hasta que dijo que estaba enamorado de mí no estaba seguro de lo que yo sentía. Ahora que ambos usábamos esas dos palabritas, nuestra relación mejoró al instante.

Entramos por la puerta cogidos de la mano. Connor colgó mi abrigo por mí y luego me siguió a la cocina. —Mamá, Jamie, Sophie… Este es Connor Lee. Connor, mi madre, Renee, y mis hermanas, Jamie y Sophie. Jamie es dos años menor que yo, así que estaba en primero cuando tú estabas en el último curso, pero Sophie es cuatro años menor, así que no coincidisteis en el instituto.

Le había avisado a mi madre de que traía a Connor, pero no se me había ocurrido llamar a mis hermanas. A juzgar por sus caras de asombro, debería haberlo hecho.

Por suerte, mi madre dio un paso al frente. —Encantada de conocerte, Connor. Gracias por venir esta noche.

—Gracias a usted por la invitación —dijo Connor mientras estrechaba la mano de mi madre. Su casa es preciosa. He pasado por delante muchas veces, pero nunca había entrado, por supuesto. Apuesto a que fue maravilloso crecer aquí. —Connor se dirigió a mis hermanas con su última frase. Sabía que estaba pensando en su propia infancia, no tan buena, y quise consolarlo, pero no podía hacer nada con mi familia observándonos como si fuéramos una exhibición en el zoo.

—Sí —dijo Jamie por fin—. —Fue genial. En realidad, nunca nos hemos conocido, pero te vi jugar cuando estaba en el instituto. Mi marido se va a volver loco cuando te vea aquí. Voy a disculparme de antemano por cómo va a reaccionar.

Connor se rio como si estuviera acostumbrado a que le dijeran eso. Sabía que era bastante conocido por su programa de radio y por el par de años que estuvo en la NFL, pero después de nuestra primera cita casi se me había olvidado que era una pequeña celebridad. —Seguro que no habrá ningún problema —le aseguró a Jamie, pero yo estaba segura de que ella tenía razón.

—Vamos —dije, tirando de él hacia el salón. —Te voy a presentar a mi padre y a Chase. Jamie y Chase tienen dos hijos y un tercero en camino. Skyla y Grayson están aquí viendo la tele.

Connor les sonrió a mi madre y a mis hermanas y luego me siguió al salón. Cuando entramos, mi padre se levantó de su sillón y me lanzó una mirada de curiosidad. Por lo visto, mamá tampoco lo había puesto al día. —Papá, este es Connor Lee. Connor, mi padre, Henry.

—Claro —dijo papá mientras le estrechaba la mano a Connor. —Te vi jugar en el instituto y seguí un poco tu carrera en la universidad y en los profesionales. Siento lo de tu rodilla. ¿Cómo lo llevas ahora?

No tenía ni idea de qué estaba hablando mi padre, pero Connor pareció un poco sorprendido de que le preguntara por algo que probablemente era bastante personal. —Me va bien. Gracias.

Chase estaba a un lado, con cara de haber visto a una estrella. —Chase —dije, apartando su atención de Connor y mi padre. —Este es Connor. Connor, mi cuñado, Chase Warren. Y los dos que están absortos en la tele son Skyla y Grayson.

Connor se acercó a Chase y le ofreció la mano. Chase miró a Connor y luego su mano. Finalmente, extendió el brazo y le estrechó la mano a Connor con una sonrisa de oreja a oreja. —Guau. ¿Qué demonios haces aquí?

Connor se rio y me guiñó un ojo. —Riley y yo llevamos saliendo como un mes. Supuse que ya era hora de conocer a su familia.

Los dejé para que Chase pudiera babear por Connor y yo pudiera ayudar a mamá en la cocina. En cuanto volví a poner un pie allí, Jamie me abordó. —¿Por qué no me dijiste que ibas a traer a Connor Lee?

Me encogí de hombros. —No se me ocurrió.

—¿Estás saliendo con él?

—Ajá. Poco más de un mes.

—¿Cómo ha pasado?

—Simplemente, pasó.

—Pues a mí me parece que está de ensueño —intervino Sophie. Fingió desmayarse, haciendo que Jamie y yo nos riéramos.

Jamie se abanicó y bromeó: —Se me están revolucionando las hormonas del embarazo.

—Venga ya, claro —bromeó Sophie.

—Está incluso más bueno que en el instituto —gimió Jamie. Ella sabía lo colgada que estuve de él en el instituto. —No me puedo creer que lo hayas pescado.

—Ya, ¿verdad? La mayor parte del tiempo todavía me pregunto qué ve en mí.

—Oh, no pienses eso, Riles. Eres guapa. Y lista. Y buena. Eres un partidazo —replicó Sophie.

—Gracias, hermanita. Tú también lo crees.

—Todas lo somos —insistió Jamie, enlazando sus brazos

con los míos y los de Sophie. —A mí ya me han pescado, pero cualquier hombre que os encuentre a cualquiera de vosotras dos será un cabrón con suerte.

—Totalmente de acuerdo —dijo Connor justo detrás de mí. —No sé cómo he tenido tanta suerte, pero te digo que no pienso darla por sentada.

Connor se interpuso entre Sophie y yo y me besó la mejilla. Le sonreí y él se inclinó para darme un beso. Fue apropiado para nuestro público, pero no aplacó el deseo que sentía por él. Se apartó, pero apoyó la mano en la parte baja de mi espalda, en un gesto posesivo y asegurándose de que todo el mundo en la habitación lo supiera.

—¿Puedo ayudarla en algo, señora Williams?

—¡Oh, no, Connor. Eres nuestro invitado. No voy a ponerte a trabajar.

Connor me guiñó un ojo y cruzó la cocina hacia mi madre. —No me importa. De hecho, me gusta cocinar. Le cociné a Riley hace unas semanas. Le gustó mucho lo que preparé para ella.

Me sonrojé, agradecida de que mi madre no me estuviera mirando. Connor tenía razón, había disfrutado mucho de lo que había preparado para mí, pero no era comida. Desde la noche en que intenté romper con él, otra vez, y se olvidó del preservativo, nos habíamos dado cuenta de lo sexi que podía ser cocinar el uno para el otro. Bueno, en realidad, lo excitante que era que él cocinara para mí.

Jamie se dio cuenta de mis mejillas sonrojadas y me levantó las cejas. Sophie nos vio y se rio, comprendiendo exactamente lo que había pasado entre Connor y yo la primera vez que cocinó para mí. Negué con la cabeza para que no dijeran nada delante de mamá y ambas se limitaron a sonreír.

Mamá dejó que Connor llevara los platos al comedor

cuando terminó y todos los seguimos, con mamá charlando con Connor como si fueran viejos amigos. Añadimos una silla y Chase se sentó junto a Jamie para poder ayudar a los niños con la cena. Connor se sentó entre mi padre y yo. Hablaron de deportes y me enteré de que Connor se destrozó la rodilla en su segundo año en la NFL. Sabía que solo había estado allí dos años, pero nunca se me había ocurrido preguntarle por qué.

Chase intervenía cuando podía y hacía preguntas sobre la vida de Connor. Parecía fascinado por tener a su héroe de la infancia sentado frente a él en la mesa.

—Deberíamos quedar para ver un partido alguna vez —ofreció Connor. Sabía que la temporada de fútbol americano había terminado oficialmente, y si Connor hablaba de quedar para ver un partido, eso significaba que tenía la intención de seguir por aquí en otoño.

¿O solo estaba siendo amable?

Aparté esos pensamientos y decidí simplemente disfrutar de lo que fuera que tuviéramos Connor y yo y no agobiarme con todo el asunto.

Parecía que Chase iba a mearse encima de la emoción, pero se aclaró la garganta y consiguió recuperar un poco la calma. Aun así, le salió un gallo cuando dijo: —Sí, sería genial.

Le pregunté a Jamie cómo se encontraba y cómo iba su embarazo. —Genial. Me hicieron una ecografía esta semana y todo va bien. Estoy más cansada que con Skyla o Grayson, pero el médico dijo que eso mejorará con el tiempo. Estoy de nueve semanas.

—¿Habéis empezado a pensar ya en nombres?

Connor bajó la mano y me apretó el muslo. Supe que estaba pensando en el susto que nos habíamos llevado y en el hecho de que acabábamos de descubrir que no íbamos a ser padres. La noticia me alivió porque no estaba preparada para tener hijos, pero esperaba que algún día pudiera estar tan feliz como Jamie y Chase por tener un bebé.

—Queremos esperar a saber si es niño o niña. Lo sabremos en un par de meses y entonces podremos hablar de nombres.

—Tiene sentido. Creo que yo querría esperar para saber si tendría un niño o una niña. Sería una sorpresa divertida.

—Yo tendría que saberlo de antemano —replicó Connor. —No podría quedarme esperando si pudiera saberlo.

—Oh, yo creo que sería divertido. Todo el mundo sabe lo que va a tener. Me encantaría pintar un dormitorio de un bonito gris neutro o verde o algo así y tener una habitación preparada para un niño o una niña.

Connor negó con la cabeza mientras yo hablaba. —No. Lo vamos a saber. Sin duda.

Dejé de sonreír al darme cuenta de lo que había dicho. Nosotros. Cuando tengamos hijos. Como si estuviera planeando con tanta antelación.

—¿Estás embarazada? —preguntó Jamie en voz baja.

—¿Qué? No. No, no estoy embarazada. En absoluto.

—Eso es negarlo mucho. ¿Estás segura? —preguntó Sophie.

—Sí, chicas, estoy segura. No estoy embarazada. Connor solo está hablando en hipotéticos. No hay ningún bebé ahí dentro.

Todos me miraron con escepticismo antes de continuar con la cena. Connor se inclinó y susurró: —Lo siento. No pretendía ponerte en un compromiso así. Pero iba en serio con lo que he dicho. Nosotros, Riley. Algún día nosotros tendremos hijos.

24

CONNOR PASÓ ESA NOCHE CONMIGO, algo a lo que me estaba acostumbrando a toda prisa. Se fue temprano a trabajar el lunes por la mañana, pero me trajo el desayuno. El martes me preguntó si podía acompañarme a mi noche de chicas. Aunque la mayoría de las demás habían traído a un novio para presentarlo al grupo en algún momento, me puse nerviosa al pensar en presentar a Connor. Él había pasado la noche en casa y se había levantado exageradamente temprano para ir a trabajar, pero se tomó el día siguiente libre para poder venir conmigo, si a mí me parecía bien.

No podía negárselo de ninguna manera. Ya nos habíamos dicho «te quiero», no había razón para mantenerlo alejado de mis amigas. Accedió a venir conmigo a la fiesta de jubilación de Pam y George, y conocer a todo el mundo de antemano parecía una buena idea.

De camino a ¡Muérdeme!, le volví a hablar de todo el mundo. Para cuando llegamos, estaba bastante segura de que le iba a explotar la cabeza. A los únicos que conocía eran a Mandy y Xander, a Charlie, a Carrie, y a Sam y Brady, por supuesto. Saber que conocía a Charlie tan bien como él la conocía ayudaba, pero estaba nerviosa.

Vi a Addi y Joey, a Lexi y Mike, y a Claire y Aidan a través de la cristalera. Parecía que todo el mundo se había enterado de que venía Connor y querían interrogarlo, o sea, conocerlo. Eso esperaba.

Connor me cogió de la mano en cuanto salimos del coche y no me la soltó mientras cruzábamos el aparcamiento. Estaba para comérselo con su abrigo azul marino y sus vaqueros oscuros. Tenía el pelo todavía húmedo de la ducha que se había dado en mi casa justo antes de irnos. Me morí de ganas de meterme con él, pero no me gustaba usar tampones en la ducha y no necesitaba que él presenciara la alternativa.

Oí nuestros nombres y me giré para ver a Sam y Brady que venían hacia nosotros. Sam llevaba un abrigo rojo, unos vaqueros ajustados que hacían que sus piernas parecieran más largas de lo que su metro setenta y tres ya aparentaba, unas botas negras que le llegaban a las rodillas y una bufanda negra y roja. Su pelo castaño le rebotaba en la espalda y sus ojos marrones brillaron antes de guiñarme un ojo. Brady le sujetaba la mano con fuerza, con la cabeza rapada cubierta por una gorra del gimnasio de Dave. Era un par de centímetros más bajo que Connor, pero igual de ancho, con hombros amplios, brazos como troncos de árbol y piernas tan grandes como un niño pequeño de cuerpo entero.

Connor y yo esperamos a que nos alcanzaran en la acera, y mis nervios se calmaron, ya que Connor ya conocía a Brady y a Sam a través de él. Los hombres intercambiaron un apretón de manos, ocupando casi toda la acera entre los dos, y Connor abrazó a Sam mientras Brady me abrazaba a mí. —No te pongas nerviosa —me susurró al oído. —Connor es genial.

Le sonreí a Brady en agradecimiento, sabiendo que él

había sido el último en estar en la posición del chico nuevo. Había resultado ser un tío estupendo, aunque al principio era callado y daba un poco de miedo.

Connor nos sujetó la puerta a todos y Sam y Brady entraron delante de nosotros; el dulce aroma a azúcar salió flotando a nuestro encuentro. Charlie nos saludó a todos calurosamente, bromeando con Connor por estar allí dos veces en un día. —Sí, necesito que Brady me dé algunos consejos extra para no engordar después de todas tus magdalenas y pastelitos. Eres una mujer peligrosa.

Todos se rieron. Connor no tenía ni un gramo de grasa, creedme, lo había comprobado. Si las magdalenas que parecían irse directas a mis caderas le estaban afectando, yo no lo veía.

Una vez que tuvimos nuestros dulces, seguimos a Sam y a Brady hasta la mesa. Connor se sentó al lado de Brady y yo en un asiento libre al otro lado. Se lo presenté a todos los demás y di la vuelta a la mesa justo cuando Carrie se dejó caer en el asiento a mi lado con un resoplido. Era mi mejor amiga, pero siempre me preocupaba por los hombres cuando estaba cerca de ella. Carrie era despampanante, con unos preciosos ojos felinos, un pelo castaño y vaporoso y una figura proporcionada por la que yo mataría. Por no mencionar que tenía unas piernas de infarto.

—¿Mal día? —le pregunté.

—Uf. Beth la Zorra ha estado hoy en pie de guerra. Te juro que sabe que quiero salir de allí los martes y me complica las cosas.

—¿Beth la Zorra? —preguntó Connor, claramente divertido.

—Mi jefa —explicó Carrie —Hace que Miranda Priestly parezca un corderito. Oye, hablando de jefes, ¿cuándo es la fiesta de READ?

—Dentro de dos semanas, el sábado. Vendréis todos, ¿verdad?

—¿Venir adónde? —preguntó Mandy mientras ella y Xander se sentaban junto a Claire y Carrie.

—A la fiesta de jubilación de mis jefes. Charlie prepara los pastelitos.

—Por eso iré —bromeó Joey. —Aunque estoy bastante seguro de que Addi tiene una lista de la compra.

A Addi le encantaban los libros casi tanto como a mí. Como profesora de instituto, estaba encantada de aprender todo lo que pudiera, y frecuentaba READ con regularidad. Ayudaba que ofreciéramos un descuento para profesores realmente bueno.

—Nosotros también vamos —dijo Lexi. —¿Cuándo firmas los papeles del préstamo?

—El lunes anterior. Siempre y cuando no cambie nada. Tengo que contratar a una o dos personas nuevas. Hay tantas cosas que tengo que aprender.

—Lo conseguirás.

Asentí. —Sí, con el tiempo. Aunque echaré de menos pasar tiempo con mis clientes.

—No te gusta pasar tiempo con los clientes —dijo Carrie con una sonrisita.

Puse los ojos en blanco. —Eso no es del todo cierto. Me encantan mis clientes, pero estoy deseando hacer más cosas. Disfruto con el trabajo de puertas para adentro. Me gusta trabajar con autores locales para promocionar su trabajo y encontrar nuevas formas de atraer a la gente a la tienda.

—Lo entiendo, Riles. A veces siento lo mismo. Solo quiero hornear, no siempre ocuparme de todo lo demás. Para mí, sin embargo, mi trabajo lo era todo hasta que os conocí. Incluso ahora, la mayoría de vosotras tenéis a alguien con quien volver a casa, así que ¡Muérdeme! es mi bebé. Me encanta, pero es más difícil sin alguien con quien compartirlo —nos dijo Charlie.

—Te entiendo perfectamente, Charlie. Mi carrera ha sido lo único en mi vida con lo que he podido contar. Haría cualquier cosa para asegurarme de que mi carrera fuera exitosa por eso. Nunca he hecho nada ilegal, pero no siempre he hecho lo correcto para todos, sino para mí. Sin nadie en mi vida, ha estado llena de vacío —nos dijo Connor.

Todos lo miraron fijamente, tan sorprendidos como yo. Estaba bastante segura de que se refería a antes de que yo apareciera, pero quizá no. Si su carrera lo era todo para Connor, ¿qué pasaría si tuviera que elegir entre su trabajo y yo? ¿Me elegiría a mí?

—Pero ahora tienes a Riley, así que es mejor, ¿no? —preguntó Xander directamente.

Connor me miró y me acercó, besándome la coronilla. —Todo es mejor con Riley.

Sintiéndome mejor, me incliné para besarlo. Cuando volví a acomodarme en mi asiento, me fijé en la expresión de la cara de Carrie. Tenía los labios apretados y parecía cabreada. Sabía que estaba pensando exactamente lo mismo que yo, solo que ella no le creía. Confiaba en Carrie, pero también confiaba en Connor.

Lexi, que pareció sentir la tensión en el aire, preguntó: —Connor, ¿de qué va tu programa de radio?

Connor le sonrió, adoptando su faceta profesional. Tenía la misma mirada que en nuestra primera cita, la del hábil tipo de marketing, el que podía convencer a cualquiera de cualquier cosa.

El tipo que no me gustaba de verdad.

—Es un programa de radio regional para hombres. Hablo sobre todo de deportes, pero un día a la semana hablamos de mujeres y los viernes hablamos de lo que mis oyentes quieran hablar. Es una gran oportunidad para mí de seguir involucrado en el mundo del deporte sin jugar.

Bebí un sorbo de mi café y me recosté mientras Connor hablaba. Carrie seguía observándolo de cerca, con una arruga entre las cejas mientras lo estudiaba. Sabía cómo sonaba Connor y podía decir que Carrie estaba pensando lo mismo que yo la primera noche que salí con él. Pero durante el último mes había llegado a conocer a Connor. Me di cuenta de que montaba un espectáculo para el trabajo, pero ese no era él de verdad. Era amable, dulce, cariñoso y maravilloso. No un baboso como el tipo que parecía ser cuando hablaba del trabajo.

—¿Jugabas en la universidad? Riles mencionó que eras una estrella en el instituto —preguntó Xander, haciéndome encoger. No estaba segura de querer que Connor supiera cuánto les había contado sobre él, sobre todo antes de que estuviéramos juntos.

—Sí, jugaba al fútbol americano, de tight end. Me encantaba. También jugué dos años como profesional. Cuando eso terminó, me mudé aquí. Me gusta Winterville y mi abuela vive aquí, así que puedo verla de vez en cuando.

—Pero no fuisteis al instituto aquí, ¿verdad? —preguntó Claire, con sus ojos verde esmeralda saltando de uno a otro.

Negamos con la cabeza. —No —dijo Connor. —Crecimos más cerca de la ciudad, en Hamburg. Fue solo el destino que ambos acabáramos aquí.

Me atrajo contra su hombro y me besó la coronilla. Dios, todavía lo adoraba. El hecho de que fuera mío y estuviera sentado en una mesa con mis amigos hablando de cosas aburridas como trabajos y la universidad me asombraba. Nunca pensé que Connor Lee sería tan normal, o que yo podría gustarle.

—Entrevistaste a Brady para tu programa hace un

tiempo, ¿no? —preguntó Addi, devolviendo la conversación al trabajo de Connor. —¿Así es como os conocisteis?

Sam y Addi tuvieron algunas tensiones en la época en que Sam y Brady empezaron a salir. Habían vivido juntas durante años, pero Addi se mudó con Joey cuando se juntaron y a Sam no le hizo mucha gracia. Desde que Brady está en su vida, han arreglado su relación y parece que todos se llevan bien.

—Sí —dijo Connor con una sonrisa para su amigo. —No paraba de oír cosas increíbles de los lugareños sobre el gimnasio de Dave y su política de aceptación. Tenía que averiguar más sobre ello.

—¿Qué política de aceptación? —pregunté, sin saber por qué Brady y Connor se habían puesto en contacto para empezar.

—Me niego a que nadie en mi gimnasio sea intimidado —declaró Brady con fuerza. Su cabeza rapada y su ancha complexión ya eran intimidantes, pero cuando sus ojos color avellana ardían de pasión, era realmente aterrador. —La gente viene al gimnasio de Dave a hacer ejercicio y a estar sana, no a sentirse mal consigo misma. Hemos tenido algunos gilipollas que pensaban que eran mejores que otros porque solo mantenían un físico, no lo mejoraban. He echado a un puñado de personas por la forma en que hablaban a los demás.

Me di cuenta de que rodeaba a Sam con un brazo protector mientras hablaba. Ella se apoyó en él y agachó la cabeza, un gesto impropio de Sam. La mujer, normalmente audaz y franca, se quedó de repente en silencio. Su comportamiento me hizo pensar que ella era una de las personas de las que Brady hablaba, una de las que habían sido acosadas por su peso. Después de que su ex la dejara por ser demasiado gorda —el gilipollas lo dijo así de claro—, se apuntó al gimnasio de Dave para vengarse de él. Había perdido peso, pero su motivación ya no era hacer que su ex se sintiera como un imbécil. Ahora era pasar tiempo con Brady y estar más sana, algo por lo que la admiraba muchísimo.

—Tenía que llevarlo allí cuando me enteré de que estaba echando a gente. Por supuesto, los que echó no estaban contentos, pero en el mundo del deporte hay mucho acoso que se disfraza de motivación. Fue genial destacar a alguien que estaba deteniendo el acoso sin pensar en lo que significaría para su negocio. El programa se puso bastante tenso.

Brady y Connor se rieron. —Un gilipollas llamó y me dijo que creía que era un idiota. Le dije que no me importaba lo que pensara y se puso beligerante. Connor lo puso en espera y durante la siguiente pausa publicitaria le dimos caña al tío. Cuando terminamos de hablar con él, colgó con el rabo entre las piernas. A nadie le gusta que lo insulten, pero la mayoría de la gente está dispuesta a dejarlo pasar. Yo no, y lo dejo claro. Si eso no te gusta, hay muchos otros gimnasios en la ciudad.

—Parecéis bastante duros. ¿No sería eso acoso? — preguntó Addi, la profesora de instituto que probablemente había visto más acoso que el resto de nosotros juntos.

—Supongo que en cierto modo lo fue, pero no conocíamos al tipo. No lo estábamos atacando porque no teníamos forma de saber quién era o cuáles eran sus puntos sensibles. Un acosador suele meterse con lo que más te molesta. Simplemente le recordamos cuáles eran los buenos modales y le pedimos que no volviera a llamar si no iba a exhibirlos. No tolero las malas actitudes en mi programa, ni el acoso. Hablamos de deportes y mucha gente tiene opiniones diferentes. Acepto una discusión amistosa, pero no si se va a convertir en un ataque contra una persona en particular. Los atletas de los que hablamos son personas, ni mejores ni peores que nosotros solo porque sean profesionales. Transmitir que son unos pedazos de mierda inútiles no ayuda a nadie. Tengo que proteger mi carrera, a expensas de todo lo demás. Si un oyente va a dañar mi carrera con su malicia, le cuelgo, o lo pongo en espera y le canto las cuarenta.

—¿Así que acosar a unos pocos en favor de la mayoría? —preguntó Carrie, con los ojos fijos en Connor.

Se encogió de hombros. —Algo así.

—Mmm —dijo, volviéndose para sorber su café. Conocía ese sonido. A Carrie no le entusiasmaba Connor. No confiaba en él y no le gustaba. Iba a ser un camino largo y difícil para que mi mejor amiga y mi novio se llevaran bien. Y no estaba segura de tener fuerzas para ello.

Cuando nos íbamos de ¡Muérdeme! más tarde, Connor me detuvo antes de que llegáramos al coche. —Tengo que ir a una entrevista. Me voy mañana.

—¿Una entrevista? No sabía que estabas buscando un nuevo trabajo. —Estaba descolocada, e intentaba no pensar en lo que todo aquello significaría. Si Connor conseguía un nuevo trabajo, ¿dónde sería y qué significaría para nosotros?

—No lo estaba buscando, pero al estar en la radio siempre estás expuesto a que alguien te fiche. Mi programa es una emisión local y mi productor ha estado intentando expandirlo a sindicación nacional. La entrevista es para hacer precisamente eso.

—¿Adónde tienes que ir? ¿Dónde es la entrevista?

Soltó un suspiro y desvió la mirada. —A Chicago.

Contuve el aliento e intenté mantener la calma. Chicago no estaba tan lejos como California, pero no era Winterville. Estaba tan ilusionada con las posibilidades de READ y, si Connor conseguía un nuevo trabajo, tendría que elegir entre READ y Connor.

—¿El trabajo es en Chicago? ¿Tendrías que vivir allí?

Asintió. —Sí.

—Ah —fue todo lo que pude decir.

Nos subimos al coche y volvimos a mi casa. Hicimos el amor e intenté no pensar que podría ser la última vez, aunque estaba segura de que lo sería.

25

Connor llamó el viernes por la tarde y dijo que quería que fuéramos a cenar. Le pregunté por la entrevista, pero no quiso hablar de ello por teléfono. Me dijo que me lo contaría todo durante la cena.

Acordamos ir a cenar a Luciano's. Era un pequeño y coqueto restaurante italiano con comida deliciosa y un ambiente tranquilo. Era un buen sitio para mí porque no era tan grande ni ostentoso como para que me sintiera fuera de lugar, pero era un poco más elegante que Soup's On. Bastante más, la verdad, pero me encantaba Soup's On.

Cuando Connor vino a recogerme le pregunté por la entrevista, pero volvió a darme largas. —Te lo contaré cuando lleguemos a Luciano's. Cuéntame qué tal estos últimos días.

Suspiré y me lancé a una aburrida descripción de mis últimos tres días. Estábamos empezando a prepararnos para la fiesta, ya que faltaban dos semanas. Pam y George me habían estado delegando cada vez más tareas. Me había puesto en contacto con todos sus proveedores para hacer los pedidos y había empezado a establecer una relación con ellos. Sabía que las cosas iban a ir bien y Pam y George se estaban asegurando de que mi transición a propietaria de READ fuera fluida.

Cuando llegamos a Luciano's y nos sentamos en un reservado, Connor pidió una botella de vino. Cogió la carta, ignorándome por completo mientras examinaba las opciones. Resoplando, me concentré en mi carta y elegí manicotti al horno para cenar. Se me ocurrió que podía pedir una ensalada para acompañar y así sentir que tomaba algo un poco sano, aunque tampoco era algo que me preocupara en exceso.

Connor probó el vino que había pedido y asintió con aprobación al camarero, y después pidió la cena. Una vez que el camarero se fue, Connor alzó su copa hacia mí para brindar. —Por las posibilidades.

Choqué mi copa contra la suya y esperé a que se explicara. Como no lo hizo, le insistí: —¿Qué pasó en tu viaje? Me estás matando de la curiosidad.

Connor se rio y me cogió la mano. —Tienes que relajarte, cariño. Todo va bien. Genial, incluso. El viaje ha sido increíble. Dios, sus estudios… Ni siquiera puedo empezar a describírtelo todo, Riley. Es alucinante aquello.

Sonreí, pero me costó hacerlo. Me entusiasmaba que a Connor le hubiera encantado el viaje. Quería que le fuera bien. Estaba orgullosa de él y me alegraba por él.

Pero era una mierda que estuviera tan emocionado y que todo aquello solo significara el fin de nuestra relación.

—Eso es genial, Connor. Me alegro de que fuera un buen viaje. ¿Te han ofrecido un trabajo?

Connor asintió. —Sí, Riley. Es increíble ese sitio. Tengo muchísimas ganas de empezar a trabajar. Por fin voy a tener un reconocimiento de verdad por quién soy, por todo lo que he hecho. Mi padre no volverá a salirse con la suya. Cuando se entere de que voy a presentar mi propio programa nacional, se va a cabrear muchísimo. Ojalá pudiera estar allí para decírselo yo mismo.

No sabía cómo de mal estaban las cosas entre Connor y su padre, pero la animosidad con la que hablaba de él era palpable. Odiaba que Connor estuviera tan enfadado con su padre como para querer hacerle sentir mal.

—A lo mejor tu padre se siente orgulloso de ti, Connor.

Dejó de reír y se quedó paralizado con la copa de vino suspendida en el aire. Supe que había dicho algo inoportuno. Su sonrisa se desvaneció y la desconfianza sustituyó a la expresión feliz. —No tienes ni idea de lo que hablas, Riley. No intentes arreglar esa relación. Es insalvable.

—Lo siento, Connor. No pretendía nada. Solo es que odio que tú y tu padre no os habléis.

Connor suspiró y negó con la cabeza. Alargó el brazo por encima de la mesa y me estrechó la mano con la suya. —Perdona. No debería haberte contestado así. Es que pensar en mi padre me cabrea. No tengo una familia y unos amigos geniales como tú. Tengo mi carrera. Conseguir una oportunidad así es algo que mi padre me dijo que nunca tendría. Le encantaba decirme que nunca llegaría a nada porque hacía deporte. —Los deportes no son un futuro, Connor —solía decir. Me he construido una vida estupenda gracias al deporte, no gracias a mi padre.

Le apreté la mano. —Te has construido una vida estupenda, Connor. Deberías estar muy orgulloso de lo que has conseguido. Es increíble. De verdad.

Bebí un sorbo de vino, para ganar tiempo. No estaba preparada para decir adiós, para que rompiera conmigo. Él se mudaba a Chicago. Yo no. Tendríamos una noche más juntos, una cena más, una vez más antes de que se mudara.

Me obligué a actuar con normalidad el resto de la cena. Hablamos de la oferta de trabajo y de lo emocionado que estaba Connor. Intenté imaginar mi vida sin él. Iba a ser diferente a lo que había vivido en las últimas seis semanas, pero lo superaría.

Cuando el camarero se acercó y nos ofreció postre, Connor pidió dos porciones de tarta de queso para nosotros. Sonreí al ver que recordaba que me encantaba ese postre dulce. Le echaría de menos. Pero no le retendría.

Corté un trozo de mi tarta y me quedé helada cuando Connor dijo: —Entonces, ¿quieres venir conmigo a buscar un sitio para vivir o prefieres que me encargue yo solo?

—¿Por qué querrías que fuera, Connor?

Se encogió de hombros. —Pues pensé que querrías ayudarme a elegir un sitio para nosotros. Si prefieres que yo encuentre nuestro nuevo hogar, por mí bien. Solo quería asegurarme de que te pareciera bien.

Estaba bromeando, ¿verdad?

—¿Has dicho «para nosotros»?

Connor ladeó la cabeza. —Sí, claro que para nosotros. Supongo que si quisieras tu propio piso podríamos arreglarlo, pero si te mudas a Chicago conmigo, di por sentado que viviríamos juntos.

—Espera. Mudanza. Chicago. ¿Qué?

Connor se rio y se recostó en el asiento. —Lo siento, nena. No me di cuenta de que necesitabas que te lo pidiera. Di por hecho que sabías que querría que vinieras conmigo. ¿Por qué no iba a quererlo?

Era una broma. Una broma de mal gusto. Connor no podía creer de verdad que yo fuera a dejar atrás todo lo que conocía, a mi familia y amigos, mi nuevo negocio. Sí, le quería, pero si le seguía a todas partes y renunciaba a todo lo que me hacía ser yo, ¿merecería la pena?

—Connor, no puedo mudarme a Chicago.

—¿Por qué no?

—Es que… no puedo. Tengo una vida aquí. Mi familia

está aquí y mis amigos. Voy a comprar READ en un par de semanas. ¿Cómo voy a coger y dejarlo todo atrás?

A Connor le tembló la mandíbula. Se reclinó en el asiento y bebió un sorbo de vino. Podía ver cómo su cerebro trabajaba y esperé a ver qué decía. Sabía que no iba a ser nada bueno.

—Supongo que pensaba que para ti yo sería suficiente.

—Connor, no digas eso —protesté—. Eres más que suficiente.

—No, Riley, no lo soy. Quería serlo, pero no lo soy. Pensaba que me querías y esperaba que estuviéramos juntos. Supongo que me equivocaba.

Las lágrimas se me escaparon por el rabillo de los ojos. La rabia en su voz me rompió el corazón, pero no sabía cómo aliviar el dolor que ambos sentíamos. No podía decirle que él era suficiente, porque no lo era. Yo no era el tipo de persona que podía ser feliz simplemente sentada de brazos cruzados, dejando que el hombre de mi vida lo hiciera todo. Necesitaba un trabajo, necesitaba amigos, necesitaba a mi familia. Sí, también quería a Connor, pero había sobrevivido veintiocho años sin él en mi vida. Podría sobrevivir sin él.

Pero no quería.

—Connor, lo quiero todo. Te quiero a ti, pero no quiero dejar a mis hermanas, ni a mis padres, ni a mis amigos. Estoy a punto de comprar READ. Lo sabes. No quiero perderte, pero nunca hablamos de irnos de la zona. Ni siquiera sabía que tenías una entrevista hasta el día antes de que te fueras. Estoy orgullosa de ti. Deberías estar orgulloso de lo que has hecho, pero para mí es difícil pasar de «estamos saliendo» a «nos mudamos» en una hora.

Connor se limitó a quedarse sentado y mirarme fijamente. —No te preocupes, Riley. Nunca debería haberte cargado con esto. Deberíamos irnos.

Connor me llevó a casa, pero no hablamos. No estaba segura de cómo cerrar el abismo que se había abierto entre nosotros. Le quería. Eso lo sabía sin dudarlo. Pero no estaba preparada para renunciar a todo lo demás en mi vida. A renunciar a mi sueño.

Invité a Connor a entrar para hablar cuando llegamos a mi casa, pero dijo que tenía mucho que hacer antes de irse. Sabía que no volvería a verle nunca más y eso me mataba, pero no estaba preparada para renunciar a todo. Le quería, y sabía que eso significaba que no podía retenerle, como tampoco dejaría que él me retuviera a mí.

26

HE PASADO la mayor parte del fin de semana dándole vueltas a mi decisión. He querido llamar a Connor cien veces, pero no lo he hecho. Todavía no estaba preparada para decir que dejaría a mi familia y a mis amigos y renunciaría a mis sueños por él. Si me fuera, volvería a empezar de cero. Tener a Connor conmigo haría más fácil la adaptación a una nueva ciudad, pero me costaba imaginar no poder ver a mis padres, a mis hermanas y a mis amigos cada semana.

El martes por la noche, en la noche de chicas, no tenía ni idea de si había hecho lo correcto al dejarlo marchar. Me torturé escuchando su programa de radio el lunes y el martes por la mañana. No mencionó nada sobre irse, pero la verdad es que no esperaba que se desahogara en un programa que hablaba de deportes.

Entré en el aparcamiento del ¡Muérdeme! y me miré los ojos en el espejo. Como no soy de maquillarme mucho, era bastante obvio que había estado llorando. No quería dejarlo marchar, pero sabía que tenía que hacerlo. Por él. Y por mí. Pero eso no significaba que me gustara la idea.

Cuando entré en ¡Muérdeme!, su encanto habitual no me

afectó. El olor a azúcar me hizo pensar en todos los magdalenas y pastelitos que Connor me había traído durante las semanas que estuvimos juntos. No estaba segura de ser capaz de sentarme allí y fingir que todo estaba bien. No, eso no es cierto. Estaba segura... segura de que me derrumbaría delante de todo el mundo.

—¿No ha venido Connor esta semana? —preguntó Charlie cuando me detuve frente al mostrador. Me tembló el labio y se me llenaron los ojos de lágrimas. Intenté tomar aire, pero no pude conseguir que pasara del nudo que tenía en la garganta. Charlie rodeó el mostrador y me llevó a nuestra mesa de siempre, donde ya estaban todas sentadas. Incluso Mandy y Carrie.

—¿Qué ha pasado? —preguntó Carrie cuando Charlie me guio hasta la silla a su lado—. ¿Ha hecho algo Connor?

Negué con la cabeza, pero no pude articular palabra. Todas esperaron pacientemente mientras me reponía y recuperaba el aliento. Una vez que lo hice, me mordisqueé las uñas mientras les contaba todo lo que había pasado con Connor cuatro noches antes.

—Me preguntaba por qué no lo había visto. Lo siento mucho, Riles —dijo Charlie, dejando un plato de pastelitos delante de mí. Miré mis pastelitos favoritas y no estaba segura de poder ni tragarlas. Ya nada me apetecía. Sabía que nunca volvería a comer tarta de queso sin pensar en la que no llegué a comer mientras lo nuestro con Connor se desmoronaba.

—Es una putada —dijo Carrie.

La miré de cerca. —¿A ti no te caía bien. ¿Por qué no estás saltando de alegría?

Carrie me sonrió amablemente. —No me gustó que estuviera dispuesto a atacar a una persona, pero pensé en lo que dijisteis vosotras y en lo que pasó Sam cuando se apuntó al gimnasio de Dave. Si alguien es un matón, no se merece que lo acosen, pero es como cuando a los niños les salen los dientes y empiezan a morder a la gente. Normalmente, cuando les muerden a ellos, se dan cuenta de que duele y paran. Connor solo le devolvía el mordisco.

Resoplé, sabiendo que Carrie era la única persona que compararía su comportamiento con el de un niño pequeño.

—Sí, bueno, eso ya no lo sabré nunca. Joder, estaba planeando mi vida con él. Tuvimos un susto de embarazo hace unas semanas. Me dijo que me quería cuando se enteró de que no estaba embarazada.

—¿Cuando se enteró de que no lo estabas? —preguntó Claire.

Asentí. —Sí. Dijo que cuando pensó que podría estar embarazada se dio cuenta de que me quería, pero que no quiso decírmelo para que no pensara que solo lo decía por el posible embarazo. Habíamos estado hablando de niños. De verdad pensé que él era el definitivo, por muy tonto que fuera.

—No fue ninguna tontería. Hablar de niños es algo muy importante, incluso si surge por un posible embarazo. Mike y yo hemos hablado de niños, pero a ninguno de los dos nos interesa. Nos gusta no tener esa responsabilidad.

—Brady no quiere niños. Tengo trabajo que hacer con él.

—No somos muy buenos previniendo un embarazo, pero estamos abiertos a tener niños si me quedo embarazada. Claro que con Xander y Drew pensando en abrir XD Designs pronto, probablemente no sea una buena idea pensar en niños al mismo tiempo.

—Llevamos un tiempo intentándolo —confesó Addi en voz baja—. Joey y yo queremos tener hijos, así que lo estamos intentando desde que nos comprometimos.

—¿Cómo es que no lo sabía? —le preguntó Sam a su mejor amiga. Addi se encogió de hombros, pero me di cuenta de que había más de lo que Addi estaba contando delante de todas.

Escuchaba a mis amigas hablar a mi alrededor. Estar rodeada de ellas, aunque no me estuvieran consolando, me hacía feliz. Las necesitaba. No habría tenido eso si me hubiera mudado a Chicago. Había soñado con ser dueña de READ durante años, pero si era sincera conmigo misma, llevaba mucho más tiempo soñando con encontrar el amor. Quería READ, pero necesitaba a mis amigas. Si hubiera una manera de tener a Connor y a mi familia y amigas, renunciaría a READ. Lo sabía con absoluta certeza.

—¿Estoy loca por no irme con él? —solté de repente.

Siete cabezas se giraron hacia mí y todas empezaron a hablar a la vez.

—Sí que lo quieres.

—Pero ni siquiera te lo pidió.

—¿Cómo puedes renunciar a tu vida aquí?

—No me imagino no tenerte cerca.

Respiré hondo e intenté decirme a mí misma que había tomado la decisión correcta. —Son las mismas cosas que llevo diciéndome desde el viernes. Lo quiero, pero también os quiero a vosotras. Y quiero a mi familia. Y me encanta mi trabajo. ¿Cómo eliges lo que más quieres?

Siete caras confusas me devolvieron la mirada. —No creo que se pueda, Riles —dijo Mandy—. Especialmente en este punto de vuestra relación. Xander и yo llevamos seis meses casados y si él solicitara un trabajo en Chicago, hablaríamos antes incluso de que lo solicitara para ver si es algo que consideraríamos. Es difícil dar un paso atrás y aceptar que Connor vaya a una entrevista sin siquiera hablarlo contigo primero.

—Me dijo que tenía una entrevista.

—Pero ¿habló contigo sobre ello antes de programarla o fue más bien un «Oye, que me voy unos días»? Si es lo segundo, entonces realmente no te tuvo en cuenta antes de decidir ir a por el trabajo.

—Pero es más que eso —intervino Claire—. Los hombres pueden ser muy lerdos a veces. Aidan nos compró una casa y reservó un viaje carísimo sin decírmelo. Fue difícil aceptar que tomara decisiones por mí sin pedir mi opinión, pero lo hizo por nosotros. Lo que está haciendo Connor es un poco diferente, pero creo que no preguntar es solo el principio, ¿no?

Asentí, sabiendo que Claire tenía razón. —Lo es. Connor no acepta este trabajo porque realmente lo quiera. Parece que lo acepta para fastidiar a su padre. Dijo algo sobre que su padre le decía que nunca llegaría a nada y que los deportes no le servirían de nada. Creo que solo quiere restregarle a su padre por la cara que se equivocaba, y eso me cuesta.

—Brady pasó por lo mismo. Su padre le dijo que nunca llegaría a nada. Crecer creyendo que no valen nada les destroza la cabeza. Me sabe mal por Connor. Entiendo por qué Brady siguió en contacto con él y por qué te enamoraste de él. Estoy de acuerdo en que la forma en que hizo todo, simplemente asumiendo que te mudarías con él, no estuvo bien, pero sinceramente creo que solo se centró en hacerle daño a su padre y no se dio cuenta de que también te estaría haciendo daño a ti. Además, que dijera que él no era suficiente para ti va directamente ligado a todo lo que su padre probablemente le dijo siempre. Brady tenía muchos de los mismos problemas. Desafortunadamente, Riles, no hay una solución fácil.

—Eso es lo que me temía.

—Ya lo resolverás. Connor te quiere. Nunca ha tenido eso antes. No va a dejarlo escapar fácilmente. Puede que tarde un poco en sacar la cabeza del culo, pero al final lo hará.

Realmente esperaba que Sam tuviera razón, pero no estaba segura de que importara. Connor todavía quería mudarse a Chicago y yo no. Ninguna cantidad de amor podía cambiar eso.

~

CUANDO LLEGUÉ a casa esa noche me sentí como si hubiera ido al gimnasio de Dave en lugar de a ¡Muérdeme! Estaba agotada y lista para irme a la cama. Al final había conseguido comerme los pastelitos que Charlie me dio, pero era todo lo que había comido en el día. El azúcar me corría por las venas, dándome dolor de cabeza y haciéndome sentir un poco mareada.

Entré en el camino de entrada y el corazón me dio un vuelco al ver un coche negro allí. Al principio pensé que podría ser el de Connor, pero entonces vi la figura en mi porche y supe que mi noche no había ni mucho menos terminado.

—¿Qué haces ahí sentada en el frío, Jamie?

Oí el característico sollozo cuando se levantó y se me encogió el corazón. Jamie y Chase llevaban tanto tiempo juntos que nunca imaginé que algo pudiera separarlos, pero tampoco había tenido nunca a mi hermana sentada en mi porche en la oscuridad. Llorando.

—¿Podemos entrar para hablar? —preguntó ella entre lágrimas.

Asentí y abrí la puerta, encendiendo las luces mientras entrábamos en la casa. —¿Has traído pastelitos? —preguntó Jamie mientras nos sentábamos en el sofá. Negué con la cabeza y ella confesó—: Nunca le haría daño a mi hijo, pero ahora mismo me vendría bien una copa de vino. O seis. Esperaba que tuvieras pastelitos. Sería un sustituto razonable.

—¿Qué pasa? —pregunté, tratando de detener el divagar

que sabía que no nos llevaría a ninguna parte—. ¿Ha pasado algo con Chase?

Su labio tembloroso y sus ojos llorosos me dijeron que había dado en el clavo, pero no tenía ni idea de lo que había hecho. Estaba sopesando seriamente las posibilidades de descuartizar al padre de los hijos de mi hermana cuando soltó—: Ha perdido su trabajo.

—¿Su nuevo trabajo? ¿Ya dejó el antiguo? ¿O lo readmitirán?

Jamie negaba con la cabeza mientras yo hablaba, confundiéndome. No tenía ni idea de a qué se refería.

—No el nuevo trabajo. Su antiguo trabajo.

—Pero consiguió un trabajo nuevo. ¿Qué más da?

—Lo perdió hace un año —soltó.

Me zumbaron los oídos y se me encogió el corazón. —Joder —susurré.

—Sí, esa fue más o menos mi reacción también.

—¿Cómo te enteraste?

Jamie suspiró y supe que no iba a ser bueno. —Hoy nos ha llegado una carta. Del banco. Si no pagamos todas las cuotas atrasadas de la hipoteca, más los impuestos, más los intereses, más más más, entonces nos van a quitar la casa.

Mierda.

—¿Por qué hizo eso? ¿Por qué no te contó lo del trabajo y todo lo demás?

Jamie se encogió de hombros. —Dijo que perdió el trabajo unas semanas después de que yo tuviera a Grayson. Pensó que podría conseguir algo más de inmediato, así que no me lo dijo al principio. Le dieron una indemnización y un seguro para tres meses. Pensó que tendría algo en ese tiempo.

—Y cuando no lo consiguió, ¿por qué no habló contigo?

Jamie negó con la cabeza. —Yo estaba teniendo problemas con Grayson. No dormía bien y yo estaba levantada a todas horas. Yo no dormía y estaba de mal humor todo el tiempo. Chase dijo que estaba esperando un momento en que yo estuviera de buen humor, pero ese momento nunca llegó.

—¿Te está echando la culpa? —pregunté, lista para castrar al hombre.

Jamie puso los ojos en blanco. —Ya, increíble. Fue mi culpa que perdiera su trabajo y me mintiera durante un año.

—Entonces, ¿adónde fue durante un año?

Jamie suspiró profundamente. —Dijo que iba a la biblioteca todos los días y buscaba trabajo. Iba a entrevistas. Incluso consideró conseguir un trabajo en una cafetería o algo así, pero se decía a sí mismo que algo saldría.

—Pero nunca salió.

Jamie negó con la cabeza. —Se quedó sin dinero para pagar la hipoteca hace seis meses. Calculó cuánto eran las facturas para mantener la calefacción, el agua y todo eso, pero no tenía suficiente para pagar la hipoteca. Siempre usábamos una tarjeta de crédito para la compra y todo, pero solo estaba pagando el mínimo. No podía entender por qué seguía posponiendo hacer la declaración de la renta. Joder, he estado tan ciega.

—No te machaques, Jame. Él es el que te mintió. Puede que tuviera una buena razón para hacerlo, pero no fue tu culpa que lo hiciera.

Jamie asintió. —Lo sé. No paro de decírmelo a mí misma, pero es tan difícil. Simplemente dejé que él se encargara de todo. Quiero decir, nunca imaginé que algo así pudiera pasar, ¿sabes? ¿Cómo pudo mi marido no decirme que no tenía trabajo al que ir durante un año entero? Soy una idiota.

Jamie se levantó y se paseó por mi salón. Me preocupaba por mis hermanas, pero que Jamie estuviera embarazada siempre me preocupaba más que nada. La forma en que se paseaba y el tono de su voz me pusieron en alerta máxima. No quería que perdiera al bebé porque no estaba segura de que pudiera perdonar a Chase por eso. Tal como estaban las cosas, su relación iba a ser difícil durante un tiempo, pero Jamie lo quería. Siempre lo había querido y sabía que no se rendiría con él por algo así. Aunque doliera.

—¿Qué necesitas, Jamie? ¿Cómo puedo ayudar a mejorar esto? Sabes que haré cualquier cosa por ti y por Chase, y por Skyla y Grayson.

Jamie se mordió el labio y aminoró el paso. Estaba nerviosa. Podía verlo en la forma en que de repente no podía mantener las manos quietas. —No te lo pediría, Riley, lo sabes. Odio tener que pedírtelo, pero son los niños. Sacarlos de su entorno y mudarnos con mamá y papá o intentar conseguir un alquiler. Ni siquiera sé qué tendríamos que hacer-

—Jame, ¿qué necesitas? —pregunté, aunque ya sabía la respuesta.

Dinero.

27

Contuve el aliento. Jamie no acudiría a nuestros padres porque no la ayudarían. Además, papá estaba a punto de jubilarse. No podía pedirles dinero, porque entonces papá tendría que seguir trabajando.

Sophie también tenía dinero, pero era menor que nosotras dos. Aunque lo hubiera ahorrado todo, no era probable que tuviera tanta liquidez como yo.

El dinero que había ahorrado para comprar READ.

—¿Cuánto necesitas?

Jamie sacó una carta del bolso y me la entregó. Un rápido vistazo al membrete me mostró los datos del banco y, más abajo, leí la cantidad que se adeudaba en el plazo de una semana. O se tomarían medidas.

Era casi todo lo que había ahorrado para READ.

—¿Puedo quedármela? —le pregunté.

—Sí. Sé que es mucho pedir, Riles. Sabes que no te lo pediría si tuviéramos otra opción. Chase se pulió todos nuestros ahorros. No nos queda nada. Su nuevo trabajo empieza pronto y ganará más que antes. Te lo devolveremos. Con intereses.

Me obligué a sonreírle a mi hermana. Nada de aquello era culpa suya, pero sabía que no podía dejar que sus hijos perdieran la casa. Si solo fuera por Chase, lo dejaría sufrir encantada, pero mis sobrinos no merecían un trato así. Lo decía en serio cuando le dije a Jamie que haría cualquier cosa por ellos.

Asentí y volví a doblar la carta. —Hablaré con el banco mañana. Nos encargaremos de esto. Y dile a Chase que me debe una.

—Gracias, Riley. Muchísimas gracias. No te imaginas el peso que me quitas de encima. De verdad que pensaba que iba a tener que preguntarles a mamá y a papá si podíamos mudarnos con ellos. Ya sabes lo bien que habría salido eso.

Sonreí, pero no lo sentía de verdad. Nuestros padres habrían ayudado, pero no se lo habrían puesto fácil ni a Chase ni a Jamie. Recurrir a mí significaba que podían conservar su casa, salvar las apariencias con nuestros padres y reconstruir su crédito.

La única que saldría perdiendo era yo.

Cuando Jamie se fue, repasé todos los detalles del préstamo que se suponía que debía firmar en menos de una semana. Sabía que no podía hacer las dos cosas. Tenía que elegir. Mi hermana y su familia o mi sueño.

AL DÍA SIGUIENTE, en el banco, Marshall confirmó lo que yo había supuesto. No podía permitirme el préstamo y ayudar a Jamie. Si ayudaba a Jamie, no podría comprar READ. Si compraba READ, la familia de Jamie se quedaría en la calle en cuestión de semanas.

—¿Y mi casa? —pregunté en un intento desesperado por conseguirlo todo.

Marshall tecleó varias veces y negó con la cabeza. —Lo

siento, señorita Williams, pero no es una opción. Tiene usted capital en su casa, pero el banco no le va a dar un préstamo sobre el valor líquido de la vivienda para pagar el préstamo comercial, especialmente como pago inicial completo. Lo verán como que está recurriendo a demasiado crédito y que es una inversión de riesgo.

Suspiré profundamente, entendiendo lo que Marshall me estaba diciendo, pero sin que me gustara un pelo.

—Gracias por su ayuda. Por favor, transfiera todo el dinero de mi cuenta a la cuenta para este pago. Asegúrese de que se pague para que sepa que mi hermana y su familia están a salvo.

Marshall asintió e hizo lo que le pedí. Me leyó todas las condiciones estándar para que entendiera lo que estaba haciendo; luego, firmé la renuncia a mis sueños para poder salvar a mi hermana y a su familia.

Cuando salí del banco, no estaba segura de poder enfrentarme a Pam y a George. Sabían que había roto con Connor hacía unos días, pero intentaban animarme diciéndome que todavía me quedaba READ. En cambio, tenía que entrar en READ y decirles que también había perdido esa oportunidad. Hacerles saber que les había fallado.

Pam y George estaban casi listos para la jubilación, pero sabía que contaban con el dinero de la venta. Iban a comprar una autocaravana grande y a viajar. Ya habían vendido su casa y cerraban la venta la semana después de su fiesta de jubilación. Iba a tener que decirles que, al salvar a la familia de mi hermana, los había dejado en la calle.

Solo esperaba que lo entendieran.

Betty empezaba a calentarse cuando entré en el aparcamiento de READ. Me quedé sentada en el coche unos minutos, tratando de calmarme y detener las lágrimas que corrían por mis mejillas. Le envié un mensaje a Jamie para decirle que su hipoteca estaba pagada. Tenía una confirmación impresa de Marshall para dársela a Jamie y a Chase, pero no estaba lista para enfrentarme a ellos. Especialmente a Chase. Me había robado mis sueños y me iba a costar un tiempo asimilarlo.

Sabía que no tenía otra opción. Pero Chase sí la tuvo. Renuncié a mi sueño de ser dueña de READ por Jamie, Skyla, Grayson y el bebé.

Igual que renuncié a Connor por ellos.

Dios, cómo deseaba llamar a Connor. La ausencia del desayuno de ¡Muérdeme! cada mañana era un crudo recordatorio de lo que había perdido cuando decidí que necesitaba algo más en mi vida que Connor. Él no lo entendía, pero aun así odiaba no poder ser feliz solo con él. Por otra parte, ahora que READ ya no era una posibilidad, mudarme a Chicago era algo que estaba más dispuesta a considerar.

Sabía que estaba sensible y destrozada, pero superar la pérdida de mi sueño con Connor a mi lado parecía que sería mucho más fácil.

En cambio, estaba sola.

Siempre sola.

Aparté los pensamientos de soledad y entré en READ. Oí las voces de Pam y George que venían del pasillo trasero y fui directamente hacia allí. Dejé el bolso y el almuerzo en mi escritorio y entré en su despacho. Se habían acostumbrado a verme deambular deprimida por la tienda, así que ninguno de los dos reaccionó cuando me dejé caer en una silla y me llevé la cabeza a las manos.

—Todo saldrá bien, Riley. Sé que ahora es duro, pero encontrarás a otra persona, cariño —dijo Pam con voz tranquilizadora. Sabía que intentaba ayudar, pero era un recordatorio de cuántas cosas habían salido mal en mi vida en solo una semana. Pasé de tener todo lo que siempre había querido a perderlo todo en solo cinco días.

—No creo que sea así, Pam. Tengo que deciros algo.

—Ay, madre. Estás embarazada, ¿verdad? Oh, Riley, lo siento mucho. Ser madre soltera no es fácil, pero eres fuerte y tienes gente que te quiere.

Negué con la cabeza y casi me eché a reír. Ser madre soltera era mucho mejor que lo que tenía que decirles. Al menos si estuviera embarazada, tendría un bebé adorable al final de todo. En cambio, iba a quedarme sin nada.

—No estoy embarazada, Pam. Tampoco voy a comprar READ.

—¿Qué? —preguntó George en voz baja, inclinándose hacia delante en la silla de su escritorio. Pam se acercó, se sentó en la silla junto a la mía y me frotó la espalda mientras yo empezaba a llorar de nuevo.

—Mi hermana vino a verme anoche. Su marido no pagó las facturas. Necesitaba dinero. No pude decirle que no. Necesitaba pagar la hipoteca o iban a perder la casa. Sus hijos son pequeños y ella está embarazada. Su marido por fin ha conseguido un trabajo, pero no es suficiente. Necesitaban todo lo que yo tenía ahorrado. ¡Siento mucho haberos hecho esto!

Sollocé entre las manos, sin querer aceptar ningún consuelo de Pam. Sabía que había arruinado sus planes, que se lo había arruinado todo. Aún podrían jubilarse, pero quizá tendrían que posponerlo un poco más hasta que encontraran un nuevo comprador. Odiaba haber fastidiado tantas vidas, pero no tenía otra opción.

—Riley, cariño, no llores. No pasa nada. Estamos bien. George y yo estaremos bien. Queríamos que tuvieras READ porque te encanta. Esto tiene que estar haciéndote más daño a ti que a nosotros. ¿Cómo estás tú?

Negué con la cabeza. —No muy bien. Básicamente me he pasado los últimos cinco días llorando. Perder a Connor y ahora READ me ha pasado factura. Ya no sé qué voy a hacer.

—Vas a levantarte y a sacudirte el polvo. Luego vas a

ponerte las pilas. Esta no es la Riley que conocemos. Sé que ahora estás destrozada, cariño, pero eres una mujer inteligente. Ya lo solucionarás todo.

La afirmación de George hizo que dejara de llorar. Tenía razón. Yo no me sentaba a llorar por lo que había perdido. Me levantaba y seguía adelante. Perder READ no era algo que fuera a superar en mucho tiempo, pero al final lo haría.

Perder a Connor no era algo que creyera poder superar.

Y eso era lo que tenía que solucionar.

Pasé la semana siguiente haciendo planes y decidiendo qué quería hacer. No le conté a nadie lo que estaba pensando porque había tenido demasiadas voces en mi cabeza desde que Connor y yo rompimos. Necesitaba hacer lo que era correcto para mí, no lo que era correcto para todos los demás en mi vida.

Planeaba llegar pronto a READ para la fiesta. Estábamos abiertos durante el día, pero Pam y George cerraban temprano, sobre las tres, para poder prepararnos para la fiesta. Sintiendo la necesidad de arreglarme, me embutí en una faja Spanx y me puse una falda larga y negra con vuelo desde la cintura. Encima llevaba un jersey fucsia que brillaba bajo cierta luz. Mi pelo nunca cooperaba, pero hice lo que pude con un poco de rizo y una pinza para sujetar una parte.

Pasé a ayudar a Charlie a transportar los pastelitos de ¡Muérdeme! y cogí un mollete para merendar. Charlie, como todos los demás, me había preguntado qué pasaba durante toda la semana, pero no quería que nadie lo supiera. Se lo diría a todo el mundo en la fiesta.

Para las cuatro en punto, ya estábamos listos para recibir a nuestros invitados. No servimos cena, pero teníamos muchos aperitivos y un montón de pastelitos. Todo estaba repartido por la tienda con mesas adicionales para que los invitados se sentaran a comer o deambularan y socializaran. Pam y George invitaron a algunos amigos suyos y a toda su familia. Esperábamos unas doscientas personas entre los clientes, la familia y los amigos que vendrían. Iba a ser una fiesta de jubilación por todo lo alto.

—¿Cómo lo llevas, Riley? —preguntó Pam mientras se acercaba, con una copa de champán en la mano.

Forcé una sonrisa. —Bien. Debería ser una gran fiesta. Todo el mundo está muy ilusionado por ti y por George.

—Tenemos suerte de tenerte. Siento que las cosas no salieran como esperabas, pero tengo la sensación de que, al final, todo acabará bien. —Pam me rodeó el hombro con el brazo de forma maternal. Ella y mi madre se habían hecho amigas a lo largo de los años y Pam me cuidaba como mi propia madre.

—Sí —le aseguré—, todo saldrá bien. Lo sé.

Parecía confundida y abrió la boca para decir algo, pero George se acercó. —Cariño, la gente pregunta por ti. ¿Puedo llevármela, Riley?

—Por supuesto —le sonreí a George. Pam me miró de reojo mientras George la guiaba hacia un grupo de personas que estaban junto a la barra. Pam insistió en que hubiera bebidas, pero George insistió en que solo ofreciéramos champán, cerveza y refrescos, no una barra libre.

Me abrí paso entre la creciente multitud y me sentí aliviada al ver que mis padres y mis hermanas me saludaban. Me apresuré y los abracé a cada uno. Los había visto a todos en la cena del domingo, pero nadie sabía lo que había pasado en mi vida durante la última semana. Le había dado a Jamie los detalles del pago para que supiera que su casa estaba a salvo. No hablé mucho con Chase, pero agradecí que no intentara decirme gran cosa.

Lamentablemente, también me alegró ver que había decidido quedarse en casa con los niños para que Jamie pudiera estar en la fiesta.

—Estás preciosa, cariño —dijo mi madre con efusión mientras me abrazaba—. —Este sitio está increíble. Hacía demasiado tiempo que no veníamos.

—Me alegro de que hayáis podido venir. Pam y George están muy ilusionados.

—¿Y tú qué, calabacita? ¿Ya has conocido al nuevo propietario? —preguntó mi padre.

Negué con la cabeza. —No creo que se haya vendido todavía. Tenían un comprador, pero se echó atrás en el último minuto.

Mamá me miró y frunció el ceño. En silencio, deseé que no dijera nada y captó el mensaje. Se lo explicaría lo mejor que pudiera cuando tuviera la oportunidad, pero no quería arriesgarme a que Jamie se enterara de que me había pedido que renunciara a mis sueños para sacar a su familia del apuro. Todo iba a salir bien y Jamie nunca sabría que ella fue la catalizadora del cambio de mi vida.

—Bueno, te llevas bien con todo el mundo, así que seguro que el nuevo propietario estará encantado de tenerte. Casi me pregunté si ibas a comprar tú el local. Parece que te encanta este sitio.

Los ojos de Jamie se clavaron en los míos, pero evité mirarla a toda costa. —Me encanta este sitio, papá, pero supongo que no estoy hecha para ser empresaria.

—Puedes hacer cualquier cosa que te propongas, cariño —insistió papá—. Lo habrías hecho genial si esto fuera lo que querías. Solo espero que seas feliz.

—Lo soy, papá —insistí, aunque no lo sentía en ese momento. Pero volvería a ser feliz. Algún día ocurriría.

Mamá me llevó a un lado cuando papá se puso a hablar con Jamie y Sophie. —Pensaba que ibas a comprar READ. ¿Qué ha pasado?

No quería entrar en detalles con mi madre. No podía contarle lo de Jamie y Chase porque Jamie me mataría, pero tenía que decirle algo. —Al final no tenía suficiente para la entrada —admití. No mentía, ya que eso era exactamente lo que había pasado, pero tampoco le estaba contando toda la verdad.

—Oh, cariño, siento oír eso. Pensaba que era un trato cerrado.

Me encogí de hombros. —Sí, yo también lo pensaba, pero no pasa nada. Al final todo se arreglará.

—Sí, así será. Es curioso cómo las cosas siempre parecen arreglarse al final.

Sonreí, esperando que tuviera razón y que todo saliera como yo esperaba. Vi a Andy al otro lado de la sala intentando llamar mi atención y le dije a mi madre que volvería.

—¿Va todo bien? —le pregunté cuando llegué a su lado.

—Oh, sí. Mamá y papá querían dar las gracias a todos por venir y me han pedido que estés con ellos.

Me encogí de hombros. —Vale. ¿Están listos ya?— Vi a mis amigos, encabezados por Carrie, acercándose a mi familia. Me alegré de que por fin se conocieran todos y de que todo el mundo pareciera llevarse bien.

—Si tú lo estás, ellos lo están —dijo Andy, guiándome hacia donde Pam y George estaban rodeados de algunos de nuestros clientes más fieles. Cuando llegó hasta ellos, se separaron del grupo y George llamó la atención de todos. No quería robarles el protagonismo, pero una vez que terminaran de dar las gracias a todos por venir y por apoyar READ, les contaría a todos mi noticia. Que me quedaría hasta que READ se vendiera y que entonces yo también me iría.

Me mudaría a Chicago.

—Hola a todos —empezó—. Pam y yo queremos daros las gracias a todos por venir esta noche. Como todos sabéis,

READ fue una idea de Pammy cuando éramos mucho más jóvenes. Nos encanta este lugar, pero estamos listos para salir al mundo y ver un poco más de él, fuera de un libro.

Todos aplaudieron y vitorearon a Pam y a George. Estaba encantada por ellos, pero los echaría de menos. Habían sido una parte tan importante de mi vida durante tanto tiempo que no verlos con regularidad iba a ser duro. Pero nunca les impediría cumplir sus sueños. Llevaban tanto tiempo hablando de viajar algún día que sabía que les encantaría cuando se fueran.

—Todos sabéis que os queremos, y podéis estar seguros de que os dejamos en buenas manos. Durante años supimos que las cosas seguirían funcionando bien una vez que nos fuéramos, y cuando decidimos irnos, lo más lógico era cederle el testigo a la única persona que sabíamos que amaba READ tanto como nosotros. Ha sido una semana interesante, pero nos gustaría pediros a todos que levantéis las copas para brindar por la nueva propietaria de READ, ¡Riley Williams!

¿Cómo? ¿Acababa de mencionarme a mí?

La sonrisa de Pam confirmó lo que mi cerebro había oído. Todo el mundo me estaba mirando y aplaudiendo. No tenía ni idea de lo que estaba pasando.

Levanté un dedo hacia el público para pedirles un minuto y poder hablar con Pam y George. No podían darme READ. Necesitaban el dinero. Y yo me iba a marchar. Había decidido que, si no podía tener READ, me quedaría con Connor.

—¿Qué estáis haciendo? No podéis darme READ. ¿Y qué pasa con vuestra caravana?

Pam negó con la cabeza. —No te lo estamos regalando, Riley.

Entonces negué yo con la cabeza. Tenía que estar perdiendo el juicio. No tenía el dinero para un préstamo. No había forma de conseguir el dinero. Si no me lo regalaba, ¿qué otra opción había? —Pam, no tengo el dinero ni el préstamo. Además, me marcho. Iba a decírselo a todo el mundo después de tu discurso. Me mudo a Chicago. Con Connor me basta. Renunciar a READ ha sido difícil, pero renunciar a

Connor era imposible. No puedo aceptar READ de vuestra parte porque no voy a estar aquí.

—Esa no es una muy buena noticia —dijo una voz justo detrás de mí. Un cosquilleo me recorrió todo el cuerpo. Hacía dos semanas que no oía su voz y me había preguntado si volvería a oírla alguna vez.

—¿Por qué no? —pregunté, girándome para mirarlo.

No era posible que alguien cambiara en solo dos semanas, pero parecía diferente. Me sonreía, lo cual era distinto a la última vez que lo había visto. Llevaba unos vaqueros que parecían lo bastante suaves como para acurrucarse en ellos y una camiseta de manga larga que resaltaba sus hombros anchos y su pecho musculoso. Sus ojos azules me miraban con una chispa de picardía que me hizo entrar en calor.

—Bueno, no es una buena noticia porque he comprado READ. Sin hipotecas. Sin préstamos. Solo tú dirigiendo el negocio que estabas destinada a dirigir.

—¿De qué estás hablando?

Connor me sonrió y se acercó más. —He vendido mi piso. Se vendió rápido porque es un sitio bastante genial para vivir. Tenía mucho dinero ahorrado esperando algo, pero nunca supe el qué. Volví a Chicago antes de terminar con todo aquí y no me sentí bien. El estudio era diferente. La ciudad era demasiado grande. Y no te tenía a ti. Nada de estar en Chicago estaba bien, pero no iba a admitir que tenías razón. Era demasiado cabezota para eso.

Sonreí y Connor me guiñó un ojo.

—Volví unos días esta semana. Papeleo que firmar y preparativos de la mudanza que hacer. Fui a hablar con Brady. No fue muy amable conmigo. —Miré entre la multitud y vi a Brady observándonos con interés, su intensa mirada fija en Connor. —Me contó cómo se vino todo abajo cuando me fui. Me contó lo disgustada que estabas y luego me habló de que Jamie y Chase necesitaban dinero para su casa. —Miré y vi a mi hermana. No llevábamos micrófono y Connor estaba hablando en voz baja, pero supe que sabía que hablábamos de ella cuando bajó la barbilla. —Supe, sin ninguna duda, que todo ese dinero que había ahorrado por fin iba a tener un buen uso.

—Connor, no puedes hacer eso. Es demasiado.

Negó con la cabeza. —Primero, ya está hecho. La escritura está solo a tu nombre. No quería que sintieras que tenías que estar atada a mí si decidías que ya no me querías en tu vida. Segundo, no es demasiado. Pam y George me ofrecieron el mismo trato que te iban a ofrecer a ti, ya que de todos modos es para ti. Y tercero, no existe tal cosa como «demasiado» en lo que a ti respecta. Si te hace feliz, me gastaré hasta el último céntimo que tengo.

—¿Por qué? Si ya ni siquiera vives aquí —argumenté como si tuviera todo el sentido del mundo decir eso.

—¿No has estado escuchando, cariño? Chicago no me sentaba bien porque no te tenía a ti. Parecía correcto cuando era llamativo y brillante y podía presumir de ti. Sin ti, solo era una ciudad aburrida con mucho viento.

—¿Y tu padre?

Connor se encogió de hombros. —Va a creer lo que quiera sobre mí. En realidad no importa. Necesito dejar ir mi odio y centrarme en el amor. Que es donde entras tú. ¿Hay alguna posibilidad de que todavía me quieras?

Puse los ojos en blanco. Menuda pregunta más ridícula.

—¿Puedo tomarme eso como un sí? —Asentí y me rodeó con sus brazos. No me besó, pero me atrajo hacia su cuerpo e inclinó el rostro para rozar mi cuello. Las lágrimas se me desbordaron mientras por fin me permitía creer que Connor había vuelto. Iba a tener READ y a Connor.

Se apartó de mi abrazo y me secó las lágrimas de las mejillas con los pulgares. —Bueno, esa es la mejor noticia que he oído en todo el día. Pero espero que podamos superarla.

Dio un paso atrás, con sus manos estabilizándome sobre mis hombros. Soltó una mano y rebuscó en su bolsillo, luego deslizó la mano por mi brazo mientras se arrodillaba.

Me llevé la mano libre a la boca al darme cuenta de lo que estaba a punto de hacer. Las lágrimas brotaban de mis ojos y no podía respirar.

—Riley, eres mi mujer perfecta. La persona que siempre he soñado encontrar. Alguien con quien puedo reír y llorar, alguien con quien puedo hablar siempre y alguien que me hace sentir completo por primera vez en mi vida. Prometo traerte magdalenas para desayunar todos los días del resto de mi vida, pero solo si prometes convertirte en mi esposa. ¿Quieres casarte conmigo?

Asentí, incapaz de articular palabra por el nudo que tenía en la garganta. —Necesito oírlo, cariño. Necesito que lo digas.

—Sí —chillé entre lágrimas—. Sí, para siempre sí. Te quiero.

—Te quiero, cariño.

EPÍLOGO

CARRIE

Era el año de las bodas. En Nochevieja, se casó Addi. En enero, Sam dio el «sí, quiero». Luego mi mejor amiga, Riley, coló su boda. Por lo visto, el 21 de mayo era un buen día para casarse. Todavía no me podía creer que Riley fuera a casarse. Ella y Connor solo habían empezado a salir cuatro meses antes, pero Riley insistía en que era lo correcto.

Tenía que confiar en ella.

Al principio, Connor no me caía bien. Supe que ocultaba algo cuando lo conocí. Por supuesto, tenía razón, pero no sabía que era algo que podría separarlos y hacer polvo a mi mejor amiga. Cuando Riley me dijo que se estaba entrevistando para otro trabajo en Chicago, me preocupé por ella. Le veía el estrés en los ojos. Peor aún fue cuando rompieron por culpa del trabajo.

Por suerte, Brady hizo entrar en razón a Connor. Ninguno de los dos admitió nunca todo lo que se dijeron, pero fuera lo que fuera, funcionó, porque yo estaba de pie al fondo de la iglesia de los padres de Riley, esperando para recorrer el pasillo. El vestido de Riley era precioso. Un impresionante vestido largo hasta el suelo, con manguitos caídos, una falda de encaje superpuesta y un corpiño de raso. El tiempo nos acompañaba a la perfección con un precioso día soleado, pero no demasiado caluroso.

Yo llevaba mi vestido azul marino por debajo de la rodilla. Era palabra de honor, lo que me encantaba, y Riley nos dejó elegir unas sandalias plateadas sexis para llevar con los vestidos.

—Oh, Riley, estás guapísima —dijo su madre, Renee, al entrar en la habitación. Renee debía avisarnos cuando estuvieran listos, pero necesitaba unos minutos para deshacerse en halagos con su hija. Las hermanas de Riley, Jamie y Sophie, eran las otras dos damas de honor conmigo.

—Gracias, mamá. ¡Tú también! —exclamó Riley, fijándose en el vestido lavanda por la rodilla de Renee con un chal de flores azul marino y lavanda sobre los hombros. Estaba preciosa como madre de la novia, un papel que estaba más que encantada de desempeñar.

—Connor está nervioso. No para de preguntar a todo el mundo si te han visto. Cree que vas a salir corriendo.

—Oh, vaya. Creía que ya habíamos superado eso. ¿Quizá debería ir a hablar con él?

—No —dije, poniéndome en pie—. Iré yo. Pasa un rato con tu madre y tus hermanas y saldremos cuando vuelva.

—¿Estás segura? —preguntó Riley con vacilación. Sabía lo que pensaba de Connor cuando empezaron a salir, pero a medida que lo había ido conociendo me había dado cuenta de lo mucho que quería a mi mejor amiga y de lo perfecto que era para ella. Me había convertido en una gran admiradora de Connor.

—Riles, Connor es perfecto para ti. Voy a recordárselo.

—Gracias, Carrie —dijo Riley mientras me daba un abrazo.

En el pasillo, me abrí paso entre las salas traseras de la iglesia hasta donde oí voces de hombres. El padrino de

Connor era el marido de Sam, Brady. Se hicieron más amigos cuando Connor renunció a Chicago y se mudó con Riley. Connor también incluyó a su productor, Jeff, como uno de sus caballeros de honor, y a Xander, el marido de Mandy, como el último. Después de que Xander se lo hiciera pasar mal a Connor, se hicieron muy amigos; Connor sabía que Xander siempre había estado ahí para Riley, y Xander sabía que Connor la quería.

Llamé a la puerta y oí a alguien gritar que entrara. Empujé la pesada puerta de madera y me encontré con cuatro hombres atractivos en esmoquin mirándome. —He oído que alguien por aquí se está poniendo un poco ansioso porque la novia no aparece —bromeé.

Connor se sonrojó y los demás le pincharon por preocuparse. —¿Por qué iba a querer casarse contigo? ¡Riley es demasiado lista para acabar contigo! ¡No sé por qué pensó que eras una buena elección!

A Connor se le demudó el rostro cuando las bromas dieron involuntariamente en el clavo. Se dejó caer en una silla y se cubrió la cara con las manos. Les di un manotazo a Xander y a Brady, ya que eran mis amigos, y les regañé: —¿Qué coño os pasa? ¿No veis lo nervioso que está?

—Joder —dijo Xander, mirando a Connor—. No sabía que se lo estaba tomando en serio.

—Ese ha sido siempre su problema, idiota. Se está volviendo loco y sus caballeros de honor, los tíos que se supone que tienen que ayudarle, están empeorando la mierda esta. Arregladlo.

—No pasa nada, Carrie, tienen razón. Riley se merece algo mejor que yo —dijo Connor en un tono autocrítico.

Me acerqué a grandes zancadas hacia él, con mis tacones repiqueteando en el suelo de baldosas. Cuando llegué a su lado, alargué la mano y le di un capón en la nuca.

—¡Ay! —exclamó—. ¿A qué ha venido eso?

—¡A que estás siendo un gilipollas! Escúchame, esa mujer ahí dentro lleva toda la vida enamorada de ti. Durante la mayor parte de su vida ha creído que no era lo bastante buena para ti. ¿Y ahora sales con esta mierda? Es el día de su boda. Hoy, tus inseguridades y tú no importáis. Lo único que importa es hacer feliz a mi mejor amiga. Riley es una de las mujeres más increíbles que he conocido y se merece algo mejor que tú aquí sentado, compadeciéndote de ti mismo. Así que vas a cortar el puto rollo, vas a espabilar y te vas a dar cuenta de la suerte que tienes de que una mujer como Riley te quiera lo suficiente como para casarse contigo. Luego vas a salir por esa puerta con estos tres capullos y te vas a casar con la mujer de tus sueños. Y cada día, durante el resto de tu vida, vas a dar gracias a Dios por haber hecho algo bien y haber conseguido casarte con ella. Y si alguna vez se te vuelve a olvidar, volveré con algo más fuerte que mi mano, como un bate de béisbol, para darte otro capón.

Respiré hondo y me giré hacia los otros tres, que me miraban boquiabiertos, como si me hubiera salido otra cabeza. —Y en cuanto a vosotros tres, una puta palabra más sobre que Connor no es lo bastante bueno para mi mejor amiga y estáis fuera de la boda, y les contaré a vuestras mujeres exactamente por qué.

La cara de pánico que pusieron fue suficiente para asegurar que no dirían nada más que pudiera molestar a Connor. Volví a mirarlo y me encontré asfixiada contra su enorme pecho, con sus brazos apretándome con fuerza. —Gracias, Carrie. Tienes razón. Y no voy a olvidarlo de nuevo. Riley tiene suerte de tenerte como mejor amiga.

Asentí, le devolví el abrazo y dije: —Ella también tiene suerte de tenerte. No lo olvides. Y ahora, ¿estás listo para unirte al club de los casados?

—¡Desde luego! —dijo Connor con una amplia sonrisa.

Cogió su chaqueta y se la estaba poniendo cuando salí de la habitación. Sonreí ante mi éxito y volví con Riley.

—Están listos —le dije cuando llegué a nuestra habitación—. Connor ya está centrado.

El pánico llenó su rostro y se tapó la boca con las manos, ahogando sus palabras. —¿Qué has hecho?

—Le he hecho espabilar. Está bien.

—¿Le has hecho daño?

Negué con la cabeza. —Está bien. Y te está esperando. Vamos a verlo. Te gustará cómo le queda el esmoquin.

—Seguro que le gusta más cómo le queda sin él —bromeó Sophie.

Renee se tapó los oídos con las manos y dijo: —¡La madre en la habitación! ¡No necesito oír hablar de la vida sexual de mis hijas!

Riley le dirigió una mirada a Sophie y le guiñó un ojo, haciendo reír a Jamie. Renee se limitó a negar con la cabeza.

Todas nos retocamos el pelo y el maquillaje en el espejo de nuevo y decidimos que estábamos listas. El padre de Riley, Henry, llamó a la puerta y nos dijo que estaban empezando. Renee se adelantó para sentarse primero y Henry caminó con Riley hasta nuestra zona de espera en la parte trasera de la iglesia.

—Ahora estoy nerviosa —murmuró Riley cuando nos colocamos, esperando mientras sentaban a Renee y a la abuela de Connor.

—Te quiere. Está deseando casarse contigo. Céntrate en eso y estarás bien.

—¿Cómo se te ha dado tan bien calmar a la gente en las bodas?

Sabía lo que me estaba preguntando. Mi historial de relaciones estaba tan cerca de una iglesia como una prostituta de un novio estable. Quería casarme y tener hijos, pero no me había salido bien. Yo estaba lista, pero ninguno de los chicos con los que había salido lo estaba. Todo el mundo me decía que aún era joven y que tenía mucho tiempo, pero yo no quería oírlo. Quería lo que tenían mis amigas. Un marido, un hijo también estaría bien. O unos cuantos.

—Simplemente os conozco a ti y a Connor. Sois perfectos el uno para el otro. Los dos tenéis miedo de que el otro salga corriendo, pero no va a pasar. Todos podemos verlo, solo que yo no tengo miedo de darle un capón a Connor o de decirte que estás siendo estúpida.

Riley se quedó sin aliento. —¿Eso es lo que has hecho? ¿Le has dado un capón?

—Se lo merecía. Ya está bien.

Para mi sorpresa, Riley se echó a reír. Negó con la cabeza, echándola hacia atrás, y se rio a carcajadas, larga y sonoramente. No pude evitar unirme y tampoco pudieron hacerlo Sophie ni Jamie. Henry se limitó a negar con la cabeza, mirándonos a todas.

Cuando se abrió la puerta de la iglesia, recuperamos rápidamente el control. Fui la primera en recorrer el pasillo, seguida de Sophie y luego de Jamie. Una vez que las tres estuvimos de pie en el altar, me arriesgué a mirar a Connor. Me susurró con los labios: «Gracias». Le guiñé un ojo y luego me concentré en la puerta de la iglesia mientras la música cambiaba para Riley y Henry.

Las puertas se abrieron y mi hermosa amiga quedó a la vista. Los ojos de Riley fueron directamente a Connor. A él se le desencajó la mandíbula mientras la observaba caminar hacia él. Vi acumularse la humedad en el rabillo de sus ojos, pero no se la secó.

Riley caminó directamente hacia él, sin desviar la mirada, como si él la atrajera con un hilo invisible. Cuando Riley y Henry llegaron al altar, se detuvieron.

El sacerdote preguntó: —¿Quién entrega esta mujer a este hombre?

—Su madre y yo —dijo Henry, con la voz llena de emoción.

Riley se giró hacia su padre, con sonrisas idénticas en sus rostros. Le besó la mejilla y la abrazó, luego le dio la mano a Connor y le estrechó la otra mano. Hubo un momento entre los hombres, y supe que Henry estaba dando la bienvenida a Connor a la familia en silencio.

Me quedé de pie y miré a la multitud. Había sido un año de mil demonios hasta ahora, siendo la palabra «demonios» la clave para mí. Mi trabajo me estaba afectando, aún más desde que vi a Riley tomar las riendas de READ y disfrutar cada minuto. No tenía grandes planes de tener mi propio negocio como ella, pero tenía la esperanza de que algún día disfrutaría de mi trabajo. Por supuesto, esa esperanza también venía con la idea de que mi trabajo sería ser madre a tiempo completo.

Era difícil que eso ocurriera sin sexo, o sin un amante mayor adinerado que me mantuviera.

No, eso no era realmente lo que quería, aunque bromeaba sobre ello de vez en cuando. Quería un compañero. Alguien que hiciera cualquier cosa por hacerme feliz. Alguien por quien yo también haría cualquier cosa.

Alguien que estaba bastante segura de que no existía.

MUCHAS GRACIAS por leer *Regordeta y Bella*. Cada libro de la serie es especial para mí, pero Riley me encantó. Me recordaba a mí misma en algunos aspectos, especialmente por su amor a los libros. Nunca he trabajado en una librería, ¡pero siempre he pensado que sería un trabajo increíble!

La serie continúa con la historia de Carrie. Carrie quiere un bebé más que nada en el mundo, pero Drew podría hacerle ver que hay otras cosas que desear. ¡Hazte con tu copia de ***Copiosa y Caliente*** ahora mismo!

CADA SEMANA se lanzan nuevos libros en español. Descubre todos mis libros hoy.

¡Los suscriptores reciben libros electrónicos gratuitos y otras cosas divertidas, como contenido exclusivo solo para miembros y sorteos, además de ser los primeros en conocer los nuevos lanzamientos y ofertas! ¡Suscríbete ahora!

ACERCA DEL AUTOR

USA TODAY La autora superventas Mary E Thompson pasó la mayor parte de su infancia deseando tener algunas curvas menos. Se escondía entre las páginas de los libros porque a sus personajes favoritos nunca les importaba qué talla de ropa usaba. Ahora, a Mary tampoco le importa, y escribe historias que celebran a mujeres como ella. Mujeres reales que tienen curvas, persiguen sueños y encuentran el amor, porque todas merecemos ser felices, sin importar nuestra talla.

Mary pasa su tiempo fuera de la escritura con su esposo y sus dos hijos, viendo demasiada televisión, animando a su equipo local de fútbol americano (¡Vamos Bills!) y escondiendo chocolate de su familia.

Suscríbete ahora al boletín de Mary. ¡Los suscriptores reciben libros electrónicos gratuitos y otras cosas divertidas, como contenido exclusivo solo para miembros y sorteos, además de ser los primeros en conocer los nuevos lanzamientos y ofertas!